Eduardus Hiller

Eratosthenis Carminum reliquiae disposuit et explicavit Eduardus

Hiller

Eduardus Hiller

Eratosthenis Carminum reliquiae disposuit et explicavit Eduardus Hiller

ISBN/EAN: 9783742811486

Manufactured in Europe, USA, Canada, Australia, Japa

Cover: Foto ©Andreas Hilbeck / pixelio.de

Manufactured and distributed by brebook publishing software
(www.brebook.com)

Eduardus Hiller

Eratosthenis Carminum reliquiae disposuit et explicavit Eduardus Hiller

CAROLO DILTHEYO

AMICITIAE CAVSA

ERATOSTHENIS

CARMINVM RELIQVIAE

Strabo XVII p. 838 Κυρηναίος δ' ἐστὶ καὶ Καλλίμαχος καὶ Ἐρατοσθένης, ἀμφότεροι τετιμημένοι παρὰ τοῖς Αἰγυπτίων βασιλεῦσιν, ὁ μὲν
ποιητὴς ἅμα καὶ περὶ γραμματικὴν ἐσπουδακώς, ὁ δὲ καὶ ταῦτα καὶ
περὶ φιλοσοφίαν καὶ τὰ μαθήματα, εἴ τις ἄλλος, διαφέρων.

[Lucianus] Macr. 27 γραμματικῶν δὲ Ἐρατοσθένης μὲν ὁ Ἀγλαοῦ
Κυρηναίος, ὃν οὐ μόνον γραμματικὸν ἀλλὰ καὶ ποιητὴν ἄν τις ὀνο-
μάσειε καὶ φιλόσοφον καὶ γεωμέτρην, δύο καὶ ὀγδοήκοντα οὗτος ἔζη-
σεν ἔτη.

Suidas v. Ἐρατοσθένης (Eudocia p. 172): ἔγραψε δὲ φιλόσοφα καὶ
ποιήματα καὶ ἱστορίας κτλ.

Addenda.

Fr. XI. Diltheyus suspicatur, a librario cum versum qui praecesserit neglegenter esse omissum; ὀρθοῦ enim genetivum esse qui ad ἀνδρός vocabulum pertinuerit; opponi igitur homini felici eum qui rebus adversis acriter repugnet.

Fr. XXX. Fugerat me, Hauptium reposuisse Ἰκαριωτίνης (Hermes V p. 174), quod scripturae Ἰκαριωτίης praeferendum est. Poetae verba Hauptius talia fuisse conicit: μέσηι· ἀνφορεάδα βότρυν Ἰκαριωτίνης.

VERSVS ERATOSTHENICI
QVI SVPERSVNT

ἙΡΜΗΣ

† ὀρθοῦ· καὶ γὰρ μᾶλλον ἐπωδίνουσι μέριμναι

* Λάδωνος περὶ χεῦμα

* αἱ δὲ πέρην Ἀρύαντος ἐπὶ προχοαῖς ποταμοῖο

φωριαμὸν δ᾽ ὀνόμηναν, ὃ μιν κύθε φώριον ἄγρην
ἐκ τοῦ φωριαμὸς κικλήσκεται ἀνθρώποισι   5

βαθὺς διαφύεται αὐλών

πέλμα πυτιρράπτεσκεν ἐλαφροῦ φαικασίοιο

† χρειὼ πάντ᾽ ἐδίδαξε· τί δ᾽ οὐ χρειώ κεν ἀνεύροι;

ἣ χερνῆτις ἔριθος ἐφ᾽ ὑψηλοῦ πυλεῶνος
δενδαλίδας τεύχουσα καλοὺς ἤειδεν ἰούλους   10

† κρήνης Γαργαφίης

Signum crucis apposui iis versibus quos Eratosthenis esse non prorsus constat, asteriscum iis qui ad certum quoddam carmen coniectura tantum referuntur.
1: p. 19   2: p. 14   3: p. 15   4: p. 16   6: p. 17   7: p. 17
8: p. 19   9: p. 21   ἣ Nacklus: ἡ et ἦν libri   11: p. 27
Eratosthevn.   1

ἄγρης μοῖραν ἔλειπον, ἔτι ζώοντας ἰούλους
ἠὲ γενειήτιν τρίγλην ἢ πιρπάθα κίχλην
ἢ δρομίην χρύσειον ἐπ' ὀφρύσιν ἱερὸν ἰχθύν

ὀκτὼ δὴ τάδε πάντα σὺν ἁρμονίῃσιν ἀρήρει,   16
ὀκτὼ δ' ἐν σφαίρῃσι κυλίνδετο κύκλῳ ἰόντα
ταῦτ' ἐνάτην περὶ γαῖαν

αὐτὴν μέν μιν ἔτετμε μεσήρεα παντὸς Ὀλύμπου
κέντρου ἐπὶ σφαίρης· διὰ δ' ἄξονος ᾐρήρειστο.
πέντε δέ οἱ ζῶναι περιειλάδες ἐσπείρηντο,   20
αἱ δύο μὲν γλαυκοῖο κελαινότεραι κυάνοιο,
ἡ δὲ μία ψαφαρή τε καὶ ἐκ πυρὸς οἷον ἐρυθρή·
ἡ μὲν ἴην μεσάτη, ἐκέκαυτο δὲ πᾶσα περὶ πρὸ
τυπτομένη φλογμοῖσιν, ἐπεὶ ῥά ἑ μαῖραν ὑπ' αὐτὴν
κεκλιμένην ἀκτῖνες ἀειθερέες πυρόωσιν·   25
αἱ δὲ δύω ἑκάτερθε πόλοις περικεπτηυῖαι
αἰεὶ φρικαλέαι, αἰεὶ δ' ὕδατι μογέουσαι·
οὐ μὲν ὕδωρ, ἀλλ' αὐτὸς ἀπ' οὐρανόθεν κρύσταλλος
κεῖ γαῖαν κρύπτεσκε· περίψυκτος δὲ τέτυκται.
ἀλλὰ τὰ μὲν χερσαῖά τ' ἀνέμβατά τ' ἀνθρώποισι·   30
δοιαὶ δ' ἄλλαι ἔασιν ἐναντίαι ἀλλήλῃσι,
μεσσηγὺς θέρεός τε καὶ ὑετίου κρυστάλλου,
ἄμφω εὔκρητοί τε καὶ ὄμπνιον ἀλδήσκουσαι
καρπὸν Ἐλευσινίης Δημήτερος· ἐν δέ μιν ἄνδρες
ἀντίποδες ναίουσι   85

ΑΝΤΕΡΙΝΤΣ (Ἠ ᾿ΗΣΙΟΔΟΣ?)

*   ἔκ τέ οἱ ὄσσε
κανθῶν παμφαίνεσκι Μοσυχλαίῃ φλογὶ ἴσου

12: p. 3| 15: p. 51   17 ταῦτ' add. Bergkins   18: p. 53   19 ἔπι
Brunckius: ἀπό l.   ὀφρήσρης: σφαίρης l.   20: p. 56   23 περὶ πρὸ Scaliger: περι l.   28 μὲν Scaliger: μὴν l.   29 κεῖ γαῖαν Scaliger: κεῖται
ἀν l.   κρύπτεσκι exempli causa scripsi: ἀπέσχε l.   30 τ' ἀνέμβατά
τ': καὶ ἀνιαβα‧ῖ et καὶ ὄμβατα l.   31 ἀλλήλῃσι Scaliger: ἀλλήλαισι l.
33 ἀλδήσκουσαι Vrsinus: αὐδήσκουσαι l.   36: p. 80   ἔκ τέ οἱ: εὖ τοι l.

*   αἱ δὲ χελιδναὶ

πυθιδόνες γάστρην ἀν' ὑπέτριφον οὐλοὸν ἕλκος

ἰυγῆς δ' ὡς παῦρον ἐπέκλυον   40

ΗΡΙΓΟΝΗ

* Ἰκαριοῖ, τόθι πρῶτα περὶ τράγον ὠρχήσαντο

εἰσότε δὴ Θορικοῦ καλὸν ἵκανεν ἕδος

*   μέσον δ' ἐξαύσατο βαυνόν

*   καὶ βαθὺν ἀκρήτῳ πνεύμονα τεγγόμενος

†   αὐροσχάδα βότρυν   45
Ἰκαριωνείης

μόσχους καὶ χλωρὰς κλήματος ἐκφυάδας

* οἶνός τοι πυρὶ ἴσον ἔχει μένος, εὖτ' ἂν ἐς ἄνδρας
ἔλθῃ· κυμαίνει δ' οἷα Λίβυσσαν ἅλα
βορέης ἠὲ νότος· τὰ δὲ καὶ κεκρυμμένα φαίνει   50
βυσσόθεν· ἐκ δ' ἀνδρῶν πάντ' ἐτίναξε νόον

ΕΞ ΑΔΗΛΩΝ ΠΟΙΗΜΑΤΩΝ

            ὀπταλέα κρέα
ἐκ τέφρης ἐπάσαντο τά τ' ἀγρώσσοντες ἕλοντο

† τρὶς δ' ἀπομαξαμένοισι θεοὶ διδόασιν ἄμεινον

38: p. 89   40: p. 90   41: p. 105 Ἰκαριοῖ: εικαριοι l.   περὶ
τράγον ὠρχήσαντο Boler: de librorum lectionibus v. p.   42: p. 97
εἰσότε editores Thom. Steph, εἴ ὅτε et εἴ ὅτι l.   43: p. 99   44: p. 101
45: p. 102   46 Ἰκαριωνείης Bergklus: Ἰκαριωνίης L   47: p. 105
48: p. 111   52: p. 115   54: p. 117

MERCVRIVS

De huius carminis argumento vix dici potest quam diversas viri docti sententias in medium attulerint. Valesius ex schol. Il. Ω 24 poema historiam omnem Mercurii complexum esse temere collegit (ad Harpocr. II p. 100 Dind.). Non minus inconsiderate Heynius propter fr. XVII—XIX suspicatus est, Eratosthenem in Mercurio de disciplinarum originibus egisse (opusc. acad. I p. 96). Commemorandus deinde Creuzerus, qui universam veterum Aegyptiorum scientiam illic tractatam fuisse adfirmavit (Symb. u. Myth. II p. 111). Osannus maximam carminis partem in eodem argumento quod tractaverit antea Aratus versatam esse censuit (de Erat. Erigona p. 9) eique fere adsentitus est Bergkius (allg. Enc. der Wiss. u. Künste I 82 p. 422). Denique uberius argumentum Mercurii exposuit Bernhardyus qui poematum astronomicorum auctores recensens haec pronuntiavit: „vor anderen aber Eratosthenes im hexametrischen Ἑρμῆς, der von den Anfängen menschlicher Kunst und Wissenschaft ausgehend die mathematischen Lehren vortrug und die mythisch verschönerten Erzählungen von den Sternbildern einflocht" (Grundriss der Griech. Litt. II 2 p. 722).

Nos in tractanda hac quaestione satis difficili atque impedita sic progredi conabimur, ut primum veterum scriptorum locos qui ad Mercurium aut aperte pertinent aut cum aliqua probabilitate revocari possunt, examinemus atque circumspiciamus, quae necessitudo inter eos intercedat: deinde vero videamus, quid de carminis argumento inde colligi possit.

I

Schol. Il. Ω 24 Ζεὺς ἐρασθεὶς Μαίας τῆς Ἀτλαντίδος
λαθὼν Ἥραν ἐμίγη· ἡ δὲ ἔγκυος γενομένη ἐν Κυλλήνῃ τῆς
Ἀρκαδίας Ἑρμῆν ἐγέννησεν, ὅστις ἐπιθυμίαν ἔσχε τοῦ κλέ-
πτειν, ὅτι καὶ Ζεὺς κλέψας τὴν Ἥραν ἐμίγη Μαίᾳ.[1]) καὶ
δή ποτε τῆς μητρὸς μετὰ τῶν ἀδελφῶν[2]) αὐτῆς λουομένης
λαθὼν ὑφείλετο τὰς ἐσθῆτας· γυμναὶ δὲ ἐκεῖναι οὖσαι[3])
ἠπόρουν τί πράξωσι.[4]) γέλωτα δὲ διὰ τούτου[5]) Ἑρμῆς ποιήσας[6]) ἀπέδωκεν αὐταῖς τὰς ἐσθῆτας. ἔκλεψε δὲ καὶ τὰς Ἀπόλ-
λωνος βοῦς. ἡ ἱστορία παρ' Ἐρατοσθένει.[7])

Quae hoc scholio continentur, excepta fabula de abditis
vestimentis, ex communi Graecorum fama narrata sunt: in
singulis ab Eratosthene haud pauca variata esse vel exornata, existimare licet. De Mercurii parentibus inde ab Homero[8]) omnes consentiunt, nisi quis hic recensendos putet
locos, ubi quattuor alii Mercurii enumerantur, scilicet Hor-
mes Sarmothracius, Trophonius, denique Anubis et Thoth
Aogyptiorum dii. Verba λαθὼν Ἥραν in memoriam reducunt
hosce hymni Homerici versus (6 sqq.)

ἔνθα Κρονίων

νύμφῃ ἐϋπλοκάμῳ μισγέσκετο νυκτὸς ἀμολγῷ,

ὄφρα κατὰ γλυκὺς ὕπνος ἔχοι λευκώλενον Ἥρην,

λήθων ἀθανάτους τε θεοὺς θνητούς τ' ἀνθρώπους.

Natum esse Mercurium, qui iam in Odysseae rhapsodia
postrema (vs. 1) Cyllenius appellatur, in monte Cylleno permulti testantur[9]) ac paucissimis tantummodo locis traduntur

---

1) „Similia praebet Callimachus h. Dian. 22—24." Bernhardy Erat.
p. 136.   2) Eust. ad Od. p. 1870, 56 ὃς τῆς μητρὸς Μαίας συλλου-
ομένης αἷς ἤθελεν (sic!) ἐκείνη αὐτὸς ὑφειλόμενος τὰ ἐνδοθέντα
ἱμάτια.   3) οὖσαι docet in B et D (ed. Barnes.).   4) πράξωσι D.
διασωσάτων B.   5) διὰ τοῦτο D.   6) ποιήσας B. κινήσας D.
7) ἡ ἱστορία παρ' Ἐρατοσθένει D. ἱστορεῖ Ἐρατοσθένης B.   8) Ἑρμῇ
Μαιάδος υἷεῖ Od. ξ 435. Μαίη Hes. Theog. 938. Μαῖα Alcaeus
apud Heph. p. 84. Hymnus Hom. in Merc. 3 etc.   9) Hes. Catal. apud
schol. Pind. Nem. 2, 16. H. Hom. 226 sqq. etc.   De hoc monte mythisque
ad eum pertinentibus scripserat Philostephanus, qui in Eratosthenis patria
natus cum eius praeceptore Callimacho familiaritate iunctus erat. Schol.
Pind. Ol. 6, 144.

diversa, veluti apud Paus. IX 20, 3 ἐστι δ' Ὠρίωνος μνῆμα
ἐν Τανάγρᾳ καὶ ὄρος Κηρύκιον ἔνθα Ἑρμῆν τεχθῆναι λέ-
γουσι¹) et apud Philostr. Imag. I 26 qui Olympum pro
Cyllene commemorat. De furandi cupidine Mercurio propria
v. Preller Real-Encycl. der class. AW. IV p. 1848. griech.
Myth. I p. 313. Welcker griech. Götterl. I p. 346 sq. II p.
461 sqq. De subreptis denique Apollinis bubus primi testes
sunt auctores Eoarum²) hymnique Homerici: qui postea
hanc fabulam tractaverint, enumerat Prellerus griech. Myth.
I p. 298 sq. Cf. O. Müller Handbuch der Arch. der Kunst
§ 381, 5.

Ad carmen Mercurii nomine insignitum haec pertinere
iure statuit Valesius: conveniunt certe inscriptioni neque aliud
opus Eratosthenicum quo scholion apto referas nobis notum
est. Accedit quod Valesii sententiam amploxi fragmenti IV
probabilem nanciscimur explicationem.

II

Ach. Tat. in Ar. p. 146 E περὶ δὲ τούτου (de lacteo
circulo) φησὶν Ἐρατοσθένης ἐν τῷ Καταστερισμῷ³) μυθικώτερον, τὸν γαλαξίαν κύκλον γεγονέναι ἐκ τοῦ τῆς Ἥρας γά-
λακτος· τοῦ γὰρ Ἡρακλέους ἔτι βρέφους ὄντος καὶ τὸν
μαστὸν τῆς Ἥρας ἐπισπασαμένου σφοδρότερον ἐκείνην ἀντισπάσαι, καὶ οὕτως περιχυθέντος τοῦ γάλακτος κύκλον γενέσθαι παγέντος. τὸ δὲ αὐτὸ καὶ ἐπὶ τοῦ Ἑρμοῦ λέγει γε-
γενῆσθαι Ἐρατοσθένης, ὡς ἄρα ὁ Ἑρμῆς τοῦ μαστοῦ
τῆς Ἥρας ἐπεσπάσατο.

Hyg. de astr. II 43 *Praeterea ostenditur circulus quidam
in sideribus candido colore, quem lacteum esse nonnulli dixerunt.* Eratosthenes enim dicit Mercurio infanti
puero insciam Iunonem dedisse lac: sed postquam
eum rescierit Maiae filium esse, reiecisse eum a
se, et ita lactis profusi splendorem inter sidera apparere.

---

1) cf. VIII 36, 10.   2) Ant. Lib. 23.   Hanc mythum ex antiquissimis
esse nemo nescit.   3) Ita pro καταμερισμῷ em. Koppiersius. V. p. 67.

[Ach. Tat.] in Ar. p. 168 ὁ δὲ γαλαξίας καλεῖται μέν, ὡς οἱ μῦθοί φασιν, οἱ μὲν Ἡρακλέα, οἱ δὲ Ἑρμῆν, ὅτε προσετέθη τῷ μαζῷ τῆς Ἥρας ὑπὸ τοῦ Διός, ἵνα κλέψειεν ὁ θεὸς τοῖς τέκνοις ἀθανασίας τροφήν, ἡ δὲ ἐπεὶ ἐξανέστη, ἠγανάκτησε πρὸς τὴν κλοπὴν καὶ τὴν θηλὴν τοῦ στόματος ἀπέσπασε βίᾳ, ἐκμυζῶντος ἔτι τοῦ παιδίου· ὡς τότε τῇ θηλῇ (τὸ γάλα ἐκ τῆς θηλῆς΄) ῥέον τῷ οὐρανῷ κύκλῳ περιχυθὸν ἐκτυπῶσαι τὸ σχῆμα τῆς ἐκροῆς.

Eratosthenem in carmine quodam de galaxiae origine verba fecisse demonstrat fragmentum XVI. Quare haud dubie, cum ex fragm. I et XV compertum habeamus in Mercurio infantiam dei enarratam fuisse, Borgkio adstipulandum est, qui Hygini narrationem (ab Achillo secundo loco commemoratam) ad hoc poema refert (Ztschr. f. d. AW. 1850 p. 177). Antea Bernhardyus diversam de hac re sententiam hisce verbis proposuerat (Eratosth. p. 136): „Sententia Achillis sine controversia non haec est, Iunoni raptim Mercurium a se removenti lacteum circulum acceptam tulisse originem sed potius deam eodem quo Hercules modo uberibus deae admotum fuisse.[1]) Unde Hyginus erroris redarguitur; neque enim causam orbis lactei utrique, sive eodem sive diversis locis, auctori attribuere potuit." Nituntur haec eo, quod Bernhardyus Mercurium etiam καταμερισμοῦ titulo insignitum fuisse existimat: sed id ipsum non recte statuit (v. p. 87). In diversis autem operibus Eratosthenem de galaxiae origine diversis modis fabulatum esse non est quod miremur. Itaque hac narratiuncula de Iunone Mercurio infanti lac praebente fragmentum I suppletur.

Eius narrationis, quam Eratosthenes teste Achille in Catasteriamis protulit, mentio inicitur in tribus illis libris qui ubi consentiunt pro uno habendi sunt: [Erat.] Catast. c. 44[2]), Hyg. de astr. II 43 med., schol. Germ. p. 104 et 187 Breya.[3])

---

1) Quorsum si hoc verum esset Achilles de lacteo circulo disserens narrationem illam de Mercurio omnino tetigisset? 2) Scholion ad Ar. Phaen. 469 lacunosum esse Freyus iure contendit (Rhein. Mus. XXV p. 272). 3) Cf. Geop. XI 19.

Quidam non Iunonis sed Opis lac galaxiae originem dedisse
finxerunt, quorum ridiculum commentum ab Hygino et scholiasta Germanici memoriae proditur. Alii diversis modis de
hac re luserunt, veluti Oenopides Chius qui narravit ὅτι πρότερον κατὰ τούτου ἐφέρετο ὁ ἥλιος, διὰ δὲ τὰ Θυέστεια δεῖπνα
ἀπεστράφη καὶ τὴν ἐναντίαν τούτῳ πεποίηται περιφοράν, ἣν
νῦν περιγράφει ὁ ζωδιακός.[1]) Complura inventa huc pertinentia enumerat Manilius I 718 sqq. Cf. Bergk Jahrb. f.
Philol. 1860 p. 411 sqq.

<h1 style="text-align:center">III</h1>

Schol. BD Il. E 422 (transierunt haec in Etym. m. 546, 17)
καὶ Ἀλαλκομενηὶς Ἀθήνη παρὰ τοῖς εὖ λογιζομένοις ἀπὸ τῆς
ἐνεργείας, ἡ ἀπαλάλκουσα τῷ ἰδίῳ μένει τοὺς ἐναντίους· οὐ
γὰρ πειθόμεθα τοῖς νεωτέροις οἳ φασιν ἀπὸ Ἀλαλκομενίου
τινὸς εἰρῆσθαι. οὐδ᾿ ὡς Ἐρατοσθένης παρήκουσεν Ὁμή-
ρου εἰπόντος „Ἑρμείας ἀκάκητα" (Il. Il 185. Od. ω 10) ὅτι
ἀπὸ Ἀκακησίου[2]) ὄρους, ἀλλ᾿ ὁ μηδενὸς κακοῦ μεταδοτικός, ἐπεὶ καὶ δοτὴρ ἐάων.

Schol. Paris. Il. Π 185 (Cram. anecd. Paris. III p. 21,
22) ἀκάκητα: ὡς μὲν Ἐρατοσθένης φησίν. ἀπὸ Ἀκα-
κήτου ὄρους οὕτω λέγεται ὁ Ἑρμῆς· ὡς δ᾿ ἕτεροι, ὅτι
μηδενὸς κακοῦ μεταδοτικός ἐστιν, ἐπεὶ καὶ δοτῆρα ἐάων αὐτὸν λέγομεν.

Vitiose etiam schol. L Π 185 ἀκάκητα: θεραπευτικός·
ἢ ὁ ἐν Ἀκάκῃ τιμώμενος, ὄρει Ἀρκαδίας.

Schol. Od. ω 10 ἀκάκητα: ἔνιοι μὲν ἀμέτοχος κακῶν.
ἔστι γὰρ ὁ θεὸς δοτὴρ ἀγαθῶν. ἔνιοι ἀπὸ Ἀκακησίου
ὄρους ἐν Ἀρκαδίᾳ. δοκεῖ γὰρ ὁ θεὸς Ἀρκὰς εἶναι.

Et. m. 44, 54 ἀκάκητα ὁ στερίσκων τὰς λύπας· ἢ ἀπὸ
τοῦ ἐν Ἀρκαδίᾳ ὄρους Ἀκακησίου· ἢ πανοῦργον· οἱ
δὲ ἀγαθόν· οἱ δὲ πραῢν καὶ κομψτικόν.

Pro monte Acacesio commemoratur spelunca in schol. A Il.
Π 185: οὐκ ἀπὸ τοῦ ἐν Ἀρκαδίᾳ ἄντρου Ἀκακησίου

---

1) Ach. Tat. p. 147 A.   2) Ita recte Et. m. (Zon. lex. p. 108 Ἀκακήσιον ὄνομα ὄρους.) Ἀκησίου B. Ἀκακήσου D.

προσηγόρευται καθ' Ὅμηρον ὁ Ἑρμῆς ἀκακήσιος (ἀκάκητα cm.
Bernhardyus p. 135), ἀλλὰ διὰ τὸ κακοῦ μηδενὸς παραίτιος
γίνεσθαι. [1]) ἢ ὁ μὴ δυνάμενος κακωθῆναι ὑπὸ ἑτέρου (μήτε
δὲ κακῶσαι ἄλλον διὰ τὴν οἰκείαν ἀρετήν add. D)· ὅθεν καὶ
δοτὴρ ἑάων ὅ ἐστι τῶν ἀγαθῶν.

Eratosthenis commemorationem ad carmen do quo agimus spectare Harlesius arbitratus est[2]): haud minore iure
inter Geographicorum reliquias hi loci recipi possint.
Accuratiorem de quaestione illa antiqua quae ad ἀκάκητα epitheton pertinebat notitiam haberemus, si servata
essent Apollodori verba quibus mendacia quaedam de Acacesio prolata redarguit. [3])· Id vero grammaticorum testimoniis apparet, Eratosthenem (cui adstipulatur Bernhardyus)
epitheton ab Acacesio colle Arcadiae[4]) derivasse. Pausaniac
temporibus ibi Mercurii Acacesii imago ex lapide confecta
posita erat, narrabantque Arcades ab Acaco Lycaonis filio
Mercurium ibi educatum et ab eodem Acacesium oppidum
sub colle conditum esse (quod si multo ante Pausaniae
tempora interierat, cf. VIII 27, 4), denique ab Acaco
derivandum esse Homericum Mercurii epitheton: quibus
similia in Eratosthenis Mercurio prodita fuisse censerem, si
certior esset Harlesii coniectura. Addit autem Pausanias,
neque his Arcadum fabulis neque inter sese Thebanorum
Tanagraeorumque narrationes consentire.[5]) At vetustissima
ca interpretatio est, qua ἀκάκητα neque ad Acacum neque
ad Acacesium montem refertur, sed de eo dictum concipitur
qui nihil mali dat hominibus: ita enim vocabulum intellexit
auctor versus qui est in Theogonia Hesiodea 614, ubi Prometheus ἀκάκητα appellatur. Cf. praeter locos a me iam
exscriptos Apoll. lex. Hom. p. 20 ἀκάκητα ἀντὶ τοῦ ἀκακήτης, τῇ κλητικῇ ἀντὶ τῆς εὐθείας. λέγεται δὲ οὕτως ὁ Ἑρμῆς ὁ μηδενὸς κακοῦ περιποιητικός. Corn. 16 p. 165 καὶ τὸ
ἀκάκητα αὐτὸν λέγεσθαι τοιούτου τινὸς σημεῖόν ἐστιν· οὐ

1) Cf. schol. Callim. h. 3, 143. Enst. ad Il. p. 76, 85. 1063, 60.
2) Fabricii bibl. Gr. IV p. 123. 3) Strabo VII p. 799. 4) E. Curtius Peloponnesos I p. 206 sq. 5) Paus. VIII 3, 2. 36, 9 sq.

γὰρ πρὸς τὸ κακοῦν καὶ βλάπτειν ἀλλὰ πρὸς τὸ σώζειν μᾶλλον γέγονεν ὁ λόγος.[1]) Schol. Il. Π 185 πάντων ἀγαθῶν
αἴτιος. καὶ οἱ μὲν θεοὶ κοινῇ δοτῆρες ἐάων, ὁ δὲ Ἑρμῆς
ἰδίᾳ δώτωρ ἐάων. ὅθεν καὶ υἱὸς αὐτοῦ Εὔδωρος. ἐξ αὐτοῦ δὲ τὸ Ἀκακήσιον ὄρος.[2]) Fere idem in Etymologico
verbis ὁ στερίσκων τὰς λύπας significatur, neque multum
diversa sunt adiectiva ἀγαθόν et πραΰν. Quod ibidem
etiam κακοῦργος quasi interpretatio vocabuli ponitur, fortasse ad eos referendum, qui passivum sensum praeter acti-
vum voci tribuebant (schol. Π 185 ὁ μὴ δυνάμενος κακωθῆναι ὑπὸ ἑτέρου). Ineptissime autem alii, cum a nonnullis
ἀκακῆτα scriberetur, in versibus Homericis (Il 184 sqq.)

> ἠπείηκα δ᾽ εἰς ὑπερῷ᾽ ἀναβὰς·καρελίξατο λάθρῃ
> Ἑρμείας ἀπάκητα, πόρεν δέ οἱ ἀγλαὸν υἱὸν
> Εὔδωρον, πέρι μὲν θείειν ταχὺν ἠδὲ μαχητήν

ἀκακῆτα accusativum esse et ad υἱὸν pertinere opinati sunt:
schol. V οἱ δὲ υἱὸν ἀκακῆτα προσεριστεωμένως ὡς γυμνῆτα.

IV

Schol. Apoll. Arg. III 802 ἐτυμολογεῖ δὲ τὴν φωριαμὸν Ἐρατοσθένης ἐν τῷ Ἑρμῇ·

> φωριαμὸν δ᾽ ὀνόμηναν, ὅ μιν πύθι φώριον
> ἄγρην[2])·
> ἐκ τοῦ φωριαμὸς κικλήσκεται ἀνθρώποισιν.

Suspicari licet Eratosthenem primae φωριαμοῦ talem usum
finxisse qualis ab antiquis poetis huic arearum generi tri-
bueretur. Dicuntur autem in carminibus Homericis φωριαμοὶ
vestimenta continere (Il. Ω 228 sqq. Od. o 104 sqq.). Itaque censeo hos duos poetae Cyrenaei versus spectare ad verba

---

1) Similiter Heracl. All. Hom. 72.   2) Et. m. 44, 12 ἀκακήτης· ἄσπερ
παρὰ τὸ γυμνῆς γυμνῆτος γίνεται ὁ γυμνήτης κτλ., οὕτως καὶ ἀκάκης
ἀπάκητος ἀκακήτης κτλ.   3) Delectatur Eratosthenes, sicut praeceptor
eius Callimachus, caesura trochaica: inter quadraginta tres hexametros
Eratosthenicos triginta quattuor ita compositos esse videmus.

illa fragmenti I καὶ δή ποτε τῆς μητρὸς μετὰ τῶν ἀδελφῶν αὐτῆς λουομένης λαθὼν ὑφείλετο τὰς ἐσθῆτας, γυμναὶ δὲ ἐκεῖναι οὖσαι ἠπόρουν τί πράξωσιν. γέλωτα δὲ διὰ τούτου Ἑρμῆς ποιήσας ἀπέδωκεν αὐταῖς τὰς ἐσθῆτας. Vides si haec statuimus omnia bene quadrare. ὀνόμηναν referendum est ad Maiam ciusque sorores, neque verum est quod Bernhardyus scripsit „cum autem nisi de Mercurio furato ista dici nequirent, ὀνόμηνεν legendum est" (p. 137). Vocem μιν referro licet ad vestitum (ἐσθῆτα) ut φώριον ἄγρην sit appositio. Sed potest etiam cogitari, cum κεύθειν verbo coniunctum esse praeter accusativum φώριον ἄγρην (quo vestimenta significantur) accusativum personae quem eidem verbo additum invenimus in Od. γ 187. Apoll. Arg. IV 1105 (οὐδέ σε κεύσω).[1]) Spectat autem, si hanc explicationem pro vera habemus, accusativus μιν ad subiectum verbi ὀνόμηναν, plurali significatione usurpatus sicut duali in fragm. XIX vs. 15. Eratosthenes cum formae talem significatum tribuit sequitur doctrinam Zenodoteam. Sunt enim tres loci Homerici quorum species talis est, ut μιν pronomen pluralem aut dualem vim habere videatur; de quibus ita disserit Apollonius Dyscolus (de pron. p. 108 sq.): ὁ δὲ πλάνος τῆς τοιαύτης ἀφορμῆς (loquitur de νίν pronomine ad nomina pluralia relato) ἴσως ἐρρύη ἐκ τοῦ „εὕρομεν ἐν βήσσῃσι τετυγμένα δώματα κάλα[2]), ἀμφὶ δέ μιν λύκοι ἦσαν ὀρέστεροι" (Od. κ 210. 212), καὶ „ἥ μάλα δὴ τάδε δώματα κάλ' Ὀδυσσῆος" καὶ „οὐκ ἄν τίς μιν ἀνήρ" (ρ 264. 268). ἣν δὲ τὰ τοιαῦτα ἐπὶ τὴν συνωνυμίαν φερόμενα τοῦ δῶμα, ὁμοίως τῷ „νεφέλη δέ μιν ἀμφεκάλυπτε, τὸ μὲν οὔ ποτε" (μ 74 sq.), τὸ νέφος· „αἱ μὲν ἀγχηστίναι —· τὰ δ' ἐρῆμα φοβεῖται" (Il. Ε 140 sq.)· „ἐννῆμαρ μὲν —· τῇ δεκάτῃ δέ" (Α 53 sq.). ἐκείσει γοῦν „γιγνώσκω δ' ὅτι πολλοὶ ἐν αὐτῷ δαῖτα τίθενται" (Od. ρ 269). τὸ δ' ἐπὶ τοῦ Ἄρεος καὶ Ἀθηνᾶς „οὐδ' εἰ μάλα μιν χόλος

---

1) οὖ σ.' ἐπικεύσω Apoll. Arg. III 332.   2) Scribere debebat δώματα Κίρκης.

ἧκεν"[1]) (Il. P 399) ὡς εἰ ἔλεγε χωρὶς ἐφ' ἑκάστου.[2]) Cf.
schol. Od. κ 212 ἀπὸ τοῦ πληθυντικοῦ τοῦ δώματα πρὸς
ἑνικὸν τὸ δῶμα ὑπήντησεν, ὡς τὸ „ἐξ ἑτέρων ἕτερ' ἐστίν"
(ρ 266)· εἶτα ἐπιφέρει „οὐκ ἄν τίς μιν ἀνήρ." ἢ περὶ αὐτὴν τὴν Κίρκην. (Hanc alteram interpretationem reiciendam
esse versus sequentes demonstrant.) Schol. ρ 268 μιν: αὐτὸ
τὸ δῶμα. His igitur locis, fortasse etiam significatione plurali pronominis νίν, Zenodotus adductus esse videtur, ut
putaret μίν pro σφᾶς nullo discrimine dici posse. Ariston.
ad ll. Κ 127 (ἵνα γάρ σφιν ἐπέφραδον ἠγερέθεσθαι): ὅτι Ζηνόδοτος γράφει μιν. ἔστι δὲ ἑνικὸν τὸ μίν. βούλεται δὲ
ὁ ποιητὴς διὰ τοῦ σφίν αὐτοῖς σημῆναι.[3]) Eratostheni hac
de re cum Zenodoto convenisse alter certe duorum quos dixi
versuum eius luculenter ostendit. Postea in Apollonii Argo-
nauticis quidem usum bis deprehendimus: I 941

ἐν δὲ οἱ ἀκταὶ
ἀμφίδυμοι, κεῖνται δ' ὑπὲρ ὕδατος Αἰσήποιο·
Ἄρκτων μιν καλέουσιν ὄρος περιναιετάοντες.

II 6

καὶ δὲ τότε προτὶ νῆα κιών, χρειώ μιν ἐρέσθαι
ναυτιλίης, οἵ τ' εἶεν, ὑπερβασίῃσιν ἄτισσεν.

Vbi schol. τὸ μίν ἑνικὸν ἀντὶ πληθυντικοῦ τοῦ αὐτοῖς, τοὺς
ἥρωας· δύναται δὲ καὶ ἑνικὸν εἶναι, ἵνα περὶ τοῦ Ἀμύκου
λάβωμεν. ἔδει γὰρ αὐτὸν τὸν Ἄμυκον ἐρωτῆσαι τοὺς ἥρωας:
secundam explicandi rationem falsissimam esse vix est quod
moneam.

Eratosthenis derivationem vocis φωριαμός minime impro-
bandam esse Bernhardyus censet; at si quid video, ne ipse
quidem Eratosthenes pro vero habuit, φωριαμός primitus ar-
cam res furtivas continentem significasse: immo etymologiam
non serio sed lusu poetico proposuit. Cf. de talibus Meineke

---

1) Immo ἧκοι. 2) Melius dixisset μιν ad solam Minervam esse
referendum 3) Neque vero causa erat, cur Lobralus (apud Fried-
laenderum) etiam scholion ad Α 73 (Ζηνόδοτος γράφει „ὃς μὲν ἀμειβό-
μενος ἔπεα πτερόεντα προσηύδα") eodem referret ibi enim de singulari
Zenodotus cogitasse videtur.

anal. Alex. p. 99 sq.¹) Attamen ex hoc invento id colligere possumus, Eratosthenem in eorum numero fuisse qui φωριαμός a voce φώρ neque a φᾶρος aut φόρημα deriva-rent. Dubitabant enim grammatici Graeci, quae explicatio praeferenda esset. Apoll. lex. Hom. p. 165 φωριαμοῖς κιβωτοῖς. ὁ μὲν Ἀπίων ἐτυμολογῶν ἀπὸ τοῦ εἶναι ἐν αὐτοῖς τὰ φορήματα, ἔνιοι δὲ τὰς πρὸς τὴν ἀπὸ τῶν φωρῶν, τουτέστι κλεπτῶν, φυλακὴν κατεσκευασμένας.²) Herod. Pros. Il. Ω 228 εἴτε παρὰ τὸ τοὺς φῶρας ἀπείργειν ἢ ἀπὸ τοῦ τὰ φάρη φυλάσσειν ἡ προκειμένη λέξις παρῆκται. Epim. Hom. p. 430³) φωριαμῶν ὄνομα ἀρσενικὸν ἁπλοῦν· παρὰ τὸ φώρ ὃ σημαίνει τὸν κλέπτην, ἐπεὶ πρὸς φυλακὴν τούτων κατεσκεύασται· ἢ παρὰ τὸ τὰ φάρη ἔχειν, ὃ καὶ βέλτιον, ἀντιθέσει τοῦ a εἰς ω, ὡς ἐν τῷ θᾶκος θῶκος κτλ. εἴτε καὶ παρὰ τοὺς φῶρας εἴτε παρὰ τὸ φᾶρος, τὸ ἀκόλουθον φωριαμός.⁴) Apollonium Rhodium a φᾶρος vocem φωριαμός non deduxisse, documento est quod ita arculam in qua φάρμακα sunt appellat (III 802. 808. IV 25). Gregorii Corinthii (p. 421) et Eustathii (ad Il. p. 1347, 10) ineptias referre a proposito meo abhorret.

V

Steph. Byz. p. 106 Mein. λέγεται καὶ Ἀπις (Ἀπίς em. Meinekius) θηλυκόν, ἧς ἡ γενικὴ Ἀπιδος (Ἀπίδος em. Mein.⁵)). οὕτω τὴν χώραν Ἐρατοσθένης ἐν Ἑρμῇ προσαγορεύει.

Terra quam Eratosthenes ita appellavit Peloponnesus est, id quod apparet ex Theocr. 25, 183 et Apoll. Arg. IV 1564⁶) ubi de significatione nominis dubitari nequit. Priores Peloponnesum Ἀπίαν dicebant, veluti Aeschylus Suppl. 247.

1) De etymologiis quas Callimachus in carminibus profert v. Naeke opusc. II p. 69. Dilthey de Call. Cyd. p. 58 sqq.   2) Varro de lingua Lat. V 128 arca quod arcebantur fures ab ea clausa.   3) Et. m. 804, 11. Et. Gud. 559, 9.   4) Etymologia hoc loco praelata sola commemoratur ab Herodiano in Et. m. 570, 44 (Et. Gud. p. 375, 32. 577, 33). In schol. Il. Θ 242, apud Or. p. 162, 16. Neglegenter Zonaras alteram interpretationem Herodiano adscribit, lex. p. 1834.   5) Idem vitium ex Nicandro anstulit Schneiderus Nic. p. 8.   6) Genuinam huius loci scripturam scholiastae debemus; nam inepte is explicat Ἀπὶς νῆσος εἰρημένη πρὸ τῆς Κρήτης cf. vs. 1570. 1577.

14 MERCVRIVS

748. Agam. 241. Sophocles Oed. Col. 1303. Cf. Ariston. ad
Il. Δ 270 ὅτι παραλλήλως τηλόθεν ἐξ ἀπίης. οἱ δὲ νεώτεροι
ἰδέαντο τὴν Πελοπόννησον. Γ 49 οὐχ ὡς οἱ νεώτεροι τὴν Πελοπόννησον. Apoll. Bibl. II 1, 1 (Ἀπὶs) ὀνομάσας ἀφ' ἑαυτοῦ
τὴν Πελοπόννησον Ἀπίαν. Nicol. Dam. apud Const. Porph.
de them. II p. 52 Bekk. ἐπὶ μὲν γὰρ Ἀπίου τοῦ Φορωνέως
ἐκαλεῖτο (Peloponnesus) Ἀπίη. Paus. II 5, 7 οὗτος ὁ Ἀπις
ἐς τοσόνδε ηὐξήθη δυνάμεως πρὶν ἢ Πέλοπα ἐς Ὀλυμπίαν
ἀφικέσθαι, ὡς τὴν ἐντὸς Ἰσθμοῦ χώραν Ἀπίαν ἀπ' ἐκείνου
καλεῖσθαι. Steph. l. c. τὸ ἐθνικὸν Ἀπιεὺς δηλοῦν τὸν Πε-
λοποννήσιον.[1] Si idem in disputationis suae initio dicit
Ἀπία οὕτως οἱ νεώτεροι τὸ Ἄργος, significare vult eandem
terram quae in carminibus Homericis Ἄργος appelletur
apud poetas Homero recentiores esse Ἀπίαν: neque aliter
Rhiani versus ab eo allati intellegendi sunt. Ili loci demonstrare videntur, duo fuisse quae huic appellationi originem dederint: Homericum illud ἐξ ἀπίης γαίης[2] quod falso
de certa quadam terra explicabatur, et memoria Apidis he-
rois[3] quae apud Argivos et Sicyonios exstabat.[4]

Ceterum in prima carminis Eratostheici parte saepius
occasionem commemorandae Peloponnesi se obtulisse sponte
intellegitur.

VI

Theodosius (?) περὶ κλίσεως τῶν εἰς ων βαρυτόνων
cuius verba publicavit Dindorfius ad schol. Aristoph. t. III
p. 418 ed. Lips. τὸ Λάδων ὑπὸ Ἀντιμάχου διὰ τοῦ ο (ω cm.
Dindorfius) κλίνεται·

ἐγγύθι δὲ προχοαὶ ποταμοῦ Λάδωνος ἔασιν.[5]
ὡσαύτως καὶ ὑπὸ Ἐρατοσθένους ἐκλίθη·

Λάδονος (Λάδωνος Dind.) περὶ χεῦμα.

1) Schol. Theocr. 1, 134. Et. m. v. ἄπιος. Eust. ad Dion. 415. Tzetzes
ad Lyc. 177. 2) G. Curtius Grundz. der griech. Etym. p. 428. 3) Preller
griech. Myth. II p. 37. 4) Haec duo cum confunderentur non mirandum,
quod Sophocles (Oed. Col. 1685) ἀπίαν γᾶν de terra longinqua, Rhianus
Ἀπίης de Peloponneso usurpare non dubitavit. 5) Λάδωνος pro Λάδονος scripsit Dindorfius, ἔασιν pro ἦσαν Meinekius del. epigr. p. 133.

ἡ μέντοι Κόριννα διὰ ντ τὴν κλίσιν ἐποιήσατο·
Λάδοντος δοναχοτρόφου.

Choerob. ed. Gaisf. p. 75 τὸ Λάδων — ἔστι δὲ ὄνομα
ποταμοῦ — ὑπὸ Ἀντιμάχου διὰ τοῦ ω κέκλιται ἀναλόγως,
οἷον Λάδωνος· ὡσαύτως δὲ καὶ ὑπὸ Ἐρατοσθένους ἐκλίθη
Λάδωνος.

Eratosthenis hemistichium ex Mercurio sumptum esse
statui cum Lübberto (Rhein. Mus. XI 1857 p. 442), quia
quae prima poematis parte Eratosthenes narravit in Arcadia
aguntur.

VII

Choerob. in Theod. p. 119 εὑρέθη δὲ καὶ τὸ Ἀρύαντος
περιττοσυλλάβως κλιθέν·

αἱ δὲ πέρην Ἀρύαντος ἐπὶ προχοαῖς ποταμοῖο
παρ' Ἐρατοσθένει.

p. 32 εὑρέθη δὲ καὶ τὸ Ἀρύας Ἀρύαντος περιττοσυλλάβως κλιθέν· ἔστι δὲ ὄνομα ποταμοῦ.

αἱ δὲ πέρην codex Marcianus 489.[1]) ἡ δὲ ὑπὲρ Coie-
linianus.[2]) — ποταμοῖο Marc. ποταμίων Coisl.

Aryas fluvius aliunde non notus est: neque quidquam
profecerunt Schneidewinus (Philol. I p. 435) cui Ἀρύβας et
Stiehlius (Philol. suppl. II p. 486) cui Ἀρύκας legendum esse
visum est, cum in locum ignoti nominis formas haud magis
notas supposuerint neque Arybas rex aut Arycandus flu-
men certa mutationis argumenta praebere possint. Praeterea
quo probabilius est, vocabulorum in ύας exeuntium totam
seriem Choeroboscum ex Herodiano sumpsisse, eo maior
audacia eorum existimanda, qui in illa voce terminationem
ύας tollere conantur. Ego quid verum sit perspexisse mihi
videor. Vix enim dubito quin Aryas idem Arcadiae fluvius
sit qui alibi Aroanius nominatur. Influit is in Lado-
nem[3]): commemoraverat autem Eratosthenes regionem quae

---

1) Gaisford praef. Et. m. p. 7.   2) Bergkius vera scriptura nondum
cognita ἡ δ' Τπέρι corrigendum esse censuerat (comment. crit. II p. 6).
3) E. Curtius Pelop. I p. 368.

est *Λάδωνος περὶ ζεῦμα* (fr. VI). Quod υ in locum ο litterae
succedit, fortasse ad dialectum Arcadicam est referendum.[1])
Eodem modo Aeoles *ξύανον* pro *ξόανον* dixisse perhibentur. [2])
Denique vero fluuinis illius nomen etiam in *ας* exiisse, per
testem locupletissimum comprobare possum: ipsum dico Eratosthenem. Haec enim codicum scripturis tradita sunt in
Strabonis libro VIII p. 389: *Ἐρατοσθένης δέ φησι περὶ Φι-
νεόν μὲν τὸν Ἀνίαν καλούμενον ποταμὸν λιμνάζειν τὰ πρὸ
τῆς πόλεως κτλ.* Dudum ex iis quae Strabo narrat intellectum est, agi hoc loco de Aroanio: qua de causa Palme-
rius *Ἀροάνιον* formam substituendam esse censuit (exercit.
in auct. Gr. p. 314). Iam ex iis quae disputavi cognosces,
terminationem apud Strabonem recte sese habere; scribendum est aut *Ἀράαν* aut *Ἀρύαν*: de duplici eiusdem nominis
declinatione (*Ἀρύας Ἀρύα* et *Ἀρύας Ἀρύαντος*) cf. Schneidewinus l. c.

.   Articulus *αί*, si versus ex Mercurio petitus est, de Maia
eiusque sororibus dictus esse videtur: ac fortasse versum ad
fabulam illam de Atlantidibus revocare licet, quam ab Eratosthene tractatam esse fragmento I (cf. fr. IV) exploratum
habemus.

. VIII

Ath. V p. 189 D *καλοῦσι δ' ἀρσενικῶς τοὺς αὐλῶνας ὥσπερ Θουκυδίδης ἐν τῇ τετάρτῃ* (c. 103) *καὶ πάντες
οἱ καταλογάδην συγγραφεῖς, οἱ δὲ ποιηταὶ θηλυκῶς. Καρκί-
νος μὲν Ἀχιλλεῖ*

     βαθεῖαν εἰς αὐλῶνα περίδρομον στρατοῦ.

καὶ *Σοφοκλῆς Σκύθαις*

     *κρημνούς τε καὶ σήραγγας ἠδ' ἐπακτίας
αὐλῶνας.*

. 1) Cf. Gelbke de dial. Arc. p. 19 (O. Curtius Stud. zur griech. u.
lat. Gramm. II).   2) Tzetzet exeg. in Il. p. 122, 13. Addere licet in
barbaro nomine *Ἀρσάνδης* eandem commutationem occurrere: Hes. v.
Ἀροσανδικόν.

ἐκδεκτέον οὖν καὶ τό παρ' Ἐρατοσθένει ἐν τῷ Ἑρμῇ θηλυκῶς εἰρῆσθαι

βαθὺς διαφύεται αὐλών

ἀντὶ τοῦ βαθεῖα, καθάπερ λέγεται θῆλυς ἐέρση (Hes. Sc. 395).

Eratosthenis hemistichium „potuit in historia do bobus subleclis occurrere", quod Bernhardyus haud improbabiliter adnotat (p. 137): nam

πολλὰ ὄρη σκιόεντα καὶ αὐλῶνας κελαδεινοὺς
καὶ πεδί' ἀνθεμόεντα διήλασε κύδιμος Ἑρμῆς (h. Hom. 95).

M. Schmidtius (Rhein. Mus. VI 1848 p. 411) verba ab Athenaeo citata de Gargaphiae valle (fr. XIII) dicta esse conicit, quam Hyginus opacissimam vocat (fab. 181).

Quod ad genus vocabulorum *βαθὺς αὐλῶν* attinet, Athenaeus fallitur: nam cum aliis poetarum locis de masculino genere dubitari non possit, neque hic neque in versu Nicandri quem Aelianus de nat. an. X 49 adfert (*αὐλῶνα βαθύν*) *βαθύς* illa ratione explicari necessarium est. Cf. h. Hom. in Merc. 95. Lycophr. 387 sq. Recentiores omitto.

IX

Pollux VII 90 *μέμνηται δὲ καὶ φαικασίου ἐν τῷ Ἑρμῇ Ἐρατοσθένης*·

πέλμα ποτιρράπτεσκεν ἐλαφροῦ φαικασίοιο.[1]

ῥάπτεσκεν ἐλαφροῦ ποτὶ πέλμα φαικασίοις codex Parisinus A. *ποδὶ κρούεσκε* Falckenburgianus. *πέλμα ποτὶ ῥάκτεσκεν ἐλαφροῦ φαικασίου* editio Aldina, cuius auctoritati si fidem habeamus, emendari possit sensu non multum mutato *πέλμα πότι ῥάπτεσκεν* (ut praecesserit obiectum). *ποτιρράπτεσκεν* Salmasius et Dekkerus (ex codicibus ut videtur). Versus omissus est in codice Antverpiensi quem Kühnius adhibuit.

Quia fragmenti I fine cognitum habemus, ab Eratosthene narrationem de Apollinis bubus furto abactis expositam fuisse,

---

1) De numero huius hexametri v. Naeke opusc. II p. 106.

conieci verrum a Polluce servatum spectare ad infantis dei dolum, cuius memoria exstat in h. Hom. vs. 75 sqq.[1])

σάνδαλα δ' εὖτ' ἐρριψεν ἐπὶ ψαμάθοις ἁλίῃσιν,
ἄφραστ' ἠδ' ἀνόητα διέπλεκε θαυματὰ ἔργα,
συμμίσγων μυρίκας καὶ μυρσινοειδέας ὄζους.
τῶν τότε συνδήσας νεοθηλέος ἄγκυλον ὕλης
ἀβλαβέως ὑπὸ ποσσὶν ἐδήσατο σάνδαλα κοῦφα
αὐτοῖσιν πετάλοισι, τὰ κύδιμος Ἀργειφόντης
ἔσπασε Πιερίηθεν, ὁδοιπορίην ἀλεείνων,
οἷά τ' ἐπειγόμενος δολιχὴν ὁδόν, αὐτοπρεπὴς ὥς.

Haec igitur Eratosthenes, si vera est opinio mea, more recentiorum poetarum variavit, narravitque Mercurium crepidas non abiecisse, sed detractas alii cuidam rei quae vestigia mox incerta redderet adfixisse. Accuratiora sciremus, si Pollux plures versus attulisset. Ceterum fabulae in hymno proditae similia fortasse etiam ab aliis narrata erant. Cf. Apollod. III 10, 2 κλέπτει βόας ἃς ἔνεμεν Ἀπόλλων. ἵνα δὲ μὴ φωραθείη ὑπὸ τῶν ἰχνῶν, ὑποδήματα τοῖς ποσὶ περιέθηκε καὶ κομίσας εἰς Πύλον τὰς μὲν λοιπὰς εἰς σπήλαιον ἀπέκρυψε κτλ. Ant. Lib. 23 ἐξῆπτε δὲ ἐκ τῆς οὐρᾶς πρὸς ἕκαστον ὕλην, ὡς ἂν τὰ ἴχνη τῶν βοῶν ἀφανίσῃ.

In longe diversam suspicionem Bernhardyus incidit (p. 160). Revocat enim hexametrum ad narrationem Hygini de astr. II 16 *nonnulli etiam dixerunt Mercurium, alii autem Amyladem, pulchritudine Veneris inductum in amorem incidisse: et cum ei copia non fieret, animum ut contumelia accepta defecisse: Iovem autem misertum eius, cum Venus in Acheloo flumine corpus abluerat, misisse aquilam, quae soccum eius in Amythaoniam Aegyptiorum delatum Mercurio traderet: quem persequens Venus 'ad cupientem sui pervenit, qui copia facta pro beneficio aquilam in mundo collocavit*. Lectio, quam Bernhardyus ut versus opinioni suae respondeat restituere vult, πέλμα ποτί ῥα πτάσκεν ἐλαφροῦ φαινα-

1) Callimachum quoque usum esse hymno Homerico sententia est Meinekii ad Call. h. in Dianam 26.

σίοιο[1]) haud dubie reicienda est. Sed possit aliquis quod Bernhardyus de versus argumento profert comprobare, recepta Lobeckii scriptura. Is enim ποτιρρίπτασχεν emendandum censuit intellexitque versum „de aquila illa quae lavanti Rhodopidi calceum subripuit καὶ ἐκόμισεν εἰς Μέμφιν δικάζοντος Ψαμμιτίχου καὶ εἰς τὸν κόλπον ἐνέβαλε τὸ ὑπόδημα Aelian. v. h. XIII 33, sive ut Strabo ait XVII p. 808 ἔρριψε“ (Aglaophamus p. 245). At in Eratosthenis Mercurio probabilius certe de Mercurio quam de Psammiticho sermonem fuisse putabimus. Itaque si ποτιρρίπτασχεν in uno codice scriptum exstaret, de Hygini narratione haud inepte cogitari verbumque quod dico ad aquilam referri posset. Quoniam vero illud non traditum est traditaeque lectionis explicatio potuit inveniri, non video cur de sententia mea desistam.

X. XI.

Stob. Flor. XCV 15. *Πλουτάρχου ἐκ τοῦ ὅτι καὶ γυναῖκα παιδευτέον. Ἀρχύτας ἀναγνοὺς τὸν Ἐρατοσθένους Ἑρμῆν τοῦτον ἐπήνεγκε τὸν στίχον*

χρειὼ πάντ' ἐδίδαξε· τί δ' οὐ χρειὼ κεν ἀνεύροι[2]);

καὶ τοῦτο (τοῦτον em. Meinekius)

ὀρθοῦ· καὶ γὰρ μᾶλλον ἐπωδίνουσι μέριμναι.

ὀρθοῦ καὶ γὰρ AB. ὀρθου γὰρ καὶ Vind. ὀρθοῦσι γὰρ καὶ Trincavellius. ὀρθοῦσι καὶ Gesnerus.

Stob. Flor. LX 10. *Πλουτάρχου ἐκ τοῦ περὶ μαντικῆς. Τῶν τεχνῶν, ὡς ἔοικε, τὰς μὲν ἡ χρεία συνέστησεν ἐξ ἀρχῆς καὶ μέχρι νῦν διαφυλάσσει·*

χρειὼ πάντ' ἐδίδαξε· τί δ' οὐ χρειὼ κεν ἀνεύροι τῶν ἀναγκαίων; ὑφαντικὴν οἰκοδομικὴν ἰατρικὴν γεωργίαν καὶ ὅσαι περὶ γεωργίαν ἀναστρέφονται· τὰς δ' ἡδονή τις

---

1) Addit interpretationem „crepidam levis placeasti advolavit (aquila).“   2) Apparet in hoc hexametro artificium illud a Callimacho in versibus componendis saepissime adhibitum de quo disseruit Diltheyus anal. Callim. p. 14. Cf. fr. XIX v. 7 αἰεὶ φρικαλέαι, αἰεὶ δ' ὕδατι μογέουσαι.

2*

προσηγάγετο καὶ κατέσχε, τὴν τῶν μυριτῶν καὶ τῶν ὀψο-
ποιῶν καὶ κομμωτικὴν πᾶσαν καὶ ἀνθοβαφίαν. Verbum ἐξήνεγκε quod intellegi vix potest Cobetus mutavit in ἐξήνεσε (var. lect. p. 259): quam conicturam si
approbamus, duos hexametros ex Mercurio petitos esse efficitur. Priorem versum (ex parte fortasse proverbialem)
puxta Mercurio ipsi ioennti tribnere in ea carminis parte potuit, ubi narrabatur dolus ab illo ne furti vestigia appare-
rent adhibitus (cf. p. 18). Inter varias alterius scripturas
ὀρθοῦσι haud dubie ingenio sive librariorum sive editorum
debetur. Si ὀρθοῦ· καὶ γὰρ legimus, oratio conversa est ad
aliquem qui gravibus curis cruciatur: is admonetur ut de-
missum animum erigat, ipsis enim curis hominem magis eo
perduci ut aliquid excogitet ac reperiat. Verum permira est
ista consolatio atque id satis molestum, quod comparativus
μᾶλλον non habet quo apte referatur: suppleri debet „quam
statns hominum curis carens.“ Itaque vix puto poetam sic
scripsisse. Quanquam tradita haec lectio utique praestat
omnibus quae propositae sunt mutationibus. Wyttenbachii
coniectura, ὀρθοῦσι καὶ ἐκωδύνουσι scribendum esse, quid
sibi velit non perspicio. Bergkius tentavit ὀρθοῦ· καὶ γὰρ
μεῖζον ἐκωδίνουσι μέριμναι[1]), Meinekius propter codicis
Vind. lectionem ὄρθου γὰρ καὶ μᾶλλον ἐκωδίνουσι μέριμναι. Non opus est quaerere, num sensus utraque scriptura
efficetur, si per se spectetur, aptus sit: nam aliud est quod
haud ambigue nos vetat aut Bergkio aut Meinekio adsentiri.
Id enim quod Plutarchus aliquo disputationum suarum argumento adductus est ut commemoraret Archytam hos duos
versus laudasse, aperte ostendit coniungi potuisse duas sententias cognatione quadam vel similitudine significatas. Atque
haec saltem apparet in lectione ὀρθοῦ· καὶ γὰρ μᾶλλον ἐκωδίνουσι μέριμναι: postquam priore versu dictum est, necessita-
tem, quamvis iniucundam hominibus, tamen omnia eos docere,

---

1) Anal. Alex. I p. 6. Putavit igitur significationem verbi ἐκωδίνειν
non esse mente aliquid novi volvere ac parere, sed doloribus
aliquem afficere.

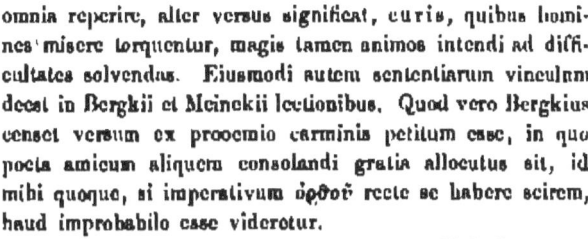

omnia reperire, alter versus significat, curis, quibus homines misere torquentur, magis tamen animos intendi ad diffi-
cultates solvendas. Eiusmodi autem sententiarum vinculum
deest in Bergkii et Meinekii lectionibus. Quod vero Bergkius
censet versum ex prooemio carminis petitum esse, in quo
poeta amicum aliquem consolandi gratia allocutus sit, id
mihi quoque, si imperativum ὀρθοῦ recte se habere scirem,
haud improbabilo esse viderotur.

Archytam a Plutarcho commemoratum Meinekius non
diversum esse iudicat ab Archyta poeta Amphissensi, quem
Plutarchus in quaest. Gr. p. 294 F citat, additque: „quem
Athenaeus I p. 5 F et XII p. 516 C in scriptoribus ὀφαρ-
τυτικῶν commemorat Archytam, fortasse ab Amphissensi
non diversus fuisse existimandus est" (anal. Alex. p. 354).

XII

ἡ χερνῆτις ἔριθος ἐφ' ὑψηλοῦ πυλεῶνος
δενδαλίδας τεύχουσα καλοὺς ἤειδεν ἰούλους.

Schol. Apoll. Arg. I 972 ἴουλοι δὲ καλοῦνται ἡ πρώτη
ἐξάνθησις καὶ ἔκφυσις τῶν ἐν τῷ γενείῳ τριχῶν. ὁ μέντοι Ἐρατοσθένης ὄνομα ᾠδῆς ἐρίθων ἀπέδωκεν ἐν τῷ Ἑρμῇ, λέγων
οὕτως· ἦν χερνῆτις κτλ. οὐκ ἔστι δέ, φησὶ Δίδυμος, ἀλλ'
ὕμνος εἰς Δήμητρα, ὡς ὁ οὔπιγγος παρὰ Τροιζηνίοις εἰς
Ἄρτεμιν. ἔστι γὰρ καὶ οὖλος καὶ ἴουλος ἡ ἐκ τῶν δραγμάτων συναγομένη δέσμη, καὶ Οὐλὼ ἡ Δημήτηρ.

Et. m. 472, 36 (v. ἴουλος) ἔστι δὲ καὶ ᾠδῆς ὄνομα, ὥς
φησιν Ἐρατοσθένης ἐν τῷ Ἑρμῇ· ἡ χερνῆτις κτλ.

Tzetzes in Lyc. 23 ἴουλος δὲ σημαίνει τέσσαρα· τὸν
σκώληκα τοῦτον, τὴν ἐξάνθησιν τῶν γενείων, τὴν συστρο-
φὴν τῶν τριχῶν, καὶ τὸν ὕμνον, ὥς φησιν Ἐρατοσθένης ἐν
Ἑρμῇ· ἡ χερνῆτις κτλ.

Tzetzes Chil. XIII 563 sqq.

καὶ ἴουλος ὁ ὕμνος μὲν πλὴν θηλικῇ τῇ κλήσει,
ὡς ἐν Ἑρμῇ διδάσκει μοι καλῶς Ἐρατοσθένης·
ἡ χερνῆτις κτλ.

Schol. Apoll. Arg. II 43 λέγεται δὲ ἴουλος καὶ θηρίου
πολύκουν καὶ εἶδος ᾠδῆς, ὥς φησιν Ἐρατοσθένης.
Vs. 1. ἡ Etym. Tzetzes. ἥν schol. Apoll. Articulus ἡ
ita positus orationi poeticae repugnare videtur; recipienda
igitur est Nackii emendatio (opusc. I p. 51) ᾗ quam lectio
a schol. Ap. tradita plano firmat: nam saepissime ι adscriptum in aliam litteram falso mutatur. Cogitandum est, praecessisse significationem sive vici sive itineris sive aedium.[1])
Minus bene Iacobsius (anth. Gr. t. VII p. 314) ἥν scribendum esse consuit; id enim si reciperemus, ad delendum asyndeton necessario δ᾽ littera anto ᾗειδεν inserenda esset: quae
scriptura in Etymologici editione prima exstat, sed nullius
auctoritatis est, cum codices DM, scholiasta Apollonii et
Tzetzes δ᾽ illud omittant. — ἔριθος schol. Tz. θεὸς Et.
Ex Etymologici lectione eaque quae in scholiis Parisinis
Apollonii exstat ἥν δ᾽ ἄρα χερνῆτίς τις ἐφ᾽ ὑ. π. Bernhardyus (p. 141) hanc novam efformavit: ἥν δ᾽ ἄρα χερνῆτις
θεὸς ἐφ᾽ ὑ. π. dictumque veram putavit de Maia quae
servili munere ipsa fungeretur. Sed scholiorum Parisinorum
nulla est auctoritas.[2]) — κυλεῶνος Tz. πετεῶνος schol. ἐλε
ῶνος Et. Narrationi cuius particula his versibus servata
est minime convenit oppidi sive Peteonis sive Eleonis
commemoratio: nam inde quod altero versu quibus rebus
mulier occupata sit accurate describitur, colligendum videtur,
de oppido vel regione lectorem cum ad hosce versus perveniret antecedentibus iam fuisse instructum.

2. δενδαλίδας τεύχουσα schol. δανδαίτις στείχουσα Et.
Tz. ortam id fortasse ex scriptura δανδαλίδας quae vera
esse potest. — καλούς schol. καλὰς Etymologici codd. DM
et Tz. καλὰς δ᾽ Etymologici editio princeps. Recipienda est
forma masculina, quia scholiastae lectio duabus aliis minus
depravata apparet neque ullo testimonio femininum genus
vocis ἴουλος[3]) comprobatur (nam eo quod Tzetzes in suo fonte

_____

1) Exempli causa hunc pono versum Homericum: εὗρεν δ᾽ ἐν βήσσαι
τετμηγμένα δούρατα καλά.   2) Keil ad Apoll. Arg. ed. Merkel. p. 299 sqq.
3) καλὰς coniunctum cum δενδαλίδας subabsurde dictum esset.

corruptelam iam invenit, nihil efficitur). Bernhardyus quidem dicit: „καλάς non recte Brunckius reiecit, Athenaeo XIV p. 619 B femininum genus defendente." At ibi legitur αἱ ἴουλοι καλούμεναι ᾠδαί. Naekius, καλάς etiam apud scholiastam Ap. traditum esse arbitratus, coniectando proposuit τεύχουσ' ἀπαλάς.

Vocabuli δενδαλίς sive δανδαλίς quattuor interpretationes Hesychius adfert: δανδαλίδες· κάχρυς, κριθαί· ἢ σῖτος πεφρυγμένος. (Et. m. 255, 54 et Bekk. an. p. 241 δινδαλίδες· ἱεραὶ κριθαί.) δενδαλίδας· οἱ μὲν ἄνθος τι, ἄλλοι τὰς λευκὰς κάχρυς, οἱ δὲ τὰς ἐπτισμένας κριθὰς πρὸ τοῦ φρυγῆναι, οἱ δὲ τὰς ἐκ κριθῶν μάζας γενομένας. Postrema significatione, quod ostendunt ciborum genera praeter δενδαλίδας enumerata, vox usurpatur in poetae comici versibus ab Athenaeo XIV p. 645 B citatis

ἐγὼ μὲν ἄρτους, μᾶζαν, ἀθάρην, ἄλφιτα,
κόλλικας, ὀβελίαν, μελιτοῦτταν, ἐπιχύτους,
πεισάνην, πλακοῦντας, δενδαλίδας, ταγηνίας.

Atque hanc solam commemorat Pollux VI 76 αἷς δ' ἄνθρωποι χρῶνται μάζαις, τούτων τὰ ὀνόματα ἄνθεμα[1]), θριδακίνη, φύστη, οἰνοῦττα, ἐφύρος, δανδαλίς κτλ. 77 καὶ βήρηκες δὲ μάζαί εἰσι μεμαγμέναι διηθημένων τῶν ἀλφίτων, αἱ δὲ δανδαλίδες πεφρυγμένων κριθῶν. Eratosthenes aut eundem loquendi usum secutus dicere vult, mulierem fecisse tales placentas, aut hordei grana illam fregisse mola[2]) vel frixisse.[3])

Carminum generis cui ἴουλος[1]) nomen erat tenuis tantummodo apud grammaticos Alexandrinos exstabat memoria: unde diversae de hac quoque re sententiae propositae sunt. Duas commemorat praeter Apollonii scholiastam Semus apud Ath. XIV p. 618 D: τὰ δράγματα τῶν κριθῶν αὐτὰ καθ' αὑτὰ προσηγόρευον ἀμάλας· συναθροισθέντα δὲ καὶ ἐκ πολ-

1) Ortane hinc est interpretatio ἄνθος τι? 2) Hoc si verum est, verbis quae sequuntur ἐπιπόλιον ᾠδήν (Poll. IV 53) significat: v. Velsen Tryphonis fragm. p. 78 sq. 3) De muliere ἱερὰς κριθὰς parante locum concepit Bpolinius de catr. Od. parte p. 126. 4) fortasse etiam σύλαμος a Polluce enim inter varia poematum genera ἴουλοι et σύλαμοι iuxta commemorantur IV 53.

λᾶν μίαν γενόμενα θέσμην οὔλους καὶ ἰούλους· καὶ τὴν Δήμητρα ὁτὲ μὲν Χλόην, ὁτὲ δὲ Ἰουλώ. ἀπὸ τῶν οὖν τῆς Δήμητρος εὑρημάτων τούς τε καρποὺς καὶ τοὺς ὕμνους τοὺς
εἴς τὴν θεὸν οὔλους καλοῦσι καὶ ἰούλους. Δημήτρουλοι
καὶ καλλίουλοι. καὶ „πλεῖστον οὖλον οὖλον ἴει, ἴουλον ἴει.“
ἄλλοι δέ φασιν ἐριουργῶν εἶναι τὴν ᾠδήν. Priorem interpretationem Didymo adsignandam esse scholiasta Apollonii
nos docet. Cf. Ath. XIV p. 619 B αἱ δὲ ἴουλοι καλούμεναι
ᾠδαὶ Δήμητρι καὶ Περσεφόνῃ πρέπουσιν. Pollux I 38 ἰδίως
δὲ Ἀρτέμιδος ὕμνος οὔπιγγος κτλ., Δήμητρος ἴουλος. Phot.
lex. ἴουλος.[1]) τὸ δασὺ ἐπίσειον τῶν γενείων· καὶ ᾠδὴ εἰς
Δήμητρα· τοὺς γὰρ ἐκ πολλῶν δραγμάτων δεσμοὺς ἰούλους
καλοῦσι.[2]) Argumenta eorum qui in hac sententia erant Didymi et Semi verbis comperta habemus: manipulos hordei
collectos et in unum fasciculum colligatos significari voculis
οὖλος et ἴουλος traditaque esse cognomina Cereris Οὐλώ et
Ἰουλώ.[3]) Et fatendum est, praecipue argumentum de Cereris
cognomine promptum haud parvi esse momenti: quamquam
id sane perversum quod Semus putat ab hoc ipso cognomine et margites ot hymnos appellationem accepisse.[4]) Cf.
praeter locos allatos Artemid. II 24 οὖλοι καὶ δράγματα καὶ
θημῶνες ἀσταχύων. Aquila Deuter. 24, 19 οὖλον (ubi LXX
interpr. δράγμα). Serv. ad Aen. XI 858 Burm. Graeci enim
tradunt, Opin et Hecaërgon οὐλοφόρους[5]) ex Hyperboreis qui
et ipsi sunt Threci in insulam Delum venisse etc. Schol. II.
Σ 553 ἐλλεδανοῖσι δὲ τοῖς τῶν ἀσταχύων δεσμοῖς, οὓς οὐλο-
δέτας καλοῦσι (pessime addit οὖλαι γὰρ αἱ κριθαί).[6]) Et. m.
p. 204 (adn.) Gaisf. ἀμαλλεῖον· νῦν δὲ οὐλόθετόν τινες. Eust.
p. 1162, 29 ἀμάλλιον σχοινίον τὸ καὶ οὐλόθετον, ἐν ᾧ
δεσμοῦσιν ἀμάλλας κτλ. ἀμάλλιον, ὃ νῦν τινες οὐλόθετον,

---

1) Suidas v. ἴουλος. 2) Antes: καὶ ᾠδῆς τι γένος ἴουλος. Ex
Didymo fluxisse haec adnotationes demonstrat Naberus Phot. lex. I p. 14.
3) Vocabulum compositum Δημητρίουλος vel (ut scriptum est in Athenaei epitome) Δημητρίουλος quo tempore furmatum sit, nescimus.
4) v. G. Curtius p. 525. Plura coniectavit Koasterus de cantil. popul.
vet. Gr. p. 30 sqq. 5) ad XI 532 quidam dicunt Opim et Hecaërgon
primos ex Hyperboreis sacra in insulam Deli occultata in faucibus mer-
gitum pertulisse. 6) Eust. p. 1162, 34.

οἱ δὲ ἀρόθισμον, τὸν ἐκ τῆς καλάμης στρεφόμενον δεσμόν, ᾧ δεσμοῦσι τὰ δράγματα καὶ τὴν ἐκ τούτων συγκειμένην ἄμαλλαν. — Ea autem opinio, cuius posteriore loco Somus mentionem facit, Tryphonis fuit, in cuius fragmento apud Ath. XIV p. 618 D legimus ἡ δὲ ταλασιουργῶν (ᾠδή) ἴουλος. Reputanti mihi, quam infirma ac temeraria argumentatione veteres grammatici saepenumero usi sint, haud prorsus incredibile videtur, hanc explicationem solo Eratosthenis loco ortam esse, ubi ἴριθος ex consuetudine Homero recentiore idem quod ἐριουργός significare putarent.[1]) Adferebant autem qui ἴουλος vocabulum sic interpretabantur ad comprobandam suam sententiam fortasse poetarum usum, in quorum carminibus οὖλος epithoton est ipsius lanae aut vestimentorum lanoorum. — Denique adnotandum est, fuisse qui Iuli hymni originem ab homine quodam ita vocato deducerent. Apollod. apud schol. Theocr. 10, 41 καθάπερ ἐν μὲν θρήνοις Ἰάλεμος, ἐν δὲ ὕμνοις Ἴουλος, ἀφ' ὧν καὶ τὰς ᾠδὰς αὐτὰς καλοῦσιν, οὕτω καὶ τῶν θεριστῶν ᾠδὴ Λυτιέρσης. Phot. v. ἴουλος[2]): καὶ ᾠδῆς τι γένος ἴουλος, καὶ ὁ προσφιλὴς τῇ Ἀρτέμιδι. Haec postrema frustra in suspicionem vocavit Bernhardyus tali usus ratiocinatione (ad Suid. v. ἴουλος): „neque homo Dianae carus isto nomine repertus est, neque licet hoc additamentum ad iulos transferre, cum upingi fuerint Dianae consecrati." Quorum argumentorum priore nihil omnino efficitur: quod vero ad alterum attinet, oblitus est Bernhardyus, de Cerere iulis celebrata posterioribus antiquitatis temporibus non omnes consensisse. Nonne scriptor vel poeta 'aliquis facile sive fingere sive ex fabulis quibusdam colligere potuit iulum pertinuisse ad Dianam? Nonne inepto alicui homini cum de Iulo inquireret οὐλία Dianae epitheton in mentem venire potuit?

Haec paulo fusius exponenda esse putavi, ut appareat nos nescire quid Eratosthenes de hymno illo censuerit. Nam errore tantum factum esse videtur ut Ritschelius diceret,

1) γρηθεὶς τῆμε ταλασήια ἔργα μίμηλεν Apoll. Arg. III 292.
2) Suidas v. ἴουλος.

apud Eratosthenem *ïovlov* carmen esse quo Ceres a viris
mulieribusque messem facientibus celebretur (opusc.
philol. I p. 251). Fortasse voce *ἔριθος* mulierem lanificam
significavit (id quod ex aliis eius loci versibus luculenter
apparere potuit) putavitque, sicut postea Trypho, Iulum a
mulieribus lanam tractantibus esse cantatum.[1]) Quamquam
si haec eius sententia fuit permirum videtur, quod mulierem
non inter ipsum lanificii laborem, sed alio opere occupatam
iulos coeinisse narrat. Itaque veri similius est, *ἔριθος* pote-
state magis generali ab eo usurpatum esse. Ex Didymi verbis
quibus Eratostheni adversatur id cognoscimus, Didymum
carmen Cererem celebrans cui Iuli nomen esset ad sollemne
sanctumque hymnorum genus rettulisse, ut illud nullo modo
mulieri mercennariae ab Eratosthene tribui potuisse arbitra-
retur. Sed Eratosthenes fortasse aliter iudicaverat.

Quo connexu duo versus prolati fuerint, alii fortasse
certo iudicio perspicient: id quod mihi non contigit. Sed
in mentem mihi venit hymni Homerici particula quaedam.
Mercurius postquam boves furatus est, per Onchestum Boe-
otiae oppidum transit videtque senem in vinete curando oc-
cupatum; volat cum quidquam eorum quae viderit evulgare,
gravi poena si aliter faceret denuntiata; mox tamen ab Apolline de armentis interrogatus senex quaecunque conspexerat
ei exponit (87—93. 186—212). Dubitari vix potest quin de
hominibus Mercurium boves secum agentem conspicientibus
ac de responso quod Apollini interroganti datum sit poetae
multa diversis modis exornata protulerint. Praecipue huc pertinet fabula de Batto, ab Hesiodo, Didymarcho, Antigono,
Apollonio, Nicandro, postea ab Antonino Liberali (23) et Ovidio (Metam. II 687 sqq.) narrata.[2]) Apollodorus complures
Apollini de bubus subreptis quaerenti respondisse narrat:
Ἀπόλλων δὲ τὰς βόας ζητῶν εἰς Πύλον ἀφικνεῖται· καὶ τοὺς
κατοικοῦντας ἀνέκρινεν, οἱ δὲ ἰδεῖν μὲν παῖδα ἐλαύνοντα

---

1) Haec si statuitur, concidunt quae de origine sententiae a Try-
phone propositae supra conieci.　2) Cf. O. Müller hyperbor.-röm. Stud. I
p. 315.

ἔφασκον, οὐκ ἔχειν δὲ εἰπεῖν ποῖ ποτε ἠλάθησαν διὰ τὸ μὴ εὑρεῖν ἴχνος δύνασθαι (III 10, 2). Quidui muliercuhun in hanc vel similem fabulam ab Eratosthene inductam esse putemus, sive ipsius invento sive ex iis quae certis quibusdam locis oro hominum circumferrentur?

XIII

Et. m. 135, 31 Ἀργαφίης· οἷον .
νιψάμεναι κρήνης ἴδραμον Ἀργαφίης.
τινὲς δὲ διὰ τοῦ ε, ἀπὸ Γεργάφου τοῦ Ποσειδῶνος. τὸ δὲ
ἐντελὲς ἐν τῷ Ἑρμῇ
κρήνης Γαργαφίης.
ὁ Παρμένιος ἄνευ τοῦ γ· ἢ ἔλλειψις ἀπὸ ἱστορίας.

Nomen fontis in hemistichio usurpatum veram esso atque genuinam formam demonstrant loci qui sunt apud Herod. IX 25. 49. 51. 52 et apud Paus. IX 4, 3: atque haec sola apud scriptores Romanos invenitur. Alteram qua auctor pentametri usus est invenimus etiam apud Alciphronem qui hunc versum expressit in epist. III 1 τὸ δὲ ὅλον πρόσωπον αὐτὰς ἐνορχεῖσθαι ταῖς παρειαῖς εἴποις ἂν τάς Χάριτας τὸν Ὀρχομενὸν ἀπολιπούσας καὶ τῆς Ἀργαφίας κρήνης ἀπονιψαμένας.

Hemistichium, cuius poeta non nominatur, ex Eratosthenis potius quam ox Philetae Mercurio ductum esse proptorca probabiliter conicoit Bergkius (comm. crit. II p. 5), quia Eratosthenis carmen multo maiore valebat auotoritato. Contradixit quidem Borgkii sentontiae Vagerus contenditque Philetae Mercurium ab etymologo citari (anal. Propert. p. 90): sed causa quam adfert ad suam opinionem tutandam satis frivola est. Eo enim rem absolvi putat, quod brevi antea apud etymologum (135, 29) Philetae fiat mentio.[1]) Ad liquidum sane confessumque rem perduci nequit. Si Bergkio adsentimur, haud difficile est ad explicandum, quomodo Gargaphiae fons in

---

1) Ne id quidem prorsus certum est: cf. virorum doctorum ad h. l. adn.

Eratosthenis poemate commemorari potuerit: nam Mercurium
bovos furatum iter per Bocotiam fecisse produnt hymni Homerici poeta (88 sqq.) et Antoninus Liberalis (23). Salis
autem veri simile est, Eratosthenem, id quod postea Nicander fecisse videtur[1]), fusius descripsisse dei migrationem
eaque ad ostentandam reconditam eruditionem esse usum,
quemadmodum Callimachum versari videmus in exponendis
Latonae errationibus aliosque alibi. ·

Multo difficilior est quaestio, quid pro corrupto nomine
Παρμένιος sit restituendum. Schmidtius verba *Γαργαφίη κρήνη* (dicere debuit *Ἀργαφίη κρήνη*) Parmenoni
iambographo tribuenda esse coniecit (Rhein. Mus. VI 1848
p. 404): quod nullo modo potest comprobari. Si enim eum
Schmidtio nomen poetae reponeremus qui diversus esset a
pentametri auctore, duo maximam praeberent offensionem:
primum quod grammaticus pentametri ratione non habita
ὁ *Παρμένων ἄνευ τοῦ γ* ita diceret quasi hoc primum formae *Ἀργαφίη* testimonium poeticam proferret, deinde absurda ista enumeratio, qua ante omnia *Ἀργαφίη*, tum *Γαργαφίη* ac tertio loco rursus *Ἀργαφίη* poetarum auctoritatibus
probaretur.

Maiorem persuadendi vim duae emendationes habent iam
antea propositae. Sylburgius nomen *Παρμένιος* in *Παρθένιος* mutandum esse censuit. Quod si amplectimur simulque statuimus pentametrum esse Parthenii, una offendendi
causa tollitur. Restat ordo confusus: nam ut recte monuit
Bergkius (anal. Alex. II p. 23) „fatendum est, si scribatur
ὁ *Παρθένιος ἄνευ τοῦ γ* ita ut hoc ad pentametrum per-
tineat, nihil omnino dici, quod non ante iam dictum fuerit,
nisi quod poetae nomen additum est.“ Itaque restituto Parthenii nomine simul verba hunc in modum transponi paene necessarium erit: *Ἀργαφίης· οἷον „νιψάμεναι κρήνης ἔδραμον*

---

[1] Ant. Lib. ἦγεν αὐτὰς Παύσων διὰ τε Πελασγῶν καὶ δι' Ἀχαίας
τῆς Φθιώτιδος καὶ διὰ Λοκρίδος καὶ Βοιωτίας καὶ Μεγαρίδος, καὶ
ἐντεῦθεν εἰς Πελοπόννησον διὰ Κορίνθου καὶ Λαρίσης ἄχρι Τιρύας.
καὶ ἐντεῦθεν παρὰ τὸ Λύκαιον ὄρος ἐπορεύετο καὶ παρὰ τὸ Μαινάλιον
καὶ τὰς λεγομένας Βάττου σκοπιάς.

Ἀργαφίης" ὁ Παρθένιος ἄνευ τοῦ γ κτλ. Sed ne sic quidem ἦ quod sequitur ullam admittit interpretationem.

Quare cum Sylburgii sententia non talis sit ut omnem difficultatem removeat, omnium maximam probabilitatis speciem Sturzii coniectura habere mihi videtur: pro Παρμένιος rescribendum esse Παρμενίσκος.[1]) Dicit igitur etymologus, postquam a poetis utramque formam usurpatam esse ostendit, a Parmenisco grammatico Ἀργαφίη magis commendari ac pro genuina forma haberi sive ut antiquis vocabulis utar ex Parmenisci sententia Ἀργαφίη esse τὸ ἀπαθές, τὸ γνήσιον, atque inde κατὰ πλεονασμὸν ortum esse Γαργαφίη. Fortasse Parmeniscus in ipso illo Mercurii versu Ἀργαφίης ut scriberetur praecepit; ita censet Bergkius et inde[2]) statuit Parmeniscum commentarios de Mercurio composuisse (Ztschr. f. d. AW. 1841 p. 87): sed fieri etiam potuit ut in aliquo libro grammatici argumenti quo Herodianus usus est (ex hoc enim etymologum sua sumpsisse probabiliter indicavit Lentzius) occasione data de hisce nominibus ageret versumque emendari iuberet, sicut etiam Herodianum in libro de monadicis nonnunquam scripturae diversitates commemorare videmus. Cf. p. 25 τοῦτο γὰρ „ὦ τέκος ἦ ῥ᾽ ἀγαθὸν καὶ ἐναίσιμα δῶρα διδοῦναι" ποιητικόν· τινὲς δὲ αὐτὸ καὶ διὰ τοῦ ω ἔγραφον. p. 36 παρ᾽ Ἀντιμάχῳ „ἀεὶ φάριος χατίουσιν ἐόντες." οὕτως ἐν τοῖς ἀντιγράφοις εὕρηται. p. 39 εἰσὶ μέντοι οἳ καὶ διὰ τοῦ γ γράφουσιν (vocem κνέφυλλον). ἔν τισιν ἐν Μαλθακοῖς Κρατίνου παρεφύλαξε Σύμμαχος. p. 41 διὸ καὶ τὸ ζόος πὰρ᾽ Ἐπιχάρμῳ οἱ πλείους ἐβάρυναν „τρὶς ἀπεδύθη ζόος." Hac igitur Parmenisci opinione commemorata addit Herodianus, modeste ac dubitanter ut solebat agere de nominibus propriis, fortasse non πλεονασμὸν vocis Ἀργαφίη statuendum esse, sed ἔλλειψιν vocis Γαργαφίη. Nam ἦ ἔλλειψις scribendum est cum Vb, non ἦ ἡ ἔλλειψις cum editionibus neque cum Bergkio καὶ ἡ ἔλλειψις neque cum Lentzio

1) Cf. Lentz ad Herod. II p. 187.   2) De alio argmento quo Bergkius in hac re nititur, dicetur p. 76.

ἡ ἔλλειψις, quarum mutationum, si vera sunt quae disputavi, causa non exstat. Ἀργαφίης autem formam Herodianus putat adhibitam esse a docto poeta ἀπὸ ἱστορίας, i. e. certae cuiusdam narrationis causa de aliqua re traditae. Cf. Ath. IX p. 391 E μήποτ' οὖν καὶ ἡ Σαπφὼ ἀπὸ τῆς ἱστορίας τὴν Ἀφροδίτην ἐπ' αὐτῶν φησιν ὀχεῖσθαι· καὶ γὰρ ὀχευτικὸν τὸ ζῷον (passer) καὶ πολύγονον. Schol. Pind. Ol. III 52 θῆλειαν δὲ εἶπε καὶ χρυσοπέρων ἀπὸ ἱστρίας (ἀπὸ ἱστορίας em. Bergkius anal. Alex. II p. 21)· ὁ γὰρ Θησηίδα γράψας τοιαύτην αὐτὴν λέγει κτλ. Schol. Theocr. 3, 15 ἤ ῥα λεπίνας· οὐκ ἀφ' ἱστορίας, ἀλλὰ διὰ τὸ ἄγριον. Suidas v. Λημνίᾳ χειρί: ὠμῇ καὶ παρανόμῳ, ἀπὸ τῆς ἱστορίας. φασὶ γὰρ τὰς ἐν Λήμνῳ γυναῖκας τοὺς ἄνδρας αὐτῶν ἀνελεῖν κτλ. Schol. ad Aristot. ed. ab Vaenero in annalibus philologicis 1871 p. 312 τὸ δὲ „αἶγα ἀλλὰ μὴ δύο πρόβατα‟ οὐκ ἀπὸ ἱστορίας τινὸς εἴρηται. Et. m. 512, 44 κίβδηλον· ἀπὸ ἱστορίας· οἱ γὰρ Ἀθηναῖοι τῷ πρὸς τοὺς Χίους μίσει φερόμενοι ἐν τοῖς ἀδοκίμοις ἑαυτῶν νομίσμασι τὸν τοῦ Χ τύπον ἐγχαράττοντες ἀπέρριπτον βδελυσσόμενοι. Eust. ad Il. p. 157, 35 τὸ δὲ ἐν Λήμνῳ κατενεχθῆναι αὐτὸν τῇ μυθικῇ συμβάλλεται πιθανότητι ὡς ἀπὸ ἱστορίας κτλ.

Cur Bergkius etiam pentametrum Eratostheni adsignaverit et ad eius Erigonen rettulerit, idoneam causam equidem non video. Dicit enim: „veri simile profecto est, ex eodem poeta utriusque formae exemplum a grammatico afferri; sin diversorum sunt poetarum versus, mirum profecto, quod grammaticus doctus valgarem hanc formam, quae in multis carminibus haud dubie obvia erat, Eratosthenis potissimum voluerit auctoritate firmare‟ (anal. Alex. II p. 19). Verum etiam si constaret, in multis poetarum Graecorum carminibus fontem apud quem Romani (Graecum nobis ignotum[1]) secuti) Actaeonem in Dianae conspectum incidisse tradunt[2]) fuisse commemoratum, quid vetat nos arbitrari, solum Eratosthenem utpote qui poetarum illorum cele-

---

1) eundem fortasse‟ eius sunt versus in Apollodori codicibus (III 4) servati. 2) Vager Theb. Parad. p. 379.

berrimus esset, ab etymologo vel Herodiano testem adhibitum
esse? Nonnunquam autem grammatici Graeci vocis quamvis
saepe occurrentis unum tantum testimonium proferunt: veluti Herodianus propter πωλῇ vocabulum Amipsine locum
(Monad. p. 6, 26), propter Ξοῦθος nomen versum Hesiodi
citat (p. 42, 8).

Ceterum hoc addo, in tractando pentametro cum fundamentum unicc certum nobis praebeat Alciphronis imitatio,
versum necessario ad Gratias esse referendum. Itaque
pro nihilo aestimanda est futilissima Heckeri opinio (comm-
ment. crit. de anth. Gr. 1843 p. 179 sq.), qui versum argumentatione prorsus ridicula primum falso ad Musas spectare
censet, tum hanc ipsam ob causam ex Callimachi Aetiorum
initio, ubi de Musis sermo fuit, dictum esse statuit, addito
etiam hoc argumento, quod alibi quoque Alciphro Callimachea
expresserit.[1] Neque euiquam Vngeri inventa arridere censeo, qui spreto egregii codicis Vb testimonio lectionem antea vulgatam κρήναις revocandam, deinde ἴδραμον in ἴδρα-
κον mutandum, postremo versum ad nymphas quae Actaeoncm
conspexerint pertinere arbitrantur.

XIV

Ath. VII p. 284 D καὶ Ἐρατοσθένης δ᾽ ἐν Ἑρμῇ φησιν
ἄγρης μοῖραν ἔλειπον, ὅτι ζώοντας ἰούλους²)
ἠὲ γενειήτιν τρίγληνᵃ) ἢ περκάδα κίχλην
ἢ δρομίην χρύσειον ἐν ὀφρύσιν ἱερὸν ἰχθύν.

Plut. de soll. anim. p. 981 D Ἐρατοσθένης δὲ τὸν χρύσοφρυν ἔδιξεν (sc. οἴεσθαι τὸν ἱερόν)·

εὐδρομίην χρύσειον ἐπ᾽ ὀφρύσιν¹) ἱερόν ἰχθύν.

---

1) Argumenta Heckeri impugno: nam versum sicut multos penta-
metros tacito auctoris nomine citatos fortasse Callimachi esse minime
negaverim.   2) De voce ἴουλος placem ἰουλίδα significante cf. Synes.
epist. 4 p. 165. Apud Plinium nat. hist. XXXII § 152, ubi piscium nomina ab Ovidio posita enumerantur, de iulî nomine propter incertam
scripturam dubia res est.   3) Τρίγλαν γενεᾶτιν dixerat Sophro quem
citat Ath. VII p. 324 F.   4) Alia ratione ἐν᾽ ὀφρύσι usurpatum est
apud Theocr. 20, 24.

Coniunguntur terminationes plurales et singulares nullo
significatus discrimine: v. Callim. apud Ath. VII p. 284 C.
Nicander ib. p. 329 A. Nnnien. Hal. fr. 5. 7. 11. 12. 18
Bussem. Nonnus Dion. XVI 143. Orph. Arg. 645.

Eratosthenes his versibus non narrasse videtur, certos
quosdam piscatores inopinata re permotos semel partem captu-
rae reliquisse: propter imperfectum ἔλιπον et praecipue
propter ἤ particulam repetitam veri similius est eum de
more aliquo loqui. Cur autem pisces, quos illi non domum
auferunt sed consilio quodam relinquunt, vivi esse perhibentur? Agitur ni fallor de piscium sacrificio.[1]) ἔλιπον vocabulum ita incertum est, ut necessario quaedam sive praecedere sive sequi debuerint quibus accuratius fuerit definitum,
veluti ἀθανάτοις aliaque verba huc spectantia. Cf. Theocr.
apud Ath. VII p. 284 A

καί τις ἀνὴρ αἰτεῖται ἐπαγροσύνην τε καὶ ὄλβον,
ἐξ ἁλὸς ᾧ ζωή, τὰ δὲ δίκτυα κείνῳ ἄροτρα,
σφάζων ἀκρόνυχος ταύτῃ θεῷ ἱερὸν ἰχθύν,
ὃν λεῦκον καλέουσιν, ὁ γάρ φιερώτατος ἄλλων.

Ath. VII p. 297 D φησὶ γοῦν Ἀγαθαρχίδης ἐν ἕκτῃ Εὐρω-
πιακῶν τὰς ὑπερφυεῖς τῶν Κωπαΐδων ἐγχέλεων ἱερείων τρόπον στεφανοῦντας καὶ κατευχομένους οὐλάς τ' ἐπιβάλλοντας
θύειν τοῖς θεοῖς τοὺς Βοιωτούς· καὶ πρὸς τὸν ξένον τὸν δια-
πορούντα τὸ τοῦ ἔθους παράδοξον καὶ πυνθανόμενον, ἓν
μόνον εἰδέναι φῆσαι τὸν Βοιωτόν, φάσκειν τι ὅτι δεῖ τηρεῖν
τὰ προγονικὰ νόμιμα, καὶ ὅτι μὴ καθήκει τοῖς ἄλλοις ὑπὲρ
αὐτῶν ἀπολογίζεσθαι. οὐ χρὴ δὲ θαυμάζειν εἰ ἱερείων τρόπον ἐγχέλεις θύονται, ὁπότε καὶ Ἀντίγονος ὁ Καρύστιος ἐν
τῷ περὶ λέξεως τοὺς ἁλιέας λέγει θυσίαν ἐπιτελοῦντας τῷ
Ποσειδῶνι ὑπὸ τὴν τῶν Θύννων ὥραν, ὅταν εὐαγρήσωσι,
θύειν τῷ θεῷ τὸν πρῶτον ἁλόντα θύννον, καὶ τὴν θυσίαν
ταύτην καλεῖσθαι Θυνναΐον. p. 325 B Ἀπολλόδωρος δὲ ἐν
τοῖς περὶ θεῶν τῇ Ἑκάτῃ φησὶ θύεσθαι τρίγλην διὰ τὴν τοῦ

---

1) Callimachus quoque rariora sacrificandi genera in carminibus memorans doctrinam ostendit: schol. Arist. Av. 673. Clem. Protr. 29.

ὀνόματος οἰκειότητα· τρίμορφος γὰρ ἡ θεός. [1]) Iul. or. V
p. 176 C καὶ θύομέν γε (pisces), ἔφην, οἱ μακάριε, ἔν τισι
τελεστικαῖς θυσίαις. [2]) Videtur autem poeta in piscibus enu-
merandis crudito quodam delectu usus esse. Nullum cur
commemoraverit apparet ex Athenaei loco altero: „sacrum“
quoquo piscem valde convenire sacrificio perspicuum est:
iuli denique mentio fit fortasse ratione Cereris vel Diannae
habita. [3]) — Hac versuum explicatione profligantur scrupuli,
quibus permotus Bernhardyus particulas disiunctivas non
ferendas et ἠὲ in ἠδὲ, utruinque ἠ in καὶ mutandum censuit
(p. 138).

Qua vero de causa Eratosthones in Mercurio haec tractaverit quis dicat? Fingere aliquis possit, in prima carminis
parte regionis mentionem factam esse, quae poetae ansam
praebuerit ad veterem quandam consuetudinem memorandam.
In Aroanio Arcadiae septentrionalis fluvio, cuius mentionem in
Mercurio Eratosthenem moviase supra demonstrare conatus
sum (p. 15 sq.), mirum quoddam piscium genus fuisse porhibe-
batur, de quo Athenaeus haec profert: Φιλοστέφανος δὲ ὁ Κυρηναῖος μὲν γένος, Καλλιμάχου δὲ γνώριμος, ἐν τῷ περὶ τῶν
παραδόξων ποταμῶν ἐν Ἀόρνῳ (Ἀροανίῳ om. Casaubonus)
φησὶ τῷ ποταμῷ διὰ Φενεοῦ ῥέοντι ἰχθῦς εἶναι φθεγγομέ-
νους ὁμοίως κίχλαις· καλεῖσθαι δ' αὐτοὺς ποικιλίας (VIII
p. 331 E). Paus. VIII 21, 1 εἰσὶ δὲ ἰχθῦς ἐν τῷ Ἀροανίῳ
καὶ ἄλλοι καὶ οἱ ποικιλίαι καλούμενοι· τούτους λέγουσι τοὺς
ποικιλίας φθέγγεσθαι κίχλῃ τῇ ὄρνιθι ἐοικός. In eadem regione lacum esse piscibus carentem refert Aelianus (de nat. an.
III 38). Talia ab Arcadibus variis fabulis explicata fuisse facile quivis suspicetur. Verum fortasse ne hoc quidem vinculo
versus cum ipsa narratione coniuncti erant: nam poetae
Alexandrini, ut Hauptii verbis utar, „comparationibus et
exemplis eo uti solebant ut fabularum et historiarum minus·

1) p. 325 A τῇ δὲ Ἑκάτῃ ἀποδίδοται ἡ τρίγλη διὰ τὴν τῆς ὀνο-
μασίας κοινότητα· τριοδῖτις γὰρ καὶ τρίγληνος. Cf. Chariet ib p. 395 D.
Nausler. fr. 2 Mein. 2) Lobeck Agl. p. 249. 8) V. p. 24 sq. Ἱερὸς ὄψης
ᾧοιτ Callimachus, fr. 72; Hermippus autem, teste Athenaeo VII p. 327 C,
ὄψην ἄκουϊι τὴν ἰουλίδα.
Eratosthenes. 3

tritarum varietate carmina distingnerent atque saepe a via
quasi declinantes amoena deverticula quaererent simulqne
eruditionem ostentarent" (ind. lect. Berol. 1855—56 p. 9).

Praeter Eratosthenem et Clitarchum Athenaeus etiam
Callimachum ἱερὸν ἰχθύν pro anrato habuisse tradit (VII
p. 284 C): Καλλίμαχος δ' ἐν Γαλατείᾳ τὸν χρύσοφρυν·

> ἢ μᾶλλον χρύσειον ἐν ὀφρύσιν ἱερὸν ἰχθύν,
> ἢ πέρκας, ὅσα τ' ἄλλα φέρει βυθὸς ἄσπετος ἅλμης. [1])

Celeberrimum erat ζήτημα, quid significaret ἱερὸς ἰχθύς
(Il. Π 407): itaque Eratosthenes verbis Callimachi repetitis
profitetur, praeceptoris sententiam sibi probatam esse.

Variae autem huius problematis solutiones, de quibus
agitur a Plutarcho de soll. anim. p. 981[2]), ab Athenaeo VII
p. 282 sqq., in scholiis ad Il. Π 407, in Et. m. 468 (Et. Gud.
p. 272, 52. 288, 38), in duo genera disponi possunt. Alii
enim certum quendam piscem ab Homero designari putabant,
alii latiorem sensum tribuebant vocabulo. Et illi quidem
rursus in duas diversas abierunt opiniones. Nonnulli de eo
pisce cogitabant qui ἀνθίας dicebatur eiusque sententiae
testem Aristotelem adferebant; ita enim ille in hist. an. IX
§ 135: ὅπου δ' ἂν ἀνθίας ὁραθῇ, οὐκ ἔστι θηρίον· ᾧ ση-
μείῳ χρώμενοι κατακολυμβῶσιν οἱ σπογγεῖς καὶ καλοῦσιν
ἱεροὺς ἰχθῦς τούτους. Quod si etiam κάλλιχθυς a quibusdam pro sacro pisce haberi memoratur, id ex eorum sententia dictum, qui utroque nomine eundem piscem significari
arbitrabantur. In quorum numero Oppianus est, qui prorsus idem, quod Aristoteles de anthia, de pulchro qui dicitur
pisce narrat, Hal. V 627—632. Cf. schol. ad I 185. Sed
alterum ab altero distinguendum esse Dorio in libro de
piscibus contendit. Atque idem de holope valet; qui cur
sacer nominatus sit Plutarchus mira ratione explicat: πολλοὶ
δὲ τὸν ἔλλοπα· σπάνιος γάρ ἐστι καὶ οὐ ῥᾳδίως ἁλῶναι κτλ.

---

1) Cf. Meineke ad Theocr. 11, 56. Immerito Bernhardyus priorem
versum Callimacho abindicat. Dilthey de Call. Cyd. p. 109.   2) Cf.
etiam quaest. conv. VIII 8.

Nam belopem quoque ab anthia non diversum esse quidam volebant, negavit Dorio. — Plures autem sacrum piscem non anthiam sed πομπίλον esse censebant. Id nautarum loquendi consuetudo comprobare visa est Dionysio, qui cognomine Ἴαμβος appellabatur, in libro de dialectis (apud Ath. p. 284 B ἀκηκόαμεν γοῦν ἁλιέως Ἐρετρικοῦ τὸν ἱερὸν ἰχθὺν καὶ ἄλλων πολλῶν ἁλιέων καλούντων τὸν πομπίλον) et Clitarcho in septimo libro Glossarum, qui ita appellari hunc piscem propter morem naves sectandi existimat (apud Ath. p. 284 D οἱ ναυτικοὶ πομπίλον ἱερὸν ἰχθὺν προσαγορεύουσι διὰ τὸ ἐκ πελάγους προπέμπειν τὰς ναῦς ἕως εἰς λιμένα· διὸ καὶ πομπίλον καλεῖσθαι, χρύσοφρυν ὄντα). Quibus dis sacer esset πομπίλος, Pancrates tradidit: Ath. p. 283 A Παγκράτης δ' ὁ Ἀρκὰς ἐν τοῖς θαλασσίοις ἔργοις ἐπιγραφομένοις προειπὼν „πομπίλος ὃν καλέουσιν ἁλίπλοοι ἱερὸν ἰχθύν“ διηγεῖται ὡς οὐ μόνον τῷ Ποσειδῶνι ὁ πομπίλος ἐστὶ διὰ τιμῆς, ἀλλ' ὅτι καὶ τοῖς τὴν Σαμοθράκην κατέχουσι θεοῖς. Cf. p. 282 E ὁ μὲν τὴν Τελχινιακὴν ἱστορίαν συνθείς, εἴτ' Ἐπιμενίδης ἐστὶν ὁ Κρὴς ἢ Τηλεκλείδης εἴτ' ἄλλος τις, ἱερούς φησιν εἶναι ἰχθύας δελφῖνας[1]) καὶ πομπίλους. p. 283 C μνημονεύει τῶν πομπίλων καὶ Τιμαχίδας ὁ Ῥόδιος ἐν τῷ ἐνάτῳ τοῦ Δείπνου „κωβιοὶ εἰνάλιοι καὶ πομπίλοι ἱεροὶ ἰχθύς.“ Eandem igitur de sacro pisce sententiam etiam Callimachus et Eratosthenes proposuerunt[2]): nam teste Clitarcho (loco supra citato) χρύσοφρυς idem piscis est atque πομπίλος. Cf. etiam Ath. p. 282 E ἔστι δ' ὁ πομπίλος ζῷον ἐρωτικόν, ὡς ἂν καὶ αὐτὸς γεγονὼς ἐκ τοῦ Οὐρανίου αἵματος ἅμα τῇ Ἀφροδίτῃ κτλ. et Archippus apud Ath. p. 328 A ἱερούς Ἀφροδίτης χρυσόφρυς Κυθηρίας. Ignorabat haec scholiasta V ad Il., qui scribit οἱ δὲ χρύσοφρυν, οἱ δὲ πομπίλον. In Theocriti verbis σφάζων ἀκρόνυχος ταύτῃ θεῷ ἱερὸν ἰχθὺν ὃν λεῦκον καλέουσιν qui piscis significetur nescimus.

Maior dissensio inter eos erat, qui epitheton Homericum ad unum quoddam piscium genus spectare negabant. Erant qui *ἱερὸν ἰχθὺν* interpretarentur „piscem dis dicatum" (ἄνετον, ἄφετον) eodem sensu quo *ἱερὸς βοῦς* diceretur; ineptum huius opinionis argumentum in schol. A traditum invenimus: διὰ τὸ μὴ πεπτωκέναι ὑπὸ χρῆσιν τὴν ἀπὸ τῶν ἰχθύων τροφὴν ἐπὶ 'τῶν ἡρώων. Cf. schol. Aeschl. Pers. 745. Alii simplicius, neque tamen prudentius, *ἱερὸν* magnum significare posse eodemque sensu dici *ἱερὸν μένος 'Αλκινόοιο, ὀστοῦν ἱερόν, ἱερὰν νόσον*[1]) contendebant (cf. Et. Gud. p. 273, 15. schol. Opp. Hal. I 185 ubi *ἱερός* etiam *καλός* et *τίμιος* adiectivis explicatur). Aristarchus has duas explicationes quodammodo coniunxit: Ariston. ἀλλὰ κοινότερον τὸν ἄνετον καὶ εὐτραφῆ, ὡς ἱερὸν βοῦν λέγομεν τὸν ἀνειμένον. Schol. V ἄμεινον δὲ μέγαν καὶ ἀσυνήθη, θεοῖς ἀνειμένον θαλασσίοις. Apoll. Lex. p. 90 *ἱερὸν ἰχθύν·* ἤτοι τὸν μέγαν, ἢ τὸν ἄνετον καὶ διαφέροντα τῶν ἄλλων. Hesych. *ἱερὸν ἰχθύν·* τὸν μέγαν καὶ ἄνετον λέγει· *ἱερὸν* γὰρ τὸ μέγα. Denique longe diversam explicandi viam ingressi sunt ii qui *ἱέμενον πρὸς τὸν ῥοῦν*[2]) iique qui τὸν *διερόν* explicuerunt (in quorum numero fuit Herodianus)[3]), atque hi quidem variis vocis *διερός* derivationibus usi, quod apparet ex Etym.[4]) τινὲς παρὰ τὸ διαίνω τὸ βρέχω διερός, καὶ *ἱερὸν* τὸν ἀεὶ ἐν ὕδατι βρεχόμενον[5]) κατὰ ἀποβολὴν τοῦ ᾱ, οἷον „ἔνθ' ἤτοι μὲν ἐγὼ διερῷ ποδί." οἱ δὲ παρὰ τὸ δίω τὸ διώκω διερός, καὶ *ἱερὸς* ὁ ταχὺς καὶ διωκτικός. — Hisce omnibus veterum grammaticorum interpretationibus mirabilior est ea quam Nitzschius invenit: „Fische sind im Homer nur eine Speise der Noth oder der Armuth: ein gesegneter kann der Fisch heissen entweder weil ihn ein

1) V. Haupt Hermes I p. 21 sqq. 2) Ita Ath. p. 284 D. Quare apud Plutarchum in tradita lectione *ἱέμενον* acquiescendum: Wyttenbachius genuinam scripturam *ἀνέμενον* fuisse suspicatus est.
3) Enstathil verbis (de versu Il. Π 407) *εἰσὶ δὲ οἳ διερὸν μεταγράφουσιν* fidem non habuo. 4) Et. m. 468, 20. Et. Gud. p. 288, 89.
5) Explicatio prorsus perversa exstat in Et. Gud. p. 280, 29 *ἰχθὺς ἱερός·* ὁ ἐν τῷ ὑγρῷ θνόμενος (φυόμενος cJ. Dïltheyus).

mitlcidiger Gott den Armen gönnt, oder weil er auf jeden Fall für den Fischer ein Geschenk der Götter ist" (ad Od. γ 278).

Talia refellere nunc non opus est, postquam G. Curtius docuit quid verum sit (Ztschr. f. vgl. Sprachf. III p. 154 sqq. Grundz. p. 372). Nam eam sententiam quam nuper Ahrensius protulit (Philol. XXVII p. 590) vix quisquam approbabit. Putat Ahrensius, exstitisse vocem ἱερός origine non diversam a vocabulis διερός λιαρός λιγυρός et eodem sensu quo διερός et λιγυρός adhibitam. ἱερὸν ἰχθὺν autem iisdem duabus rationibus explicari posse consol quas in Et. m. 468, 20 et in Et. Gud. p. 288, 35 propositas invenimus. Nolo eas Ahrensii disputationes quae ad etymologiam spectant curiosius examinare: quamquam nonnullas gravissimis dubitationibus obnoxias esse vix ipse infitias ibit. Sed id certe postulare possumus, ut ad voculam linguae Graecae vindicandam certi scriptorum Graecorum loci, non merae coniecturae quamvis sagaces adhibeantur. Videamus igitur, quosnam locos Ahrensius huc pertinere arbitretur. Ac primum quidem quae apud Homerum dicuntur φυλάκων ἱερὸν τέλος, Ἀργείων ἱερὸς στρατός, ἱερὴ Ἴς Τηλεμάχοιο, ἱερὸν μένος Ἀλκινόοιο, ἱεροὶ ποταμοί, ea omnia si Curtii sententiam sequimur facillimam habent interpretationem. Deinde ἱερὸς ὄρνις in epigrammatis Mnasalcae et Rhiani (anth. Pal. VII 171, 1. XII 142, 3) ex inscita Homeri imitatione explicari potest. Tum in Alcmanis versu qui exstat in Antigoni Carystii hist. mir. 27 Ahrensius virginibus non ἱερόφωνοι sed ἱερόφωνοι („— λιγύφωνοι") adiectivum attribuit. [1]) Ego vero non intellego, cur virgines sacra carmina canentes non eodem iure ἱερόφωνοι dici potuerint quo viri fatidici ἱερόγλωσσοι appellantur.[2]) Alia propterea nihil certi evincere possunt, quia scripturis non traditis sed ab Ahrensio excogitatis nituntur. Nam Simonidem (apud Ath. IX p. 374 D)

---

1) ἱερόφωνοι scripsit Schneidewinus exerc. crit. [II] 12 , 2) Epigr. apud Pass. VI 17, 6. — Antagoras in anth. Pal. VII 103, 4 ἀπ' ἀπὸ μύθος ἱερὸς ἥεσιν δαιμονίου στόματος.

non ἡμερόφων' vel ἱμερόφων' ἀλέκτωρ, sed ἱερόφων' ἀλέκτωρ, Sappho (apud schol. Soph. El. 149) non ἱμερόφωνος sed ἱερόφωνος ἀηδών dixisse arbitratur. In duobus aliis locis tractandis variae lectionis testimonia in auxilium vocat. Photius enim in lexico non ἠεροφώνων (Il. Σ 505) ut Hosychius, sed ἱεροφώνων exhibet, et in Alcmania verbis ἐπὶ δ' Ἵμερον ὕμνῳ καὶ χαρίεντα τίθει χορόν (apud Heph. p. 24 Westph.) Maximus Planudes lectionem ἱερὸν ὕμνον praebet (rhet. Gr. ed. Walz V p. 510). Sed ne ea quidem tanti momenti esse ut inauditum istud ἱερός vocabulum inde restituere liceat nemo infitiabitur.[1]) Restat versus qui est in Alcmanis fragmento Parisino p. 1, 21 ubi in papyro haec servata habemus

ιτες δὲ Διὸς δ(ό)μον
ην · ερογλεφάροι.

Locus difficillimus est: nescio an Alcman διερογλεφάροι scripserit eodem sensu quem Ahrensius in vocabulo a se invento (ἱερογλεφάροι) inesse vult.[2])

XV

Theo Smyrnaeus postquam Alexandri Ephesii versus de ordine et consonantia planetarum tractavit ita pergit (de astr. p. 192):

Ἐρατοσθένης δὲ τὴν μὲν διὰ τῆς φορᾶς τῶν ἄστρων γινομένην ἁρμονίαν παραπλησίας ἐνδείκνυται· τὴν μέντοι τάξιν τῶν πλανωμένων οὐ τὴν αὐτήν, ἀλλὰ μετὰ σελήνην ὑπὲρ γῆς δεύτερόν φησι φέρεσθαι τὸν ἥλιον. φησὶ γὰρ ὡς Ἑρμῆς ἐστι (ἔτι em. Martinus) νέος, ἐργασάμενος τὴν λύραν[3]), ἔπειτα πρᾶτος (πρώτως em. Martinus) εἰς τὸν οὐρανὸν ἀνιὼν καὶ παραμείβων τὰ πλανᾶσθαι λεγόμενα, θαυμάσαι (scr. θαυμάσας) τὴν διὰ τὴν ῥύμην τῆς φορᾶς αὐτῶν

---

1) Quid vetuit grammaticos ἠεροφώνων interpretari voce μεγαλοφώνων, id quod factum videmus apud Hesychiam? V. schol. Il. Σ 505 ἠεροφώνων δέ, ὧν ἡ φωνὴ μέχρι τοῦ ἐραφανοῦς ἐμπίπτει, καὶ ἐν ἄλλῳ „φωνῇ δὲ οἱ αἰθέῳ ἵκανε.“   2) Cf. Luc. Lexiph. 4 ὀιεφὸν βλέπειν. 3) De lyra a Mercurio inventa cf. Volkmann Plut. de musica p. 154 sq. Unger Theb. Parad. p. 82 sqq.

γινομένην ἁρμονίαν τῇ ὑπ' αὐτοῦ κατεσκευασμένῃ λύρᾳ (add. ὁμοίαν) . . . . ἐν δὲ τοῖς ἔπεσι φαίνεται ὁ ἀνὴρ οὗτος τὴν μὲν γῆν ἐᾶν ἀκίνητον, ἐν ὀκτὼ δὲ φθόγγοις ποιεῖ ὑπὸ τὴν τῶν ἀπλανῶν σφαῖραν ταῖς (τὰς cm. Marl.) τῶν πλανωμένων ἑπτά, καὶ πάσας κινῶν περὶ τὴν γῆν καὶ τὴν λύραν ποιούμενος ὀκτάχορδον ἐν τῇ διὰ πασῶν συμφωνίᾳ, ὁ μουσικώτερος Ἀλεξάνδρου.[1])

Vocem ὁμοίαν pertinentem ad dativum τῇ ὑπ' αὐτοῦ κατεσκευασμένῃ λύρᾳ deesse perspexit Martinus addiditque eam post ἁρμονίαν. Desunt autem plura. Nam ubi Theo dixit, Eratosthenem post lunam statim collocare solem, porgitque φησὶ γὰρ, sequentia accuratius declarent necesse est, quonam modo Eratosthenes hanc sententiam expresserit. Omnem dubitationem tollit Chalcidius, e cuius verbis (quae causa esset — et excelsa) Graecum locum facile quivis supplere potest. Ilia reputatis ὁμοίαν vocabulum cum ceteris quae exciderunt ante verba ἐν δὲ τοῖς ἔπεσι locum habuisse statuo; θαυμάσοιε autem non in θαυμάσεις, quod Martinus scripsit, sed in θαυμάσας mutari debet: miratum exstat apud Chalcidium.

Chalcid. comment. in Plat. Tim. 72 quem (Alexandrum) secutus Eratosthenes motu quidem stellarum sonos musicos cli conscntit: sed ordinem collocationis non eundem esse dicit. statim quippe post lunam secundam altitudinem a terra dat soli, memorans fabulose, Mercurium commenta recens a se lyra cum caelum ascenderet primitus transeuntem per ea, quae mota planctarum ad organicum modum personabant (lyrae)[2]) a se inventae similem, miratum quod imago a se inventi operis in

_____

1) Sio postrema, litterarum compendiis scripta, in codice Marciano (303) leguntur. Ambrosianus (C 263 inf.) et Parisinus (1821) quo solo usus est Martinus habent ὁ μουσικώτατος Ἀλεξάνδρος, unde iam Martinus genuinam lectionem cognovit. Bergkius οὔς ὡς ὁ μουσικώτατος Ἀλέξανδρος a Theone scriptum fuisse conieicit (Ztschr. f. d. AW. 1860 p. 177). Est autem Parisinus descriptus ex Ambrosiano, Ambrosianus ex Marciano, ut is pro unico tractatus de astronomia fonte habendus sit: de qua re alio loco disputabo. 2) lyrae quod deest in editionibus addendum videtur; cf. Graeca verba.

caelo quoque reperiretur stellarum collocatione quae causa esset
concinentiae, recensere, primum se a terra transmisisse lunae
globum, post quem superasse solis, dehinc Mercurii Stilbontis
et ceterorum cum aplani summa et excelsa.

Ach. Tat. p. 136 A περὶ δὲ τῆς ἐναρμονίου κινήσεως
αὐτῶν (stellarum errantium) εἶπεν, ὡς ἔφην, Ἄρατος ἐν τῷ
κανόνι καὶ Ἐρατοσθένης ἐν τῷ Ἑρμῇ καὶ Ὑψικλῆς καὶ
Θράσυλλος καὶ Ἄδραστος Ἀφροδισιεύς.

Narrationem de Mercurio caelum ascendente ad poema
Mercurii nomine inscriptum revocavit Fabricius: neque quidquam profecto magis perspicuum. Videmus enim in fragmentis quae ad hoc carmen certis testimoniis referuntur, poetam res caelestes describentem saepius tempore praeter-
ito uti, cf. fr. XVII—XIX: id quod explicari nequit nisi de
narratione cogitamus, qua poeta aliquem induxerit caeli
signa motusque contemplantem: nam in carmine mere quod
dicunt didactico absurda haec essent. Illum vero qui iter
caeleste suscipit Mercurium esse quis neget inspectis Theonis
et Chalcidii locis? Constat praeterea Achillis testimonio
sphaerarum consonantiam in Mercurio fuisse commemoratam: cf. fr. XVII.

Verum enim vero constat etiam id ipsum opus carmen
fuisse epicis versibus compositum: quomodo igitur ἔπη ei
apud Theonem opponi possunt? Mirationem nostram augeri
oportet, cum viderimus ea quae ex epico carmine citantur
ad idem illud argumentum in Mercurio tractatum, sphaerarum consonantiam dico, pertinere. Sed ea difficultas facile
solvi potest. Demonstravi enim, quaecunque Theoni et
Chalcidio communia sint ex Adrasti Peripatetici in Platonis Timaeum commentario ab uno descripta, ab altero in
Latinum sermonem conversa esse (Rhein. Mus. XXVI p.
582 sqq.). Idem igitur valet de fabula qua Mercurius caeli
contemplator inducitur. Verba quae eam sequuntur, inde
a lacuna a me indicata usque ad Ἀλεξάνδρου, Theo
solus habet: quae autem postea legimus, rursus communia

habent.[1]) Itaque necessario suspicio oritur, illa *ἐν δὲ τοῖς
ἔπεσι κτλ.* a Theone verbis Adrasti addita esse. Ac
si hoc statuimus, omnia plana fiunt. Etenim Theo, exiguae
eruditionis homo, cum illa ad Eratosthenem pertinentia ex
Adrasto describeret, ad carmen quoddam ea referenda esse
nesciebat. In priorem autem operis sui partem (p. 165 Bull.)
ex alio scriptore, fortasse Moderato, duos hexametros Eratosthenicos de sphaerarum concentu transtulerat (fr. XVII).
Itaque Eratosthenis sententiam ex Adrasto relatam complere
sibi visus est additis (quasi duo testimonia ad diversos libros
pertinerent) verbis *ἐν δὲ τοῖς ἔπεσι κτλ.* Nititur hoc additamentum solis illis versibus. Quod enim Theo ultimo loco
dicit *τὴν λύραν ποιούμενος ὀπτάχορδον ἐν τῇ διὰ πασῶν
συμφωνίᾳ*, quamquam fragmento XVII non docetur, tamen ex
eo concludere potuit. Existimabat enim antiquitas caelestium
corporum harmoniam respondere fidibus lyrae. Inde Theo statuit (quod num accurata argumentatione fecerit, postea videbi-
mus) ex Eratosthenis opinione octo sphaerarum motu consonantias fidium octachordi edi: acutissimus vero octachordi
sonus et gravissimus consonantiam *διὰ πασῶν* efficiunt.[2])

Quae cum ita sese habeant, reicienda omnino est Bergkii
sententia, qui ex illa citandi ratione colligit, prius testimonium non ex Mercurio sed ex Catasterismis petitum esse.
Cui opinioni praeter ea documenta, quae de carmine Mercurii nomen gerente cogitare nos iubent, etiam Catasterismorum argumentum repugnat. Narratae erant ibi fabulae de
signorum caelestium originibus, ac vix intellegi potest, qua
ratione in hoc opere Eratosthenes rettulerit Mercurium sphaerarum harmoniam esse miratum. Theo autem non utro-

1) Theo οἱ μέντοι μαθηματικοὶ οὔτε ταύτην κτλ. Chalc. mathematici tamen neque hanc etc. 2) Westphal Metrik der Gr. I p. 291 sqq.
Ceterum eorum quoque, qui harmoniam mundi heptachordo aut enneachordo adaequabant, plerique consonantiam διὰ πασῶν effici censebant.
De heptachordo cf. Arist. Quint. p. 145 sqq. Nicom. Harm. p. 6. Boeth. de
inst. mus. I 20, 27. Brymn. Harm. p. 563, 410; de enneachordo Alex.
Ephes. apud Theonem de astr. p. 168. Plin. nat. hist. II § 84. Plut. de
an. procr. p. 1029 A. Hyg. de lim. const. p. 181 Lachm. Censor. 13.
Favonius Eulogius in Somn. Scip. p. 411 Or.

que, ut Bergkius censet, Eratosthenis libro utebatur, sed neutro. —

Demonstrasse mihi videor, verbis Theonis τὴν λύραν ποιούμενος ὀκτάχορδον nil contineri nisi sententiam Theonis quam ex duobus versibus fr. XVII sibi informaverit. Licetne nobis hanc conclusionem, quam speciem quandam probabilitatis habere non nego, adoptare? Non licet. Quid enim si Eratosthenes eandem de sphaerarum concentu opinionem protulerit quam postea a Cicerone prolatam videmus? octo quidem mundi sphaeras esse quae moverentur: sed septem tantum sonos edi, quia Mercurii et Veneris motibus idem sonus efficeretur. Ita enim Cicero (quem huius sententiae inventorem esse nemo profecto opinabitur) de rep. VI 18: *illi autem octo cursus, in quibus eadem vis est duorum, septem efficiunt distinctos intervallis sonos, qui numerus rerum omnium fere nodus est, quod docti homines nervis imitati atque cantibus aperuerunt sibi reditum in hunc locum* etc. Cf. Macr. in Somn. Scip. II 4, 9 *octo sunt igitur quae moventur, sed septem soni sunt qui concinentiam de volubilitate conficiunt propterea quia Mercurialis et Venerius orbis pari ambitu comitati solem viae eius tamquam satellites obsequuntur et ideo a nonnullis astronomiae studentibus eandem vim sortiri existimantur.[1]*) Quod si eodem modo narravit Eratosthenes, Mercurio, qui in eius carmine congruentiam inter caelestium sphaerarum sonos et lyram a se inventam miratur, non octachordi, sed heptachordi inventionem tribuisse censendus est. Ac facile quis hoc veri similius esse propterea putaverit, quia constat lyram septem fidibus instructam antiquis temporibus usitatam, octachordon postea demum inventum esse. Itaque aptius certe fuit, lyrae Mercurii septem quam octo fides tribuere. Atque hanc ob causam poeta hymni Homerici narravit ἑπτὰ δὲ συμφώνους ὄιων ἐτανύσσατο χορδάς (51), aliique cum secuti

---

1) Falso etiam videntur, qui soli, Mercurio, Veneri unam tantam vocem tribuerent. Cf. Plut. de an. procr. p. 1029 D.

sunt.[1]) Attamen rem in medio relinquo. Id vero propter
Adrasti locum pro explorato putandum, Eratosthenem non
in eorum numero fuisse qui Mercurio, ea nimirum de causa
quia σύστημα τετράχορδον omnium vetustissimum fuisse
existimabatur, tetrachordon adsignarent.[2]) Alii etiam de
trium fidium lyra a Mercurio inventa fabulabantur: Diodo-
rus enim refert, Mercurium ex Aegyptiorum opinione λύραν
τε νευρίνην ποιῆσαι τρίχορδον, μιμησάμενον τὰς κατ' ἐνιαυτὸν ὥρας· τρεῖς γὰρ αὐτὸν ὑποστήσασθαι φθόγγους, ὀξύν
καὶ βαρὺν καὶ μέσον, ὀξὺν μὲν ἀπὸ τοῦ θέρους, βαρὺν δὲ
ἀπὸ τοῦ χειμῶνος, μέσον δὲ ἀπὸ τοῦ ἔαρος (I 16).

Lyra inventa ex carminis nostri institutione Mercurius
in caelum ascendit transitque eius sphaeras. Posset quis-
piam ex pristino Mercurii dei apud Graecos significatu hoc
explicare, si recte Welckerus de eo iudicasset.[3]) Sed valde
dubito, an Welckeri sententia cuiquam sit comprobata. Itaque
Bernhardyo potius adstipulandum, qui Eratosthenis narrationem ad Aegyptiorum res divinas spectare contendit (p. 111).
Pervulgatam est Thoth Aegyptiorum deum non diversum
existimatum esse a Mercurio. Ad illum autem Aegyptii
astronomiae origines referebant. Plato in Phaedro p.
274 C ἤκουσα τοίνυν περὶ Ναύκρατιν τῆς Αἰγύπτου γενέσθαι τῶν ἐκεῖ παλαιῶν τινα θεῶν, οὗ καὶ τὸ ὄρνεον τὸ
ἱερόν, ὃ δὴ καλοῦσιν Ἶβιν· αὐτῷ δὲ ὄνομα τῷ δαίμονι εἶναι
Θεύθ. τοῦτον δὲ πρῶτον ἀριθμόν τε καὶ λογισμὸν εὑρεῖν
καὶ γεωμετρίαν καὶ ἀστρονομίαν. Diod. l. c. (de iis quae
Aegyptii ad Mercurium referebant) περί τε τῆς τῶν ἄστρων
τάξεως καὶ περὶ τῆς τῶν φθόγγων ἁρμονίας καὶ φύσεως
τοῦτον πρῶτον γενέσθαι παρατηρητήν. Strabo XVII p. 816
λέγονται δὲ καὶ ἀστρονόμοι καὶ φιλόσοφοι μάλιστα οἱ

---

1) Alex. Ephes. apud Theonem de astr. p. 190. Ov. Fast. V 106.
(Erat.) Catast. 24. Hyg. de astr. II 7. Schol. Ar. Phaen. 269. Schol. Germ.
p. 84. 150 Breys. Luc. dial. deorum 7, 4. Bryenn. Harm. p. 363, 410.
2) Macr. Sat. I 19, 15. Booth. de inst. mus. I 20. 8) Griech. Götterl. I
p. 342 „er bedeutet den Kreislauf des Himmels, des Tags und der
Nacht, des Wachens und Schlafens, dem entsprechend auch des Lebens
und Sterbens, die lebendige Bewegung, den Umschwung."

ἐνταῦϑα (Thebis) ἱερεῖς· τούτων δ' ἐστὶ καὶ τὸ τὰς ἡμέρας μὴ κατὰ σελήνην ἄγειν, ἀλλὰ κατὰ ἥλιον κτλ. ἀνατιϑέασι δὲ τῷ Ἑρμῇ πᾶσαν τὴν τοιαύτην μάλιστα σοφίαν. Aegyptiorum sacerdotes quadraginta duo habebant sacros libros deo Thoth attributos [1]), quorum quattuor astronomiam tractaverunt: Clem. VI 35 μετὰ δὲ τὸν ᾠδὸν ὁ ὡροσκόπος ὡρολόγιόν τε μετὰ χεῖρα καὶ φοίνικα ἀστρολογίας ἔχων σύμβολα πρόεισιν. τοῦτον τὰ ἀστρολογούμενα τῶν Ἑρμοῦ βιβλίων τέσσαρα ὄντα τὸν ἀριθμὸν ἀεὶ διὰ στόματος ἔχειν χρή, ὧν τὸ μέν ἐστι περὶ τοῦ διακόσμου τῶν ἀπλανῶν φαινομένων ἄστρων, τὸ δὲ περὶ τῶν συνόδων καὶ φωτισμῶν ἡλίου καὶ σελήνης, τὸ δὲ λοιπὸν περὶ τῶν ἀνατολῶν. Cum igitur Mercurius ut Graeci fabulabantur lyram, ex Aegyptiorum opinione Thoth astronomiae scientiam invenerit, Pythagoreorum autem et Platonis placitis voces lyrae ad motus astrorum fuerint relatae: facile est ad explicandum, qua ratione Eratosthenes ea quae Adrastus exponit fingere potuerit. [2]) Fortasse vir rerum Aegyptiarum peritissimus, cum Mercurium lunae sphaeram permeasse referret, in hac narratione instituenda etiam eo respexit quod Thoth nonnunquam lunarem, quandam habebat significationem lunaeque dominus appellabatur [3]): quare in imaginibus repraesentatur lunam sive plenam sive dimidiam in capite gerens. [4]) Cf. Plut. de Is. et Os. c. 41 καὶ τῷ μὲν ἡλίῳ τὸν Ἡρακλέα μυθολογοῦσιν ἐνιδρυμένον περικολεῖν, τῇ δὲ σελήνῃ τὸν Ἑρμῆν.

De planetarum collocatione, in quam primi Pythagorei accuratius inquisivisse dicuntur [5]), inter veteres complures fuisse opiniones notum est. De luna quidem et de Martis Iovis, Saturni ordine inter omnes fere constabat: at de sole, Mercurio, Venere alii aliter iudicabant. Anaximandri, Par-

1) Clem. Strom. VI 35—37. Cf. Plut. de Is. et Os. c. 61. Lepsius das Todtenbuch der Aegypter p. 17. Quibus fundamentis ea nitantur, quae de Thoth deo „ogdoadis domino" Kaoetellus profert (Rhein. Mus. XXII p. 522 sqq.), diiudicare nequeo.   2) Cf. Manil. I 30 sqq.   3) Bunsen Aegyptens Stelle in der Weltgesch. I p. 463 sq.   4) Parthey Plut. über Isis u. Os. p. 154 sq.   5) Eudemus apud Simpl. in Aristot. libros de caelo p. 212a Karst.

menidis, Leucippi sententiac posteris temporibus merito neglegebantur; Stob. ecl. I 24 p. 510 (Anaximander dixit) ἀνωτάτω μὲν πάντων τὸν ἥλιον τετάχθαι, μετ' αὐτὸν δὲ τὴν σελήνην· ὑπὸ δὲ αὐτοὺς τὰ ἀπλανῆ τῶν ἄστρων καὶ τοὺς πλανήτας.[1]) p. 518 Παρμενίδης πρῶτον μὲν τάττει τὸν ἑῷον, τὸν αὐτὸν δὲ νομιζόμενον ὑπ' αὐτοῦ καὶ ἕσπερον, ἐν τῷ αἰθέρι· μεθ' ὃν τὸν ἥλιον, ὑφ' ᾧ τοὺς ἐν τῷ πυρώδει ἀστέρας, ὅπερ οὐρανὸν καλεῖ.[2]) Laert. Diog. IX 33 (de Leucippi doctrina) εἶναι δὲ τὸν ἡλίου κύκλον ἐξώτατον, τὸν δὲ τῆς σελήνης προσγειότατον, τοὺς δὲ τῶν ἄλλων μεταξὺ τούτων. De Democrito Pseudo-Plut. p. 889 B Δημόκριτος τὰ μὲν ἀπλανῆ πρῶτον, μετὰ δὲ ταῦτα τοὺς πλανήτας, ἐφ οἷς ἥλιον, φωσφόρον, σελήνην.[3]) Adulta iam astronomiae scientia longe plurimi Chaldaeorum opinionem amplectebantur, qui post lunam altitudinem secundam a terra Mercurio dederant, tertiam Veneri, quartam soli.[4]) Id pro vero habebant Archimedes[5]), Ptolemaeus[6]) aliique permulti[7]), posteriorumque temporum Pythagorei medium inter astra errantia locum tenere contendebant circulum solis ὡς ἡγεμονικωτάτου καὶ οἷον καρδίας τοῦ παντός.[8]) Atque iis qui solem medium esse existimabant de Mercurii Veneriaque ordine dubitatio non erat; nam quod Nicomachus cum invertit (Harm. p. 7), mera neglegentia ortum esse videtur: cf. epit. Nicom. p. 33 Meib. τὴν δὲ παρανήτην οὐ κατὰ τὸν Ἑρμῆν (Nicomachus ponit), ἀλλὰ κατὰ τὴν Ἀφροδίτην ἀτάκτως, εἰ

1) [Plut.] de plac phlles. p. 889. Cf. Ach. p. 135 E εἰσὶ δὲ οἱ πρῶτον τὸν ἥλιον λέγοντες, δεύτεραν δὲ τὴν σελήνην, τρίτον δὲ τὸν Κρόνον. 2) Cf. tamen Zeller die Philos, der Gr. I p. 484. 3) Ach. l. c. ἄλλοι δὲ (λέγουσι) τέταρτον τὸν Ἑρμῆν, ἔκτην δὲ τὴν Ἀφροδίτην. Unam e vulgaribus opinionibus Democrito Pseudo-Galenus adscribit, hist. phil. p. 272. 4) Macr. in Somn. Scip. I 19, 2. Brandis Hermes II p. 261. 5) Macr. l. c. 6) Math. syat. IX 1. Cf. Procl. in Tim. p. 258. 7) Alex. Ephes. apud Theonem de astr. p. 184 sq. (Chalc. 71.) Geminus p. 4. Petosiris et Nechepsos apud Plinium nat. hist. II § 84. Vitr. IX 4, 5. Manil. I 811 sq. Plin. nat. hist. II § 34—41. Cleom. I 3. Hyg. de astr. IV 14. Schol. Arati 455. Ach. p. 135 D (τινές). Anatolius in Theol. arithm. p. 56. Arist. Quint. p. 147. Hyg. de fim. const. p. 184 sq. Lachm. Mathematici apud [Plut.] de plac. philos. p. 889 et Stob. ecl. I 21 p. 510. Fav. Eul. p. 411. [Plut.] Harm. III 16. Iul. Firm. Astr. III. Suidas v. ἐποχή. Bryenn. Harm. p. 363. 410. 8) Theo de astr. p. 182 (Chalc. 71).

μὴ γραφικὸν εἴη τὸ πτάῖσμα. Antiquiore autem tempore
Graeci interque eos, ut tradidit Eudemus[1]), primus Anaxa-
goras solem statim post lunam collocare solebant, ac nonnulli
etiam Archimede posteriores denuo hanc sententiam amplexi
sunt[2]): itaque factum est, ut Ptolemaeus (qui ea refutata
alteram argumentis comprobare studet) illam quam antiquiorem dico mathematicis posteriorum temporum, alteram
τοῖς παλαιωτέροις adscriberet. Ex Platonis opinione quam
postea adoptavit Chrysippus[3]) Venus tertium, Mercurius
quartum obtinet locum.[4]) Ab Eratosthene autem in Mercurio inversum ordinem his stellis tribui vidimus.[5]) Quomodo scctatores eius in comprobanda sua sententia versati
sint, cognoscere licet ex Macrobio in Somn. Scip. I 19, 8 sqq.
Si vero Macrobius Aegyptiorum hanc existimationem fuisse
dicit (I 19, 2. 21, 24 sqq.), non magni id momenti esse
videtur: aliter certe Achilles p. 136 C τέταρτος δὲ ὁ ἥλιος
κατ' Αἰγυπτίους, ἕκτος δὲ καθ' Ἕλληνας[6]) et item Cassius

1) Proclus in Tim. p. 258 C.   2) De Pythagoreis v. Alex. Aphr.
in Arist. Metaph. p. 29 Bon. De Eudoxo et Aristotele Proclus in Tim.
p. 257 F (qui futiles huius ordinis causas proponit). De Philolao Stob.
ecl. 1 22 p. 488. Cf. etiam Tim. Locrus qui dicitur p 96 E. Theo de
astr. p. 194 (Chalc. 72) οἱ μέντοι μαθηματικοὶ τὴν τάξιν τῶν πλανωμένων οὐχὶ ταύτην οἴχε τὴν αὐτὴν πάντες τιθέασιν, ἀλλὰ μετὰ τὴν
σελήνην τάττουσι τὸν ἥλιον, ὑπὲρ δὲ τοῦτον ἕνιοι μὲν τὸν στίλβοντα,
εἶτα τὸν φωσφόρον, ἄλλοι δὲ τὸν φωσφόρον, ἔπειτα τὸν στίλβοντα,
τοὺς δὲ ἄλλους ὡς εἴρηται.   3) Stob. ecl. I 21 p. 448.   4) Martin
Etudes sur le Timée de Platon II p. 64 sqq. Cf. Ach. p. 135 D οἱ περὶ
τὰ μετέωρα δεινοί φασι ζώνας εἶναι ἑπτὰ κτλ. ἐν τῇ τετάρτῃ τὸν
τοῦ Ἑρμοῦ (πάτρα), ἐν τῇ πέμπτῃ τὸν τῆς Ἀφροδίτης, ἐν δὲ τῇ ἕκτῃ
τὸν τοῦ ἡλίου. Platonem sequuntur praeterea [Aristotelcs] de mundo 2
(Apul. de mundo 2) et Alexander apud Simpl. in Arist. libros de caelo
p. 213 Karst. (ubi Simplicius γραφικὸν πταῖσμα statuendum suspicatur
contrariamque de Mercurio et Venere sententiam firmare studet). Cicero
ubi Balbum Stoicum disputantem fingit eundem planetarum ordinem
enarrat quem Plato, de nat. deorum II § 53: alibi facit cum Chaldaeis,
de div. II § 91. de rep. VI 17. — Falso Platoni sententia Eratosthenica
tribuitur a Macr. I 19, 2 21, 27. [Plut.] de plac. philos. p. 889 II (Stob.
ecl. I 24 p. 512).   5) Ach. l. c. τοῦτο δὲ ἐν τῇ τετάρτῃ (ζώνῃ) τὴν
Ἀφροδίτην λέγουσιν, ἐν τῇ πέμπτῃ δὲ τὸν Ἑρμῆν, ἐν δὲ τῇ ἕκτῃ τὸν
ἥλιον. Cf. ib. p. 136 C. Theo de astr. p. 296. [Plut.] de plac. phil.
p. 889 (τῶν μαθηματικῶν τινες). Eundem ordinem Pythagoras statuisse
perhibetur in vita Pyth. apud Phot. Bibl. p. 439 b: sed Plinius (II § 84),
Censorinus (13), Sidonius Apollinaris (carm. 15. 61 sqq.) Chaldaeorum
sententiam ei tribuunt. Utra opinio significetur in [Erat.] Catast. 43 et
ab Hyg. de astr. II 42, non liquet.   6) „Graecis" hoc loco Platonis,
non Eratosthenis opinio adscribitur.

Dio XXXVII 19 de vulgari sententia κατὰ τὴν τάξιν τῶν κύκλων καθ᾿ ἣν οἱ Αἰγύπτιοι αὐτὴν νομίζουσι. Restat ut commemorem hypothesim illam maxime memorabilem, fortasse ad Heraclidem Ponticum auctorem referendam, qua motus Mercurii et Veneris ratione a ceteris longe diversa repraesentatur: unam esse cavam sphaeram soli, Mercurio, Veneri communem, atque in ea esse solidas horum astrorum sphaeras commune centrum habentes, quarum minima sit sphaera solis, circum hanc sphaera Mercurii, tum utramque complectens et omnem cavae sphaerae altitudinem obtinens Veneris sphaera.[1])

XVI

Philo de prov. (ex versione Armenia in linguam Lat. transl. ab Auchero) p. 101. *Circulus tamen lacteus ad quid est? Etenim qui de meteoris agunt, ita inter se dimicant, ut dissimilia de illo sentiant.*[2]) *Siquidem nonnulli arbitrantur luminis esse revibrationem ex stellis refulgentibus; quidam vero commissuram totius caeli, ubi coaptantur hemisphaeria; aliqui antiquam ab initio viam solis; alii Geryonis peculum viam, per quam eas duxit; alii vero ex* γαλαχτικοῖς *sc. lacte plenis Iunonis uberibus; quod etiam Heratosthenes sensit: quare dicit: Miror, si aggrediar Iovis sacra vestigia pedis, quod cornu appellat hucusque et circulum festinantis velocisque suffurantis paleas. Praetermissis itaque istorum adinventionibus minus probandis, quae ardore dimicandi sunt prolatae, convenit dicere, quod ignis est ista glomeratio ab aethere causata naturali necessitate, non providentia.*

En versionis Armeniae verba quae ad Eratosthenem spectant respondere hisce Germanicis Graecisque vocabulis benevola liberalitate mihi perscripsit Ioannes Gildemeister:

---

1) Huius sententiae demonstrationem, quae sane ad astronomiae scientiam non pertinet, v. apud Theonem p. 296 sq. Cf. Chalc. 109.
2) „Vel ad verbum: num ideo ut apud sublimia lustrantes invidia moventur et contradictiones occurrant? ne haec de illis putent." Auch.

„welches auch Eratosthenes geglaubt hat, wes-
halb er sagt: ich wundere mich wenn ich mich
mache an[1]) *Διὸς τὰ κυριακὰ τὰ ἱερὰ τὰ ἐμποδών*[2]), welches er Horn nennt[3]) bis jetzt (bis heute) und
Kreis[4]) des davonstürmenden, eilenden Spreu-
diebes.

Das Folgende dem Sinn nach wohl richtig, aber im
Armen. nicht zu construiren und fehlerhaft:

Aber ihre unglaublichen Erfindungen[5]), welche
sie mittelst des Kampfes der Disputation vorbrin-
gend gesagt haben[6]), — ist angemessen zu sagen,
ὅτι πυρὸς τοῦτο τὸ σύστρεμμα[7]) ἐκ τοῦ αἰθέρος συνιστα-
μένου[8]), ἀναγκαίαι φύσεις, καὶ οὐ προνοίᾳ.“[9])

Magni momenti caset hic locus, ut iure Bergkius monuit (Jahrb. f. Philol. 1860 p. 412), nisi tanta obscuri-
tate laboraret. Ut a certis incipiam, primum mihi haec
Aucheri verba sunt adferenda: „Via lactea Latinis dicta
Graeco more, Armeniis est Hartacol vel Harteogh, pa-
leae fur, qui nempe in fuga sua paleam portandam vel
invitus sparserit huc illuc. Nescimus, an sensum solum expresserit hac voce interpres Armenius an legerit in Or. aliquid simile, ut ἀχυρόφωρ vel ἀχυροκλέπτης aut ἀχυρῶν etc.“
Permiram ac prorsus singularem esse istam fabulam quam
ad explicandam viae lacteae originem Armenii narrabant,
quivis sponte animadvertet: itaque nulla ratione statuere
licet, alius gentis scriptorem eadem imagine esse usum. Con-
sectarium est, verba illa *circulum festinantis velocisque suffu-*

---

1) „ἐπιχειρία, davon ist das Arm. die genaue Uebersetzung u. auch
in der Bedeutung argumentiren.“   2) „ein sonst nicht vorkom-
mendes Substantiv, genau gebildet aus πρός ποσί oder ἐμποδών: dieselbe
Zusammensetzung kommt aber mit Verbalendung im Sinn mit Füssen
treten, unter die Füsse werfen vor.“   3) „So steht da und Emen-
dation ohne Gewaltsamkeit nicht thunlich (im Arm. wird die Milchstrasse
nicht etwa Horn genannt).“   4) „κύκλος, allenfalls auch ζώνη oder
ζωστήρ.“   5) „Accus.“   6) „Es fehlt ein Wort, von dem der Accus.
abhänge, im Sinn von praetermissis.“   7) „σύστασις wäre zu setzen,
wenn nicht das Verbum für das Folgende das näherliegende wäre.“
8) „oder συνιστάσεος (auf πυρός zu beziehen).“   9) „ἀναγκαίᾳ φύσει
liegt allerdings nahe.“

rantis pakas non cum Bergkio Eratostheni sed Armenio Philonis interpreti esse adsignanda, quem saepe explicationis causa synonyma repetiisse testatur Aucherus (p. 11).

Quod autem ad ipsius Eratosthenis locum attinet, propter speciem eius recte censuit Bergkius, ex Mercurio, non ex libro prosa oratione scripto eum petitum esse. De sententia horum verborum ex iis quae Gildemeister mecum communicavit nunc certius quam antea iudicari potest. Quis ille est qui miratur adgrediens viam lacteam ante pedes positam? Nemo alius profecto nisi Mercurius, quem caelestes regiones peragrantem Eratosthenes repraesentavit. Ego saltem non intellego, quo sensu verba illa Eratosthenes de eo ipso eloqui potuerit. Qua autem appellatione Mercurius orbem lacteum significet, non apparet. Ex iis quae praecedunt efficitur, mythum de lacte ex Iunonis uberibus effuso ab eo commemorari. Talis vero sententia inesse non potest in iis verbis quae Gildemeister Graecis *Διὸς τὰ κυριακά τὰ ἱερά* respondere dicit. Iovis uxorem, non Iovem commemorari necessarium est. Itaque haec verba sive Philonis sive interpretis sive librariorum errore vel neglegentia mutilata esse puto. Excidit ni fallor uxoris vocabulum, praeterea substantivum aliquod, quo adiectiva θεῖος et ἱερός vel similia pertinuerunt, fortasse alia nonnulla quibus fabula clarius significata fuit.

Prorsus diversam huius loci explicationem ex Aucheri versione Bergkius hausit. Vocabulum enim quod *τὰ πρὸς ποσίν* significat, ab Auchero non satis accurate verbis *vestigia pedis* redditum, non ad loquentem (qui admiratione se captum esse fatetur), sed ad Iovem refert atque inde statuit, viam lacteam ab Eratosthene viam Iovis fuisse nominatam: quae autem de fabulosa eius origine a Philone Eratosthene auctore postmodo prolata essent, ea interpretem quippe qui verba Philonis non intellegeret omisisse. Huic sententiae adsentiri non possum, quia poeta bono iudicio praeditus ne in fabulis quidem contraria ineleganter commiscuisse putandus est. Itaque cum qui galaxian lac Iunonis esse narravit

eandem rem eodem loco simul iter Iovis dixisse nunquam
mihi persuadebo. Accedit aliud. Narraverat Eratosthenes
in eo carmine de quo agimus, Mercurio Iunonem dedisse
lac (fr. II), simulque finxerat, Mercurium ἔτι νέον caelum
conscendisse (fr. XV). Quomodo igitur vel in poetica narratione cogitari potuit, brevi tempore ex lacte Iunonis iter
immortalium ad Oceani fontes[1]) factum esse?

De altera denique galaxiae appellatione (*quod cornu appellat huriuspac*) Bergkius haec profert: „ein zweiter mir un-
bekannter Name war κέρας (die nähere Bestimmung, die
man vermisst, ist in dem sinnlosen *huriuspac* enthalten), was
anzudeuten scheint, dass man die Milchstrasse sich als eine
Lichtquelle dachte, aus der ein reicher, breiter Strom sich
ergiesst.“ Non contradicerem, nisi multo simplicior via sol-
vendae huius quaestionis praesto esset. Suspicor enim, aut
in eo Philonis exemplari quo interpres Armenius uteretur
librarii errore κέρας pro τέρας scriptum fuisse, aut interpretem oculis deceptum falso ita legisse. τέρας autem luci-
dus galaxiae circulus a Mercurio apte dici potuit.[2]) —
Errore etiam *huriuspac* illud ortum esse apparet: Eratosthenica
fortasse fuere τέρας ἐς τόδε (pendentia a verbo eundi aut
videndi), „in hanc mirabilem speciem.“

Quae si recte disputavimus, in Eratosthenis poemate
Mercurius dum caelestes regiones visit miratur
lucidam speciem quam ipse non multo antes Iunonis mammis appositus effecerat.

XVII

Theo Sm. p. 165 Bull. (cf. fragm. XV) Τιμόθεός φησι
καὶ παροιμίαν εἶναι τὴν „πάντα ὀκτώ“ διὰ τὸ τοῦ κόσμου
τὰς πάσας ὀκτὼ σφαίρας περὶ γῆν κυκλεῖσθαι· καθά φησι
καὶ Ἐρατοσθένης

---

1) V. Bergk l. c. p. 111.   2) Aratus galaxiam descripturus (Phaen.
473) εἴ ποτέ τοι νηνάδε περὶ φρέτας ἴκετο θαῦμα ὀπιφανίνω πάντη
νικισσαμένου περὶ κύκλω οὐρανὸν κτλ.

ὀκτὼ δὴ τάδε πάντα σὺν ἁρμονίῃσιν ἀρήρει,
ὀκτὼ δ' ἐν σφαίρῃσι κυλίνδετο κύκλῳ¹) ἰόντα
ἐνάτην περὶ γαῖαν.

Extrema monstruose corrupta leguntur apud Anatolium in Theol. arithm. p. 56 ἡ περιέχουσα τὰ πάντα σφαῖρα ὀγδόη, ὅθεν ἡ παροιμία „πάντα ὀκτώ" φησι. σὺν ὀκτὼ δὴ σφαίρῃσι κυλίνδεται ὁ κυκλώων ἐνάτην περιγαίην Ἐρατοσθένης φησίν.

Vs. 1. συναρμονίῃσιν codex Venetus 307 a me collatus.
2. σφαίρῃσι codd. Laurentiani 59, 1 et 85, 9.²) σφαίραισι corr. m. alt. ex σφαίρεσι Ven. σφαίρεσι Parisinus 2450 (ab J. Guttentagio in usum meum collatus) et Laurentianus 28, 12.
3. ἐνάτην περιγαίην praebent Theol. ἐννέα τῶν περὶ γαῖαν Venetus, quae verba postmodo, deleta sunt m. alt. ut videtur. Deesse videntur in ceteris Theonis codicibus. ταῦτ' ἐνάτην περὶ γαῖαν Berghius Ztschr. f. d. AW. 1850 p. 177. Possunt etiam plura omissa esse. Cf. Theol. ar. p. 58 αἱ σφαῖραι περὶ ἐννάτην γῆν στρέφονται. Plut. de an. procr. p. 1029 D οἱ δὲ πρεσβύτεροι Μούσας παρέδωκαν καὶ ἡμῖν ἐννέα· τὰς μὲν ὀκτώ, καθάπερ ὁ Πλάτων, περὶ τὰ οὐράνια· τὴν δὲ ἐννάτην τὰ περίγεια κηλεῖν ἀνακαλουμένην καὶ καθιστᾶσαν ἐκ πλάνης καὶ διαφορᾶς ἀνωμαλίαν καὶ ταραχὴν ἐχούσης.

Prius ὀκτὼ cum ἁρμονίῃσιν construendum esse non satis considerate Bernhardyus adnotat (p. 165). Efficiuntur enim ex veterum imaginatione motu caelestium corporum octo voces, non octo harmoniae: id quod accuratius exponere lectoribus harum rerum peritis non necessarium est. Cf. Plato Civ. X p. 617 B ἐκ πασῶν δὲ ὀκτὼ οὐσῶν μίαν

---

1) Non reperitur corruptio litterae ω in hoc versus loco apud Callimachum: idem valet (quod ex parte cassi tribuendum) de fr. XVIII 2 (πέντρον). XIX 12 (ἄλλαι). 14 (ἄφρα, καί). Contra respondent normas Callimacheae IV 2 (κικλήσκεται)· VIII (διαφύεται). XXII 1 (οἵ). V. Schneller ad Callim. h. 2, 110.   2) De Theonis et Achillis codicibus Laurentianis quod ad lectionem versuum Eratosthenicorum attinet certiorem me fecit Ludovicus de Sybel amicus carissimus.

4 *

ἁρμονίαν ξυμφωνεῖν.   Alex. Eph. apud Theonem de astr.
p. 184

πάντες δ' ἱπτατόνοιο λύρης φθόγγοισι συνῳδὸν
ἁρμονίην προχέουσι διαστάσει ἄλλος ἐπ' ἄλλῃ.

Recte constructionem a Timotheo intellectam esse inde perspicuum, quod versus propter proverbium *πάντα ὀκτώ* citavit.
Atque ita locum Eratosthenicum, id quod apte monet Bernhardyus, etiam poeta versuum illorum concepisse videtur qui
adferuntur a Clemente Strom. V 107

ἑπτὰ δὲ πάντα τέτυκτο ἐν οὐρανῷ ἀστερόεντι
ἐν κύκλοισι φανέντ' ἐπιτελλομένοις ἐνιαυτοῖς.

Eratosthenes cum dicit *ὀκτώ δὴ τάδε πάντα* proverbio
πάντα ὀκτώ sine dubio alludit. Num autem derivationem
proverbii a sphaerarum numero petendam existimaverit (quam
sententiam a Timotheo et Anatolio proferri videmus), in incerto relinquendum. Falsam esse hanc opinionem vix est
quod moneam: neque enim ex astronomia proverbia existere
solent. Aliis quoque, qui obscuram dictionem artificiosis
doctinaque interpretationibus explanare studebant, improspere
res successit. Pollux IX 100 *καὶ μὴν καὶ Στησίχορος ἐκα-
λεῖτό τις παρὰ τοῖς ἀστραγαλίζουσιν ἀριθμός, ὃς ἐδήλου τὰ
ὀκτώ· τὸν γὰρ ἐν Ἱμέρᾳ τοῦ ποιητοῦ τάφον ἐξ ὀκτώ πάντων συντεθέντα πεποιηκίναι τὴν „πάντ' ὀκτώ" φασι παροιμίαν.* Photius v. *πάντα ὀκτώ*[1]): *οἱ μὲν Στησίχορόν φασιν
ἐν Κατάνῃ ταφῆναι πολιτελῶς πρὸς ταῖς ἀπ' αὐτοῦ Στησι-
χορείοις πύλαις λεγομέναις, καὶ τοῦ μνημείου ἔχοντος ὀκτώ
κίονας καὶ ὀκτώ βαθμοὺς καὶ ὀκτώ γωνίας. οἱ δὲ ὅτι Ἀλή-
της κατὰ χρησμὸν τοὺς Κορινθίους συνοικίζων ὀκτώ φυλὰς
ἐποίησε πολίτας καὶ ὀκταμερῆ τὴν πόλιν.* Zenob. V 78
*πάντα ὀκτώ. Εὔανδρος ἔφη ὀκτώ τοὺς πάντων εἶναι κρα-
τοῦντας θεούς, πῦρ, ὕδωρ, γῆν, οὐρανόν, σελήνην, ἥλιον,
Μίθραν, νύκτα.*[2]) *ἄλλοι δὲ φασιν ἐν Ὀλυμπίᾳ τὰ πάντα
εἶναι ἀγωνίσματα ὀκτώ, στάδιον, δόλιχον, δίαυλον, ὁπλίτην,*

1) Suidas v. *πάντα ὀκτώ.*   2) Euandri nugae fusius expositae sunt
a Theone Sm. p. 161 sq. Bull.

πυγμήν, παγκράτιον καὶ τὰ λοιπά· ἀφ᾿ ὧν εἰρῆσθαι πάντα
ὀκτώ. Habes igitur quinque explicationes: quarum sola ea
quae ad certaminum Olympiacorum genera pertinet, si non
vera, saltem non inepta est.

In exponenda mira illa doctrina de caelestium sphaerarum concentu Eratosthenes Platonem in eo secutus est, quod
sicut ille non solum planetis sed etiam stellarum inerrantium
sphaerae sonum tribuit. Ita enim Plato Civ. X p. 617 B: ἐπὶ
δὲ τῶν κύκλων αὐτοῦ ἄνωθεν ἐφ᾿ ἑκάστου βεβηκέναι Σει-
ρῆνα συμπεριφερομένην, φωνὴν μίαν ἱεῖσαν ἀνὰ τόνον· ἐκ
πασῶν δὲ ὀκτὼ οὐσῶν μίαν ἁρμονίαν ξυμφωνεῖν.[1]) Alii —
atque ea vetustior fuit opinio[2]) — solis planetis consonantiam
mundi effici putaverunt.[3]) Alii vero in tractanda perversa
hac scientia rationis inutopere expertes se praestiterunt, ut
adnumerata etiam terra sphaeris sonantibus novem voces
edi perhiberent[4]); cui sententiae Theo luculentum ex veterum scientia opponit argumentum: ἡ ἐπὶ τοῦ μέσου ἐστὶν
ἀκίνητος, οὐδ᾿ ὅλως ποιεῖ φθόγγον (p. 190 Mart.).

XVIII

Ach. Tat. p. 152 A μέμνηται δὲ αὐτοῦ (axis mundani)
Ἐρατοσθένης ἐν τῷ Ἑρμῇ λέγων

αὐτὴν μέν μιν ἔτετμε μεσήρεα παντὸς Ὀλύμπου,
κέντρον ἀπὸ σφαίρας· διὰ δ᾿ ἄξονος ἠρήρειστο.

Vs. 1. αὐτὴν cum Berghio (Ztschr. f. d. AW. 1850
p. 177) ad terram, non ut Bernhardyus (p. 144) censet ad
mediam terrae zonam referendum est: neque enim haec in
sphaerae caelestis centro sita esse apte diceretur (v. ad
vs. sq.). — Verbi ἔτετμε subiectum Bernhardyus Mercu-

---

1) Cf. Cic. de rep. VI 18. Macr. in Somn. Scip. II 4.   2) Zeller
die Philos. der Gr. I p. 373.   3) Cf. p. 41 adn. 2. Varro Atac.
apud Mar. Vict. p. 60 Kell. Nicom. Harm. p. 33. Cassius Dio XXXVII
18. [Ptol.] Harm. III 16. Censor. 13, 5.   4) Pythagorae hanc
opinionem adscribunt Plin. nat. hist. 11 § 84 et Cens. 13. Cf. p. 41
adn. 2. Plut. de an. procr. p. 1028 F. Ach. Tat. p. 136 D. Arist.
Quint. I p. 21.

54 MERCVRIVS

rium esse putat. Quod iudicium si amplecteremur, statuendum nobis esset, Mercurium Eratosthonicum aliunde in terram pervenisse eamque in sphaerae centro positam intellexisse. Sed vidimus, deum e terra in caelum, non ex caelo in terram esse profectum: praeterea mihi quidem subabsurdum esse videtur, Mercurium cum in terram adveniat situm eius mundanum cognoscere. At idem de quavis alia persona valet, quam pro verbi ἔτεμε vulgari significatione usurpati subiecto acceperis. Quare mihi ἔτεμε ad axem spectare videtur. Semper tenendum est, Eratosthenem non Arati instar mundi institutionem describere, sed exponere quid Mercurius viderit. Itaque si ponamus, Mercurium oculis permetiri axis longitudinem, non video cur post hanc fere sententiam „axis ab uno caeli polo ad alterum per terram porrectus erat" non ita pergi poluerit: „ad terram ipsam pervenit in medio" etc. Atque certe, cum Achilles duos versus propter axis commemorationem excitet, exspectamus plura ad axem pertinere quam postrema διά δ' ἄξονος τορήρειστο. Audacter sane ἔτεμε sensu translato de axe poeta Alexandrinus usurpavit; διήκειν de tota axis longitudine dictum apud posteriores scriptores usitatissimum est: cf. Ach. p. 151 D. 152 A. interpr. Ar. p. 261 E Pet. schol. Ar. 22 etc. — Petavius cum versum Eratosthenicum ita vertit „ipsam quidem secuit mediam prorsus Olympi", ἔτεμε aliter interpretatus est, sed haud dubio erravit. Consuit quidem Grashofius aoristum ἔτεμον secandi significationem posse habere (Ztschr. f. d. AW. 1837 p. 575): at unus locus qui est in Argon. Orph. v. 366 (ubi ἐτέμετο δ' ἄσπετος ἅλμη traditum est), cum de verbo satis frequenter adhibito agatur, nimis infirmum documentum esse mihi videtur. Cf. Lobeck ad Buttmanni gramm. II p. 5. Itaque vix dubito quin Ruhnkenius in Argon. loco recte ἐτέμνετο correxerit (ep. crit. II p. 241). Nostro autem loco mutatio ἔτεμνε cur non necessaria mihi videatur, apparet ex iis quae supra posui. — πᾶν (i. e. παντός) codex Vaticanus 191, ex quo locos Eratosthenicos promptissima comilato Hugo Hinckius mihi descripsit. παντὶ¹) Laurentianus 28, 44. — De voce Ὄλιμπος globum caelestem significante egit Vossius krit. Bl. II p. 205 sqq. Cf. Stob. ccl. I 22, 1 τὸ μὲν οὖν ἀνωτάτω μέρος τοῦ περιέχοντος, ἐν ᾧ τὴν εἰλικρίνειαν εἶναι τῶν στοιχείων, Ὄλυμπον καλεῖ (Philolaus), τὰ δὲ ὑπὸ τὴν τοῦ Ὀλύμπου φοράν, ἐν ᾧ τοὺς πέντε πλανήτας μεθ᾽ ἡλίου καὶ σελήνης τετάχθαι, κόσμον. Explicantur verba μεσήρεα παντὸς Ὀλύμπου additis κέντρου ἔπι σφαίρης.

2. ἀπὸ in ἔπι iure mutavit Brunckius lect. ad anal. p. 111: cf. Meineke anal. Alex. p. 265. ἄπο Bernhardyus. Num vero sana ratione dici potest, terram situm esse in medio loco universi mundi inde a centro sphaerae, i. e. inde a medio loco universi mundi? Loci quos ad tuendam hanc scripturam Bernhardyus adfert nihil comprobant. Nam in Strabonis libro I p. 62 (ἀπὸ μὲν Μερόης ἀπὸ τοῦ δι᾽ αὐτῆς μεσημβρινοῦ μέχρι Ἀλεξανδρείας εἶναι μυρίους σταδίους) et l. II p. 68 (τὸν γὰρ Ταῦρον ἀπ᾽ εὐθείας τῇ ἀπὸ Στηλῶν θαλάττῃ τεταμένον δίχα τὴν Ἀσίαν διαιρεῖν ὅλην ἐπὶ μῆκος) dudum a Casaubono pro ἀπὸ quod ferri nequit ἐπὶ correctum est. Quod vero Cleomedem (p. 54 Balf.) eiusdem quam exstitisse putat loquendi consuetudinis testem Bernhardyus adfert (p. 62), errore factum videtur. Ceterum σφαίρης reponendum est. — δια Vat.

Ex temporibus praeteritis (ἔτεμε et ἠρήρειστο) hic sicut in fr. XVII et XIX usurpatis apparet, hanc mundi descriptionem habuisse formam narrationis, de qua re supra dictum est (p. 40). Nempe ea omnia videt Mercurius dum caelum perlustrat: cf. fr. XV. Itaque visum ab eo etiam axem finxit Eratosthenes, memor fortasse loci Platonici quo mirabile illud mundi simulacrum instituitur: Civ. X p. 616 B ἀφικνεῖσθαι τεταρταίους ὅθεν καθορᾶν ἄνωθεν διὰ παντὸς τοῦ οὐρανοῦ καὶ γῆς τεταμένον φῶς εὐθὺ οἷον κίονα, μάλιστα τῇ ἴριδι προσφερῆ, λαμπρότερον δὲ καὶ καθαρώτερον κτλ.

1) Id a Victorio receptum est, unde Bernhardyus πάντη legendum esse existimavit.

ἐκ δὲ τῶν ἄκρων τεταμένον Ἀνάγκης ἄτρακτον, δι' οὗ πάσας ἐπιστρέφεσθαι τὰς περιφοράς· οὗ τὴν μὲν ἠλακάτην τε
καὶ τὸ ἄγκιστρον εἶναι ἐξ ἀδάμαντος κτλ. Ilace enim do
axe intellegebant. Theo de astr. p. 194 περὶ τῆς τῶν οὐρα-
νίων διακοσμήσεως λέγων (Plato) ἄξονα μέν τινα διὰ τὸν
πόλον διήκοντα οἷον κίονα κτλ. Proclus in Tim. p. 264 F
ἵνα μὲν γὰρ αὐτὸν ἐποίησεν (Plato) ἄξονα τὴν ἀρχὴν ἐν
Πολιτείᾳ τὸν ἄτρακτον. Photius v. τεταμένον φῶς εὐθὺ
οἷον κίονα[1]): τὸ οὐράνιον λέγει· τὸ γὰρ συνέχον τὴν περι-
φορὰν τὸ ὑπόζωμα τοῦ κόσμου· κατ' ἄκρα δὲ αὖ διήκων
ἐπινοεῖται ὁ ἄξων· εὐθὺ δὲ ἀντὶ τοῦ ὀρθόν· τινὲς τὸν ἄξονα
τοῦ κόσμου· οἱ δὲ κύλινδρόν τινα πυρὸς αἰθερίου περὶ τὸν
ἄξονα ὄντα.[2]) Ad poeticum illud inventum, quasi axis solidus
sit, spectat etiam Achilles p. 151 E: τὴν δὲ ὕλην αὐτοῦ οὐκ
ἐδίδαξεν ἡμᾶς Ἄρατος, ἀλλ' ὡς ἐν ποιήσει μυθικώτερον
ὥσπερ ὀβελίσκον αὐτὸν εἶπεν.[3])

<h3 style="text-align:center">XIX</h3>

Πέντε δέ οἱ ζῶναι περιειλάδες ἐσπείρηντο,
αἱ δύο μὲν γλαυκοῖο κελαινότεραι κυάνοιο,
ἡ δὲ μία ψαφαρή τε καὶ ἐκ πυρὸς οἷον ἐρυθρή·
ἡ μὲν ἔην μεσάτη, ἐκέκαυτο δὲ πᾶσα περὶ
τυπτομένη φλογμοῖσιν, ἐπεί ῥά ἑ μαῖραν ὑπ'
αὐτὴν 5
κεκλιμένην ἀκτῖνες ἀειθερέες πυρόωσιν·
αἱ δὲ δύω ἑκάτερθε πόλοις περιπεπτηυῖαι,
αἰεὶ φρικαλέαι, αἰεὶ δ' ὕδατι μογέουσαι·
οὐ μὴν ὕδωρ, ἀλλ' αὐτὸς ἀπ' οὐρανόθεν
κρύσταλλος
κεῖται ἀνάπεπχε· περίψυκτος δὲ τέτυκται. 10
ἀλλὰ τὰ μὲν χερσαῖα καὶ ἄμβατα ἀνθρώ-
ποισι·

<hr>

[1] Suidas v. τεταμένον κτλ. Boeckhii est sententia, kl. Schr. III p. 268. 303 sqq. Fateor virum sum-
mum non prorsus mihi persuasisse. [2] Lumine illo galaxiam significari. [3] Cf. Boeckh p. 310.

δοιαὶ δ' ἄλλαι ἔασιν ἐναντίαι ἀλλήλαισι
μεσσηγὺς θέρεός τε καὶ ὑετίου κρυστάλλου.
ἄμφω εὔκρητοί τε καὶ ὄμπνιον αὐδήσκουσαι
καρπὸν Ἐλευσινίης Δημήτερος· ἐν δέ μιν
                    ἄνδρες   15
ἀντίποδες ναίουσι.[1]

Ach. Tat. p. 153 C (p. 99 od. Vict.) μέμνηται δὲ τῶν
ζωνῶν τούτων καὶ Ἐρατοσθένης ἐν τῷ Ἑρμῇ λέγων πέντε
δὲ κτλ. ταῦτα μὲν Ἐρατοσθένης. Cf. p. 153 A περὶ δὲ τῶν ζωνῶν Ἄρατος ἐν τοῖς Φαινο-
μένοις οὐκ ἐμνήσθη· ἄλλοι δέ, ὧν καὶ Ἐρατοσθένης, ἐμνη-
μόνευσαν. p. 157 C πρῶτος δὲ Παρμενίδης περὶ τῶν ζωνῶν
ἐκίνησε λόγον. περὶ δὲ τοῦ ἀριθμοῦ αὐτῶν πολλὴ διαφωνία
τοῖς μετ' αὐτὸν γέγονεν. οἱ μὲν γὰρ ἓξ αὐτὰς εἶπον, ὡς
Πολύβιος καὶ Ποσειδώνιος, τὴν διακεκαυμένην εἰς δύο διαι-
ροῦντες· οἱ δὲ πέντε παρέλαβον, ὥσπερ Ἐρατοσθένης καὶ
ἄλλοι πολλοί, οἷς καὶ ἡμεῖς κατηκολουθήσαμεν. περὶ δὲ
οἰκήσεων πάλιν καὶ τῶν ἐνοικούντων καὶ ὀνομάτων γέγονε
πολλὴ ταραχή, καὶ περὶ ἀντιχθόνων καὶ ἀντιπόδων.
Heracl. All. Hom. 50 (schol. B II. Σ 468) ὁ γοῦν Ἐρατοσθένης καὶ σφοδρότερον ἐν τῷ Ἑρμῇ ταῦτα (de zonis sermo
est) διηκρίβωσεν εἰπὼν πέντε δὲ κτλ. (uaque ad verba ἀιεὶ
δ' ὕδατι μογέουσαι vs. 8).

Verg. Georg. I 233 sqq.

quinque tenent caelum zonae quarum una corusco
semper sole rubens et torrida semper ab igni,
quam circum extremae dextra laevaque trahuntur
caeruleae, glacie concretae atque imbribus atris;
has inter mediamque duae mortalibus aegris
munere concessae divom, et via secta per ambas,
obliqua qua se signorum verteret ordo.

Probus ad h. l. hanc tamen universam descriptionem certum est Vergilium transtulisse ab Eratosthene, cuius liber est

1) Ex Achillis codice Vaticano hoc fragmentum adhibito Heraclito
addidit Vrsinus, Virg. coll. script. Gr. Illustr. p. 114 od. Valck.

58   MERCVRIVS

hexametris versibus scriptus, qui Hermes inscribitur: cuius
disputationis lale principium est: πέντε δέ οἱ κτλ. (vs. 1 et 2),
et cetera ex ipso libro requirenda. [1]

De duorum Achillis codicum lectionibus, Vaticani 191
et Laurentiani 28, 44, Hinckii et Sybelii humanitate certiorem me factum esse iam dixi. In margine Laurentiani (ad
v. 3 sqq.) haec adnotata sunt: ὅτι τινὰ παρελείφθη ὡς ἀδιάγνωστα καὶ ἐσφαλμένα· διωρθώθη δέ τινα παρ' ἐμοῦ ὡς
οἷόν τε ἦν ὥστε σῶσαι τὴν ἔννοιαν. Hinc magna difficultas
nascitur, quia compluribus locis nescimus, utrum melior
Laurentiani lectio archetypo an ingenio eius qui Laurentianum exaravit tribuenda sit. Laurentianum ex ipso Vaticano
fluxisse non arbitror: certo quae praeter Achillem utroque
libro continentur prorsus diversa sunt. [2] Decernet hanc
quaestionem is qui lectiones maiorum operis Achillei partium
inter se contulerit.

Vs. 1. δέ οἱ Her. Pr. δὲ αἱ Ach. De terra poetam
loqui apertum est. — περιειλάδες Laur. περιήλάδ Vat. περιηγέες Her. περιαρές (ortum ni fallor ex περιηγέες) Pr. Praetuli περιειλάδες, quia haudquam credibile est περιηγέες vocabulum usitatissimum [3] in περιειλάδες correctum esse:
contrarium facile fieri potuit. — ἐσπείρηντο B. πείρηνθο Pr.
Cf. p. 40. ἐσπείρηνται Heracliti editio Aldina et Matrangn an.
Gr. p. 341 qui Heracliti codicem A expressit: ita etiam
Laur. σπείρηνται Vat.

2. κελαινότεραι κυάνοιο Ach. Ald. Matr. κελαινοτέρου
κυάνοιο B. (Bernhardyus p. 145 κελαινοτέρου propter
γλαυκοῖο κυάνοιο recipiendum esse dicit, argumentatione mihi quidem obscura: comparativus, si κελαινοτέρου
scriberemus, nullo modo intellegi posset, neque Eratosthenes de zonarum materia tali modo loqui potuit.) κυανότεραι Pr.

1) Graeca verba in sola editione Egnatii, quae e codice Bobiensi
manavit, exstant: in duobus iis quos habemus codicibus lacuna est.
2) Bandini catal. cod. Gr. bibl. Laur. II p. 66 sq. Parthey Monatsber.
der Preuss. Akad. 1863 p. 375 sqq.   3) V. Naeke opusc. philol. II p. 106.

3. ψαφαρά B. Cf. Meineke de Euph. vita et scr. p. 71. — ἐκ πυρός Ach. et Heracliti codd. AD. ἔκπυρος B. cf. Verg. *corusco semper sole rubens.* Quae Eratosthenes hic et vs. 2 de coloribus profert, recto intellegemus si reputaverimus secundum poetae fictionem Mercurium ex immensa longinquitate terram conspicere. Cf. Claud. de raptu Pros. 1 259.

4 sqq. ita exhibentur in Achillis codice Laurentiano: ἡ μὲν, ἓην μεσάτη περιτυπτομένη φλογμοῖσιν· ἀκτῖνες γάρ πᾶσαν διειθερίες πυρόωσιν. αἱ δὲ δύω ἐκάτερθε πόλοις περιπεπτηυῖαι· αἱ δὲ φρικαλέαι· οὐ μὴν ὕδωρ· ἀλλ' αὐτός· οὐρανόθενγε περίψυκτος κεῖται κρύσταλλος· ἀλλά τῇ μὲν κτλ. 4 deest apud Her. — ἐην Vat. — μεσάτη Lanr. μέσην Vat.[1]) — περι (cum τυπτομένη coniunctum) Achillis codd. πυρὶ Victorius.[2]) περὶ πρό emendavit Scaliger ad Manil. p. 354.

5. τυφομένη Emperius opusc. p. 306. Id fortasse verum, neque tamen necessarium: nam τύπτειν ut de odore et de lumine, ita haud minore iure etiam de ardore dici potest. Cf. Emped. apud Plut. de facie in orbe lunae p. 929 E ὡς αὐγή τύψασα σεληναίης κύκλον εὑρήν. Eryc. in anth. Pal. IX 558, 3 ὀθμά γάρ μιν ἔτυψε λύκου χιμαροσφακτῆρος. — ἐπεὶ ῥά ἐ μαίρην Matr. ἐπεὶ ῥά ἐ μαῦραν D. ἐπεὶ ῥά ἐ μοῖραν Ald. ἐπεὶ ῥά μοῖραν D. ἐπιρασμοῖραν Vat.[3]) Scriptum quam Matranga praebet quin genuina sit plane non dubito, modo corrigas accentus.[4]) μαῖρα est canicula: cf. Crinag. in anth. Pal. IX 555, 5. Atque hanc vocem etiam ad generalem sensum fuisse translatam testis est Hesychius: μαῖρα· κύων τὸ ἄστρον. ἢ ἀκμαιότατον καῦμα, κτλ. Eratosthenes igitur quaesita quadam audacia utitur ea ad solis ardorem significandam: hoc vero ut faceret, eo facilius adduci poterat, quin ipsa voce σείριος non solum caniculam verum

---

1) μέσην Vratinus. 2) περὶ πρό cj. Petavius. 3) ἐπεὶ ῥά ἄναυροι ἐπ' αὐτήν κταλιμένai cj. Bernhardyus, molesto hiatu et cansam intolerabili: cf. Naeke p. 31 sqq. ἐπεὶ ῥά ἐμερδνόν ἐπ' αὐτήν κεκλιμένas Meklerus. 4) Nullus quod sciam exstat locus qui comprobet in hoc caiculae nomine α litteram produci; mulierum nomen *Μαῖρα* est: Il. Σ 48. Od. λ 326.

etiam solem appellari pervulgata grammaticorum sententia fuisse videtur.[1] — ὑπ' Vat. ἐπ' Her.

6. κεκλιμένην Her. κεκλημένοι Vat. κεκλιμένοι Victorius. πεκλιμέναι Scaligor. — ἀειθερέες: ερ ex πρ m. eadem Vat.

7. δύω Ach. δύω Ald. Matr. Deest in B. — ἑκάτερθεν B. — πόλοις περιπεπτηυΐαι Ach. πόλοιο περικεπηγυΐαι Her.

8. αἰεὶ Ald. ἀεὶ Vat. B. Matr. — φρικαλέαι Laur. φῆκαλέαι Vat. βριμαλέαι B. κρυμαλέαι AD. φρικαλέαι τ' Bergkius commonl. crit. II p. 4. — αἰεὶ δ' B. Ald. ἀεὶ δ' Matr. εἶθ' Vat. αἰεὶ θ' Scaliger. — μογέουσαι Her. (apud quem fragmentum hoc verbo finitur.) νωτέουσιν Vat.[2] μογέουσιν Brunckius anal. I p. 477. νοτέουσαι Lobeckius pathol. serm. Gr. prol. p. 100. Mihi μογέουσαι poetam multo magis decere videtur: similiter silvas nivis onere laborantes dixit Horatius.

9. μὴν Vat. Laur. μὲν om. Scaligor. — Bergkius confert Sapphus fragm. apud schol. Hermog. in Walzii rhet. Gr. VII. p. 883.

10. κεῖται ἀναπίσχε. περίψηκτος δὲ τέτυκται Vat. κεῖ γαῖαν ἀμπίσχε, περίψηκτος δὲ τέτηκτο Scaliger. καὶ γαῖαν ἀμπίσχε, περίψιχος δ' ἐτέτηκτο Brunckius. ὅς γαῖάν τ' ἄμπεσχε, περίψυχός τ' ἐτέτηκτο Hermannus Orph. p. 766. κεῖται ἀν' ἀμφὶ πάχνησι, περὶ ψυκτῆς δὲ τέτηκτο cj. Bernhardyus. κείνην γαῖαν ἐπέσχε, περίψυκτος δὲ τέτηκτο Bergkius. Utinam quid Eratosthenes scripserit tam certum esset, quam certum est horum omnium nihil ab eo fuisse scriptum. Sed nisi forto meliores Achillis codices innotescant, de genuina lectione indubie restituenda desperandum videtur. Tria postrema versus vocabula vituperandi causam non prae-

---

1) Nic. Ther. 208. Plut. quaest. conv. p. 658 II. de Is. et Os. 52. Orph. Arg. 121. Schol. Lycophr. 397. Paraphr. Lyc. p. 309 Bachm. Schol. Dion. Per. 222. Schol. Opp. Hal. III 48. Proclus ad Hes. Op. 412 (cf. Mosch.). Hesych. v. στέριφος. Phot. lex. II p. 150 Naber. Tzetzes ad Hes. Op. 415. De voce στέρ v. Curtius Grundz. p. 603.   2) νοστίουσιν Victorius. νοσίουσι Scaligor.

bent. τέτυκται immerito in τέτυκτο viri docti mutaverunt:
nam perspicuum est, tempora praeterita in iis tantum rebus
enarrandis apte, etsi non necessario, adhiberi potuisse, quas
deus mundi contemplator ipse vidit vel audivit, id quod
de frigore non valet. (In sequentibus quoque praesentia habes: ἔασιν, ναίουσι.) Contra id recte Bergkius cognovit, in
περίψυκτος quod alii mendosum censuerant non offendendum
esse. Ad κρύσταλλος sane spectare nequit: nam „glaciem
frigidissimam exstitisse non erat frigidiore docendum additamento" (verba sunt Bernhardyi). Iure igitur Scaliger et
Bergkius ex verbis περίψυκτος δὲ τέτ. concluserunt, eiusmodi nomen quale est γαῖα praegressum esse. Et hactenus
quidem omnia plana. Iam autem quaeritur, ubi positum
fuerit illud nomen. Quod Scaliger coniecit in versus initio κεῖ
γαῖαν fuisse, ingeniosissime excogitatum est: multo minus
placet κείνην γαῖαν de terris utrique polo circumicetis usurpatum, et corruptela certe multo facilius oriri potuit, si Eratosthenes κεῖ γαῖαν posuerat. Neque quidquam nos vetat
poetae Alexandrino vocem Archilochiam attribuere. Epim.
Hom. p. 71 (de ἐκεῖ) ὅπερ καὶ κατὰ πάθος μονοσύλλαβον
γέγονε κεῖ. p. 249 παρὰ τὸ ἐκεῖθι κεῖθι καὶ κεῖ παρὰ Ἀρ-
χιλόχῳ. Quid vero, si κεῖται ἂν corruptela verborum κεῖ
γαῖαν ortum est, in litteris απέσχε latet? Errasse mihi videntur, quicunque aoristum ἔσχε retinuerunt. Nam in hac descriptione, de cuius instituto iam satis dictum est, imperfectum vel plusquamperfectum locum habet, non item aori-
stus, qui recte sese haberet, si poeta mundi creationem
narraret.[1] Itaque si Scaliger substantivi sedem recte in-
vestigavit, potius putaverim, litteras απέσχε esse reliquias
imperfecti in εσκε desinentis, veluti κρύπτεσκε vel τρύχεσκε.[2]
Si vero κεῖται ab Eratosthene profectum est (quod praecise
negari non potest), in ἀνασέσχε substantivum numero singulari usurpatum cum praepositione latet.

---

1) ἕτερα fr. XVIII mihi non oppositum iri spero. 2) Similiter sonat versus Theocr. 25, 141 βοσσὶν ἐὼν λάμπεσκεν, ἀρίζηλος δ'
ἐνὶ πᾶσιν.

11. χερσαία: ερ ex αρ m. eadem Vat. — ἄββατα Laur.

ἀνεωβαῖ Vat. ἄμβατος pro ἄβατος dictum (quae significatio aperte requiritur) iustam praebet mirandi causam. Notum est in vocabulis ἀνάεδνος ἀνάελπτος ἀνάπνευστος ἀνάγνωστος, si Buttmannus verum vidit (ausf. gr. Sprachl. II p. 466), plenam ἀνα forunam sensu negativo esse servatam.[1]) Sed in ἄμβατος non ἀνα- sed ἀν-'ante consonantem positum negandi vim haberet. Non potest ad defendendam hanc formam adferri ἀννέφελος scriptura, de qua sine dubio recte iudicavit Lobeckius p. 192.[2]) Possunt fortasse adferri duo vocabula: Homericum ἀμφασίη, in quo μ litteram ad negativum illud ἀν- sive ἀνα- pertinere Buttmannus putat[3]), et Hesychii glossa ἀγχορές[4]), ἀκόρεστον. Verum haec tam incerta sunt, ut mirum istud ἄμβατα, quod etiam molesto (etsi non prorsus inaudito) hiatu aures offendit, tueri non possint. Emporius mutatione satis violenta cj. ἀλλὰ τὰ μὲν χερσαῖά περ ὄντ' ἄβατ' ἀνθρώποισι. At si ἄμβατα falsum esse evicimus, proficiscendum a codicis Vaticani lectione. ἀνεωβαῖ nihil aliud esse nisi ἀνέμβατα facile quivis mihi concedet: atque haec vox optime convenit sententiae, nisi quod terminatio in Laurentiano posita propter prius hemistichium pro vera existimanda est.[5]) Itaque proposuerim ἀλλὰ τὰ μὲν χερσαῖά τ' ἀνέμβατά τ' ἀνθρώποισι. χερσαῖος de sterilitate dictum iis quae sequuntur καὶ ὕπανιον ἀλδήσκουσαι καρπὸν Ἐλευσινίης Δημήτερος oppositum est. Bernhardyus offendit in hac significatione proposuitque ut χέρσ' ἄλλα scriberetur. Sed ut taceam de insuavissimo sono verborum ἀλλὰ τὰ μὲν χέρσ' ἄλλα: qua ratione de zonis inm descriptis ἄλλα dici possit, non perspicio. Cum χέρσος adiectivum ita usurpatum ut terram

1) Aliter de his indicaverunt Hermannus opusc. VI p. 104 et Lobeckius pathol. Gr. surm. el. p. 191.   2) V. Hartel Homer. Stud. I p. 16.   3) A Buttmanno dissentit Lobeckius, ab utroque Christius Grunda der gr. Lautl p. 182.   4) Mendosum hoc esse censet Elmsleyus ad Soph. Oed. Col. 120.   5) οι servari possit scribendo ἀλλ' αἱ μὲν χέρσαι καὶ ἀνέμβατοι ἀνθρώποισι. Possit etiam (ne quid praeteramittam) aliquis suspicari complura excidisse, ut ἀλλὰ τὰ μὲν χερσαῖα initium versus sit, καὶ ἀνέμβατοι ἀνθρώποισι finis versus sequentis.

sterilem vel incultam significet reperiatur[1]), nihil obstat quo minus etiam χερσαῖος hoc sensu dici potuisse arbitremur: ita nihil fere inter se differunt ἔρημος et ἐρημαῖος, ἐρυθρός et ἐρυθραῖος.[2]) Saepe poetae Alexandrini loco vocis alicuius utuntur alia voce simili ac propinqua, ubi priores quantam nos scimus differentiam significatus observant. Ita confunduntur ἔλεγοι et ἐλεγεῖα: ita Callimachus τούνεκεν posuit ubi οὕνεκα ponere debuit: ita Alexandro Aetolo recte vindicavit Passovius θηλεῖν transitive usurpatum pro θάλλειν: ita Nicander γλήνεα sic dicit ut priores γλήνας: ita ipse Eratosthenes γάστρη voculam pro γαστήρ adhibet (v. p. 89); multisque aliis exemplis haec augeri possunt.[3])

12. ἀλλήλαισι Vat. Laur. ἀλλήλῃσι cm. Scaliger.

13. κρυστάλλου Laur. Deest haec vox in Vat. De continuatis quattuor hexametris spondiacis v. Ludwich de hexam. poet. Gr. spond. p. 22. Si κρυστάλλου pro librarii additamento habes, potes etiam παγετοῖο conicere.

14. εὔκρητοί Vat. Laur. εὔκρητοί cm. Scaliger. (εὔκρατος de temperatis zonis dictum postea in communem scriptorum usum abiisse notum est.) — αὐδήσκουσαι Vat. Laur. ἀλδήσκουσαι cm. Vrainus. ἀλδίσκουσαι Scaliger.

15. ἐλευσινίης Laur. ἐλευσίνης Vat. Ἐλευσίνοις pro Ἐλευσινίοις scriptum est in versu Epicharmi τοῖς Ἐλευσινίοις φυλάσσων δαιμονίως ἀπώλεσα apud Ath. IX p. 374 E et in Etym. magni (p. 255, 3) duobus codd. Parisinis; sed Etym. codd. DM et Zonaras (lex. I p. 480 ed. Tittm.) Ἐλευσινίοις praebent. Ἐλεύσινος igitur pro Ἐλευσίνιος usurpatum certis exemplis caret[4]): quare non dubito quin Laurentiani scriptura vera sit. Ἐλευσῖνος cj. Bernhardyus, „quin Ἐλευσινίης synizesi adhibita tum demum stare posset, si poetae non alia terminatio suppetiisset." Neque vero

1) Aeschylus in Bekk. an. p. 115. Herodotus IV 123. Diod. Ital. Ant. Rom. IX 51. Dioscor. II 107. Hes. v. χέρσος. 2) Cf. Lobeck ad Phryn. p. 802 sq. 3) V. Schneider ad Call. h. in Iovem 50. Meineke ad Call. h. in Iovem 72. anal. Alex. p. 35. 4) De Gracchi loquort num Vergilius (memor fortasse nominis proprii quod est Ἐλευσῖνος) Eleusinam matrem dicere non dubitavit (Georg. I 163).

synizesis sed prioris ι litterae correptio statuenda est. Lorenzius quidem hanc usquam reperiri negavit (Epicharmos Leben u. Schr. p. 247): sed vehementer cum errare apparet ex hymni Hom. in Cer: v. 105 ('Ελευσινίδαο θύγατρες) et ex Soph. Ant. v. 1120 (παγκοίνοις 'Ελευσινίας). Cf. interpr. ad h. l. Lobeck pathol. serm. Gr. prol. p. 242. — δῆμήτερος Vat. — De vocis μιν duali notione v. p. 11 sqq.

16. Cf. Forbiger Handbuch der alten Geogr. I p. 364.

Terrae in quinque zonas divisio ad Parmenidem quasi primum auctorem refertur.[1] Eandem proprietates, quas Eratosthenes (hoc loco multoque accuratius in Geographicis)[2] et Vergilius zonis attribuunt, multorum descriptiones recensent. Enumeravit scriptores qui de zonis egerunt Forbigerus p. 544. Cf. Reifferscheid Suetoni rel. p. 195. sqq. —

Haec caelestia Mercurii itinera ab Eratosthene ficta respexit Polybius, a quo Eratosthenem quia Pythene Massiliensi fidem haberet vituperatum esse Strabo nos docet l. II p. 104: πολὺ δέ φησι βέλτιον τῷ Μεσσηνίῳ πιστεύειν ἢ τούτῳ· ὁ μέντοι γε εἰς μίαν χώραν τὴν Παγχαίαν λέγει πλεῦσαι· ὁ δὲ καὶ μέχρι τῶν τοῦ κόσμου περάτων κατωπτευκέναι τὴν προσάρκτιον τῆς Εὐρώπης πᾶσαν, ἣν οὐδ' ἂν τῷ Ἑρμῇ πιστεῦσαι τις λέγοντι. V. Meineke vind. Strab. p. 11.

His igitur quae tractavi fragmentis examinatis atque inter se collatis simulacrorum effinximus carminis de Mercurii pueritia. Narravit Eratosthenes fabulas de ortu dei, de lactei circuli origine, de puerilibus Mercurii iocis, de furto boum, de inventa lyra[3]; rettulit porro Mercurium in caelestes regiones ascendisse ibique miratum esse sphaeraram motus consonantiam lyrae efficientes, miratum esse lactei circuli cui ipse originem dederit splendorem[4]: cognovisse praeterea quo modo axis per omnes sphaeras pervadat eique

1) Zeller die Philos. der Gr. I p. 485.   2) De melia zona ibi aliter atque in Mercurio iudicavit; v. Strabo II p. 97.   3) His addendn esset falulla de Mercurii et Veneris amoribus, si certa esset fragmenti IX explicatio a Bernhardyo proposita.   4) fr. XV Φαρσάσας (μιτυλμω). fr. XVI miror si aggredinr.

circumfusa terra ipsa firmam habent posituram: dignovisse
denique terrae zonas earumque colores atque habitus. Colligendum autem ex Chalcidii verbis (p. 40) *recensere primum se a terra transmisisse lunae globum* etc., poetam si non
haec omnia at certe complura quasi ab ipso Mercurio exposita protulisse: cf. fr. XVI *miror si aggrediar.*[1])

Continuitne haec de Mercurii infantia ac pueritia narratio
alia quoque, praeter ea quae commemoravi? Habuitne carmen
Eratosthenicum partes aliquas a tota hac qualicunque narratione omnino alienas? Ac si habuit, quotam poematis partem
historia quam dico complexa est? Ea omnia nescimus. Nonnulla quidem fragmenta quo modo illis fabulis ac descriptionibus iniuncta fuerint, satis incertum est: verum hac re nihil
lucramur ad quaestiones illas dissolvendas. Neque enim hi loci
tales sunt, ut certi cuiusdam argumenti (ac diversi quidem ab
eo quod descripsi) vestigia contineant: ne id quidem contendere
licet eos narrationi illi nullo modo inseri posse. Itaque potest
quidem conici, Eratosthenem narrasse etiam, quo modo Mercurius stellarum figuras composuerit, quo modo scientias mathe-
seos et astronomiae, quo modo litterarum usum invenerit et
cum hominibus communicaverit: potest cogitari, praeter fabulas
ad dei infantiam spectantes Eratosthenem alias de Mercurii rebus protulisse; possunt, inquam, haec ac similia coniectari: fundamentum vero talium coniecturarum nullum ac ne levissimum
quidem potest adferri. Desinit simul cum sphaerarum
descriptione omnis Mercurii Eratosthenici notitia.

Quid autem iudicandum est de fragmentis Eratosthenicis
ad signorum caelestium fabulas pertinentibus, quae inter Mercurii fragmenta recepit Bernhardyus? Nullum eorum certo
testimonio ad Mercurium refertur: ne id quidem traditur aut
perspicitur, ex carmine aliquo ea sumpta esse.[2]) Neque ullo
loco reliquiarum ad Mercurium indubie pertinentium veri

---

1) Ad Mercurii orationem fortasse etiam fr. XVII—XIX pertinent.
2) Cf. p. 69. Bernhardyus ex titulo „poeticon astronomicon" collegit,
maiorem partem operis Hyginiani Eratosthenis carmini deberi (p. 131):
sed titulus late solo recentiorum temporum invento ortus est. Hursian
Jahrb. f. Philol. XCIII 1866 p. 761 sq.

simile fit, in hoc carmine talia narrata fuisse. Vrget quidem Bernhardyus locos nonnullos, quibus astrorum dispositio atqne ordinatio Mercurio adscribitur. Sunt autem hi.
Pseuderatosth. Catast. 20 *Δελτωτόν*. τοῦτό ἐστιν ὑπὲρ μὲν
τὴν κεφαλὴν τοῦ Κριοῦ κείμενον· λέγεται δὲ ἐκείνον ἀμαυ
ρότερον εἶναι. εὔσημον δὲ τὸ γράμμα ἐπ' αὐτοῦ κεῖσθαι ἀπὸ
Διὸς τὸ πρῶτον στοιχεῖον Ἑρμοῦ θέντος, ὃς τὸν διάκοσμον
τῶν ἄστρων ἐποιήσατο. (Hyg. de astr. II 19 *hoc sidus velut
litera est Graeca in triangulo posita, itaque appellatur; quod
Mercurius supra caput Arietis statuisse existimatur ideo, ut
obscuritas Arietis huius splendore, qua loco esset, significaretur
et Ioris nomine Graece Διὸς primam literam deformaret.*)
Pseuderatosth. 34 *Λαγωός*. οὗτός ἐστιν ὁ ἐν τῇ καλουμένῃ
κυνηγίᾳ εὑρεθείς. διὰ δὲ τὴν ταχυτῆτα τοῦ ζώου ὁ Ἑρμῆς
δοκεῖ θεῖναι αὐτὸν ἐν τοῖς ἄστροις. (Schol. Ar. Phaen. 338
κατηστερίσθαι δὲ αὐτὸν λέγουσιν ὑφ' Ἑρμοῦ διὰ τὴν τα
χυτῆτα καὶ τὴν πολυγονίαν. Hyg. II 33 *quem nonnulli a
Mercurio constitutum dixerunt.*) Pseuderatosth. 43 πέμπτος
δὲ Ἑρμοῦ, Στίλβων. λαμπρὸς καὶ μικρός· τῷ δὲ Ἑρμῇ ἐδόθη
διὰ τὸ πρῶτον αὐτὸν τὸν διάκοσμον ὁρίσαι τοῦ οὐρανοῦ καὶ
τῶν ἄστρων τὰς τάξεις καὶ τὰς ὥρας μετρῆσαι καὶ ἐπισημα
σιῶν καιροὺς δεῖξαι. (Hyg. II 42 *haec autem Mercurio data
existimatur. quod primus menses instituerit et perviderit siderum cursus.*) Hyg. II 16 *qui* (Mercurius) *copia facta pro
beneficio aquilam in mundo collocavit.* Sed quo tandem iure
haec ad Eratosthenis poema referuntur? An propterea quia
ibi Mercurius ad astra pervenisse narratus est? Sed quis contendat Aegyptiorum illam opinionem in nullo libro Graeco
praeter Mercurium Eratosthenicum apparuisse? — Quod
praeterea Bernhardyus in Hygini fabula 177 pro verbis *in
Creticis* (vel *Cretacis*) *versibus* scribi vult *in Eratosthenicis versibus* atque hac coniectura fretus alios locos ad eandem
rem spectantes Eratostheni attribuit (p. 149), supra modum
audacter excogitatum est neque ullo argumento firmatum.[1]

1) Hac coniectura fretus Meyerus versus ab Hygino citatos Varronis
Atacis Chorographiae adscripsit (adnot. ad anthol. Lat. p. 33), qua

Attamen cum caelestia quaedam in poemate nostro explicita fuisse sanc constet, Bernhardyus etsi non certorum indiciorum auxilio tamen cum specie quadam probabilitatis disputasse censendus esset — si nullum aliud opus Eratosthenicum exstitisset quo reliquias de mythologumenis astronomicis apte referre possemus. Talis autem liber exstitit, licet negaverit Bernhardyus.

Suidae codices tradunt Eratosthenem scripsisse *ἀστρονομίαν ἢ καταστηριγμούς* (v. Ἐρατοσθένης): apud Eudociam *καταστηρισμούς* legitur, paulo rectius, nam *καταστερισμούς* restituendum esse iam Portus cognovit.[1]) Eandem lectionem eodem iure apud Achillem Tatium p. 146 revocavit Koppiersius qui *Ἐρατοσθένης ἐν τῷ καταστερισμῷ* pro *ἐν τῷ καταμερισμῷ* scribendum esse docuit (observ. phil. p. 130). Contradicit quidem Bernhardyus contenditque *καταμερισμὸν* nihil aliud significare nisi poema de Mercurio: huius vero argumentum fuisse enumerationem imprimis stellarum, causis earum adiunctis, in universumque rationis qua mundus temperetur expositionem.[2]) Sed iure Bernhardyo Osannus opposuit explicari non posse, quo sensu vox *καταμερισμός* tali operi accomodari potuerit (de Erat. Erig. p. 2). Quod vero Achilles Tatius in citandis Catasterismis numero singulari utitur, non vituperandum: loquitur enim illic de solo lactei circuli catasterismo.

Exstitit igitur certe Achillis Tatii temporibus opus Ἐρατοσθένους *καταστερισμοί* inscriptum. Atque hos Catasterismos non in omnibus congruisse cum iis qui nunc circumferuntur, nescio an demonstrare videatur comparatio loci Achillis cum

poetam Latinum carmen Eratosthenis imitatum esse putabat. 1) Eandem corruptelam deprehendimus in enumeratione scriptorum Hipparchi Nicaenensis, ubi Suidas (ἔγραψε περὶ τοῦ καταστηριγμοῦ, Eudocia καταστηρισμοῦ. In Procli verbis (Sph. p. 68 ed. Basil.) ὁ ὕστερον κατεστηρισμένος ὑπὸ Καλλιμάχου Βερενίκης πλόκαμος Valckenarius κατεστηριγμένος vocem iure mutavit in κατηστερισμένος (Callim. eleg. fragm. p. 44). — στηριγμός dicitur de stellarum errantium stationibus. V. praeter locos in Steph. Thes. Gr. ling. (ed. Paris.) citatos Procli paraphr. in Ptol. libros de sid. effect. (ed. Lugd. 1635) p. 31. 60, 114. 219. (cf. στηρίζοντες p. 208.) Elucet autem tractatui, quo de nulla alia re nisi de planetarum stationibus ageretur, astronomiae titulum tribui non potuisse. 2) Cf. p. 4.

iis verbis quae de eadem re in nostris Catasterismis leguntur.
Ach. περὶ δὲ τούτου φησὶν Ἐρατοσθένης· ἐν τῷ καταστερισμῷ
μυθικώτερον, τὸν γαλαξίαν κύκλον γεγονέναι ἐκ τοῦ τῆς
Ἥρας γάλακτος· τοῦ γὰρ Ἡρακλέους ἔτι βρέφους ὄντος καὶ
τὸν μαστὸν τῆς Ἥρας ἐπισπασαμένου σφοδρότερον[1])
ἐκείνην ἀντισπάσαι, καὶ οὕτως περιχυθέντος τοῦ γάλακτος κύκλον γενέσθαι παγέντος. Catast. 44 διόπερ φασὶ
τὸν Ἑρμῆν ὑπὸ τὴν γένεσιν ἀνακομίσαι τὸν Ἡρακλία καὶ
προσσχεῖν αὐτὸν τῷ τῆς Ἥρας μαστῷ, τὸν δὲ θηλάζειν· ἐπι-
νοήσασαν δὲ τὴν Ἥραν ἀποσείσασθαι αὐτόν, καὶ οὕτως
ἐκχυθέντος τοῦ περισσεύματος ἀποτελεσθῆναι τὸν γαλαξίαν
κύκλον. Quod si concedatur, causa non est cur Suidae et
Eudociae verba ἀστρονομίαν ἢ καταστερισμούς cum Bernhardyo (p. 115) ad nostros, non ad antiquiores Catasterismos referamus.

Ad eosdem Catasterismos quos Achilles commemorat
pertinent, si recte sese habent, verba quae in schol. codicum
B et Leid.[2]) ad Il. X 29 historiae de Erigona et Icario corum-
que cane, inter astra relatis adduntur: ἱστορεῖ Ἐρατοσθένης
ἐν τοῖς ἑαυτοῦ καταλόγοις. Bernhardyus hoc nomine cum
Mercurii partem significari putat, qua signorum caelestium
origines narratae fuerint.[3]) Probabile hoc esset, si eas in
Mercurio tractatas fuisse sciremus. Quale autem argumentum καταλόγων nomine significetur, Bernhardyus recte intellexit. Catasterismorum enim opus, continens enumerationem astrorum addita eorum historia mythica, satis apte
etiam καταλόγων titulo nominari potuit, itaque Bergkius verum perspexisse videtur, qui Catologos a Catasterismis ab
Achille commemoratis non diversos esse censet.[4]) Ex plurali
καταλόγων, si accurate scholiasta eo usus est, concludi
possit, hoc opus in complures partes vel libros fuisse divi-

1) Diod. IV 9 τοῦ δὲ παιδὸς ὑπὲρ τὴν ἡλικίαν βιαιότερον ἐπισπασαμένου τὴν θηλὴν κτλ.   2) Valckenaer opusc. philol. II p. 18.
3) Allg. Encykl. der Wissensch. u. Künste I 36 p. 231: „die Katast-rismen
(Κατάλογοι) waren der Glanzpunkt des Ganzen."   4) Ztschr. f. d. AW.
1850 p. 178. Valckenarii, Ilachii, Osanni errores nonnullos Bergkius
refutavit in anal. Alex. I p. 7 sqq.

sum.[1]) Valckenarius eo offensus, quod καταλόγων inscriptio
alibi non obviam sit, καταστερισμοῖς pro καταλόγοις scribendum esse coniecit (opusc. II p. 68): quam argumentandi
rationem si comprobaremus, quot rariores librorum appella-
tiones nobis essent delendae!

Catasterismorum titulo Osannus a grammaticis Mercurium significatum esse putavit, sumpto illo a principali in eo
poemate tractata materia (p. 9). Ad quam sententiam nulla
alia causa adductus est nisi quia signorum caelestium origines in Mercurio tractatas fuisse sibi persuaserat: sed eius
rei (quod iterum iterumque mihi monendum est) nullum exstat vestigium. Bernhardyus praeteren ad comprobandam
suam de Catalogorum titulo opinionem haec adfert: „de
poemate ea quae scholiasta tradidit derivata fuisse, etiam
vox νήσιος de cane usurpata (Ἠριγόνην ἥτις κύνα νήσιον
ἔτρεφε), praeterea ἐγέραιρον (Ἀθηναῖοι τόν τε Ἰκάριον καὶ
τὴν Ἠριγόνην ἐνιαυσίαις ἐγέραιρον τιμαῖς), satis indicant"
(p. 152). Sed utroque vocabulo etiam prosae orationis scriptores utebantur[2]): itaque ne hac quidem re quidquam comprobatur. Ex contraria autem parte id haudquaquam veri
simile videtur, Eratosthenem Erigonae historiam bis versibus
narravisse. Denique vero (ac fateor hoc mihi gravissimum
videri) si poema viri illustrissimi signorum caelestium origines
exponens exstitisset, ab Arati interpretibus (ut Hyginus demonstrat) saepius adhibitum, unde explicandum esset, quod
ne unum quidem versiculum habemus, qui ad amplam
atque grandem illam materiam aliqua cum probabilitate possit
referri?

Quae cum ita sint, repudiatis Osanni et Bernhardyi
sententiis cum Dorgkio, Bursiano, aliis existimandum est,
fuisse librum prosa oratione scriptum et Eratosthenis

---

1) Ita certe explicandum est quod carmen Hesiodeum modo κατάλογοι modo κατάλογος γυναικῶν appellatur. Marckscheffel Hes. fragm.
p. 104. Genuina operis Eratosthenici inscriptio fortasse fuit κατάλογος
καταστερισμῶν. 2) ἄρωσιν νήσια καὶ λύκων τέκνα καὶ πιθήκων dicit
Plut. de sera num. vind. p. 562 B. De plantis Theophr. hist. pl. VIII 1, 7
ὅπως ἂν αἱ χιμαῖραι μὴ νήσια καταλαμβάνωσιν.

nomen ferentem, quo fabulae de signis caelestibus essent
expositae: itaque ex collectione reliquiarum quae e carminibus Eratosthenicis superant removenda sunt omnia illius
argumenti fragmenta quae Hyginus nobis servavit. Cogitari
quidem possit, unum alterumve eorum ex Mercurio sumptum
esse: nam in commentariis Aratcis unde Hyginus hausit[1]
etiam Mercurii rationem habitam fuisse demonstrat fr. II.
At proficiscendum nobis est non ab incertis, sed a certis.
Certum est, narrationes de quibus loquor in Catasterismis
fuisse traditas: prorsus incertum est vel unius earum in
Mercurio mentionem factam esse. Itaque hi loci ei tractandi
atque exponendi erunt qui perscrutabitur, quam formam
habuerint Catasterismi qui ferebantur Eratosthenis, quem
ambitum, a quibus scriptoribus compilati sint, denique quae
necessitudo intercedat inter hos antiquiores Catasterismos et
eos qui nunc supersunt.[2] Sed cum in hac disputatione nonnunquam singula locorum Hyginianorum verba magni sint
momenti, quaestiones quas dico tum demum fructuose in-
stitui poterunt cum novam Hygini editionem in manibus
habebimus, unde quid bonis codicibus traditum sit discere
possimus. Ac tum, si vires aderunt, illa examinare conabor,
ut suppleantur ea quae hic exposui.

Attamen ne iis qui contra sentiunt libellus noster nimis
mancus esse videatur, exscribam quasi appendicem ex Hygini de astronomia opere eos locos quibus Eratosthenes
citatur.[3]

I (II 3). *Cuius* (Atlantis) *filiae cum saepius de arboribus
mala decerperent, Iuno dicitur hunc* (draconem) *ibi custodem*

---

[1] Frey Rhein. Mus. XXV p. 272. [2] Valckenarius libello sub
Eratosthenis nomine vulgato compendium genuini operis contineri arbitratus est p. 89, atque hanc vel similem sententiam postea proposuerunt
Bergkius, Bursianus (p. 765), Freyns. Letronnius existimavit, et Catasterismorum compositorem et Hyginum usos esse Mercurio Eratosthenio
aliisque carminibus astronomica mythologumena tractantibus (Journal des
Savans 1824 p. 358). Eosio Catasterismi ex commentario quodam Arateo
excerpti esse visi sunt (Arist. procudep. p. 345). Bernhardyi sententiam,
qui Catasterismos superstites ex Hygino conversos esse censuit, argumento
gravissimo firmissimoque Bursianus refutavit. [3] In corruptorum verborum emendatione sine codicum auxilio non laborandum censeo.

posuisse: hoc etiam signi erit, quod in sideribus supra cum
draconem Herculis simulacrum ostenditur, ut Eratosthenes demonstrat. Catast. 3. Schol. Germ. p. 60. 117.

II (4): v. p. 105.

III (6). *Engonasin.* Hunc Eratosthenes Herculem dicit
supra draconem collocatum, de quo ante diximus, eumque pa-
ratum ut ad decertandum sinistra manu pellem leonis, dextra
clavam tenentem. conatur interficere draconem Hesperidum
custodem, qui nunquam oculos operuisse somno coactus existimatur: quo magis custos adpositus esse demonstratur. Catast. 4.
Schol. Germ. p. 61. 118.

IV (7). *Lyra.* Inter astra constituta est haec, ut Eratosthenes ait, de causa, quod initio a Mercurio facta de testudine Orpheo est tradita, qui Calliopes et Oeagri filius fuit eius
rei maxime studiosus. — Postea igitur Orpheus, ut complures
dixerunt, in Olympo monte, qui Macedoniam dividit a Thracia,
sed, ut Eratosthenes ait, in Pangaeo sedens cum cantu de-
lectaretur, dicitur Liber ei obiecisse Bacchas, quae corpus eius
discerperent interfecti. — (III 6) Habet autem (Lyra) in ipsis
testudinis lateribus singulas stellas: in summis cacuminibus
cornu, quae in testudine ut brachia sunt collecta, singulas: in
mediis item, quos humeros Eratosthenes fingit, singulas. Catast. 24. Schol. Germ. p. 84. 150 sqq.

V (II 13). *Heniochus.* Hunc nos Aurigam Latine dicimus, nomine Erichthonium, ut Eratosthenes monstrat. Catast.
13. Schol. Germ. p. 73. 132 sq.

VI (14). *Aesculapius* enim cum esset inter homines et
tantum medicina ceteris praestaret, ut non satis ei videretur
hominum dolores levare, nisi etiam mortuos revocaret ad vitam,
novissime fertur Hippolytum, qui iniquitate novercae et inscien-
tia parentis erat interfectus, sanasse, ita ut Eratosthenes dicit.
Catast. 6. Schol. Germ. p. 62. 121.

VII (15). *Vt* Eratosthenes autem de Sagitta demonstrat,
hac Apollo Cyclopas interfecit, qui fulmen Iovi fecerunt, quo
Aesculapium interfectum complures dixerunt. hanc autem sagittam in Hyperboreo monte Apollinem defodisse. cum autem

Iupiter ignoverit filio, ipsam sagittam caelo ad Apollinem perlatam cum frugibus, quae eo tempore observabantur. hanc igitur ob causam inter sidera demonstrant. Catast. 29. Schol. Germ. p. 91. 161.

VIII (17). *Delphinus. Hic qua de causa sit inter astra collocatus, Eratosthenes ita cum ceteris dicit: Neptunum, quo tempore coluerit Amphitriten ducere uxorem et illa cupiens conservare virginitatem fugerit ad Atlanta, complures cam quaesitum dimisisse, in his et Delphina quendam nomine, qui perragatus insulas aliquando ad virginem pervenit eique persuasit ut nuberet Neptuno et ipse nuptias eorum administravit. pro quo facto inter sidera Delphini effigiem collocavit.* Schol. Ar. 316. Catast. 31. Schol. Germ. p. 92. 161 sq.

IX (20). *Eratosthenes ait arietem ipsum sibi pellem auream detraxisse et Phrixo memoriae causa dedisse, ipsum ad sidera pervenisse: quare, ut supra diximus, obscurius videatur.* Schol. Ar. 225 τοῦτον τὸν κριὸν Ἐρατοσθένης εἶναί φησιν Ἕλλης καὶ Φρίξου, ὃν θύσας τῷ Φυξίῳ Διὶ Φρίξος τὴν δορὰν δέδωκε τῷ Αἰήτῃ· διὸ καὶ τοὺς ἀστέρας αὐτοῦ ἀμαυροῦσθαί φησιν ὡς ἐκδαρέντος. Catast. 19. Schol. Germ. p. 79 sq. 142 sq.

X (23). *Dicitur etiam alia historia de Asellis, ut ait Eratosthenes. quo tempore Iupiter bello Gigantibus indicto ad eos oppugnandos omnes deos convocavit, venisse Liberum patrem, Vulcanum, Satyros, Silenos asellis vectos: qui cum non longe ab hostibus abessent, dicuntur aselli pertimuisse et ita pro se quisque magnum clamorem et inauditum Gigantibus fecisse, ut omnes hostes eorum clamore in fugam se coniecerint et ita sint superati.* Catast. 11. Schol. Germ. p. 71. 129 sq.

XI (24). *Eratosthenes autem dicit et virginibus Lesbiis dotem, quam cuique relictam a parente nemo solveret, iussisse reddi* (Berenicen) *et inter eas constituisse petitionem.* Schol. Germ. p. 72. 132.

XII (28). *Hic* (Capricornus) *etiam dicitur, cum Iupiter Titanas oppugnaret, primus obiecisse hostibus timorem, qui* Πανικός *appellatur, ut ait Eratosthenes: hac etiam de causa* eius inferiorem partem piscis esse formationem, quod muricibus, id est maritimis conchyliis, hostes sit iaculatus pro lapidum iactatione. Schol. Ar. 284. Catast. 27. Schol. Germ. p. 87. 155 sq.

XIII (30). Eratosthenes autem ex eo pisce natos hos (Pisces) dicit, de quo post dicemus. Schol. Ar. 239. Catast. 21. Schol. Germ. p. 81. 145.

XIV (40): v. p. 96.

XV (42). Hunc (stellam Phaethontis) Eratosthenes a Solis filio Phaethonta appellatam dicit. Catast. 43. Schol. Germ. p. 103. 185.

XVI (42). Tertia est stella Martis, quam alii Herculis dixerunt, Veneris sequens stellam hac, ut Eratosthenes ait, de causa: quod Vulcanus cum uxorem Venerem duxisset et propter eius observantiam Marti eius copia non fieret, ut nihil aliud adsequi videretur, nisi sua stella Veneris sidus persequi a Venere impetravit. Schol. Germ. p. 103. 185.

XVII (42). Nonnulli autem hunc (Hesperum) Aurorae et Cephali filium esse dixerunt pulchritudine multos praestantem. ex qua re etiam eum Venere dicitur certasse, ut etiam Eratosthenes dicit cum hac de causa Veneris appellari: exoriente sole et occidente videri: quare, ut ante dicimus, iure hunc et Luciferum et Hesperum nominatum. Catast. 43. Schol. Germ. p. 103. 186.

XVIII (43): v. p. 6.

XIX (III 1). (De Vrsa minore) Sed in prioribus caudae stellis una est infima, quae Polus appellatur, ut Eratosthenes dicit: per quem locum ipse mundus existimatur versari. Catast. 2. Schol. Germ. p. 60. 115 sq.

XX. Schol. Ar. 402 Ἐρατοσθένης δέ φησι τοῦτο τὸ θυτήριον εἶναι, ἐφ' ᾧ τὸ πρῶτον οἱ θεοὶ συνωμοσίαν ἐποιήσαντο ὅτε ἐπὶ τοὺς Τιτᾶνας ἐστράτευσεν ὁ Ζεύς, Κυκλώπων κατασκευασάντων, ἔχον ἐπὶ τοῦ πυρὸς κάλυμμα, ὅπως μὴ ἴδωσι τὴν τοῦ κεραυνοῦ δύναμιν. Catast. 39. Hyg. II 39. Schol. Germ. p. 99. 177.

XXI. Schol. Germ. p. 74 (de Tauro) Eratosthenes dicit bovem esse quae fuit ... cuius priores partes parent, reliquum *corpus non apparet.* p. 135 sq. *Eratosthenes dicit bovem esse quae fuit Pasiphae. cuius priores partes iuvenci, reliquum corpus non apparet propter femineum sexum.* Catast. 14. Hyg. II 21.[1])

Timarchi[2]) commentarios in Eratosthenis Mercurium commemorat Athenaeus XI p. 501 E, ubi citato Cratini versu δέχεσθε φιάλας τάσδε βαλανειομφάλους grammaticorum vocis βαλανειόμφαλος interpretationes recenset:

Τίμαρχος δ' ἐν τετάρτῳ περὶ τοῦ Ἐρατοσθένους Ἑρμοῦ „πεπαῖχθαί τις ἂν οἰηθείη" φησὶ „τὴν λέξιν, διότι τὰ πλεῖστα τῶν Ἀθήνησι βαλανείων κυκλοειδῆ ταῖς κατασκευαῖς ὄντα τοὺς ἐξαγωγοὺς ἔχει κατὰ μέσον, ἐφ' οὗ χαλκοῦς ὀμφαλὸς ἔπεστιν."

Haec bene explicata sunt a Meinekio fragm. com. Gr. II p. 50. Cf. [Aristot.] de mundo 6 p. 399b Bekk. ἔοικε δὲ ὄντως, εἰ καὶ μικρότερον, παραβάλλειν τὸν κόσμον τοῖς ὀμφαλοῖς λεγομένοις τοῖς ἐν τοῖς ψαλίσι λίθοις, οἳ μέσοι κείμενοι κατὰ τὴν εἰς ἑκάτερον μέρος ἔνδεσιν ἐν ἁρμονίᾳ τηροῦσι καὶ ἐν τάξει τὸ πᾶν σχῆμα τῆς ψαλίδος καὶ ἀκίνητον. Neque tamen recte Meinekius arbitratus est a Timarcho de hac re Eratosthenis sententiam comprobatam fuisse. Eam enim Athenaeus his verbis proponit: Ἐρατοσθένης ἐν τῷ ἑνδεκάτῳ περὶ κωμῳδίας τὴν λέξιν ἀγνοεῖν φησι Λυκόφρονα·[3]) τῶν γὰρ φιαλῶν οἱ ὀμφαλοὶ καὶ τῶν βαλανείων οἱ θόλοι παρόμοιοι· εἰς δὲ τὸ εἶδος οὐκ ἀρρύθμως παίζονται.

1) A scholiasta Germ. Sangerm. p. 161. 18 Eratosthenes falso pro Aglaosthene citatur.   2) Suidas v. Ἀπολλώνιος Ἀλεξανδρεύς ἐπῶν ποιητής· σύγχρονος Ἐρατοσθένους καὶ Εὐφορίωνος καὶ Τιμάρχου. Vitium Eudocia de eodem Apollonio: διάδοχος Ἐρατοσθένους καὶ Εὐφορίωνος καὶ Τιμάρχου. Cf. Meineke anal. Alex. p. 11. De Harpocrationis verbis p. 55 Dind. (unde error transiit in Suidae lex. v. Ἀργεῖς et in lex. ed. a Bachmanno anecd. Gr. I p. 141) iam dubitandum quin vera sit Maussaci sententia, Τίμαρχος ὁ Ῥόδιος falso pro Τιμαχίδας ὁ Ῥόδιος scriptum esse.   3) Lycophronis interpretatio haec fuit: ἀπὸ τῶν ὀμφαλῶν τῶν ἐν ταῖς γυναικείαις φιάλαις οὕτω τοῖς σκαφίοις ὠνόμασε. Hesychius v. βαλανειόμφαλος Lycophronis et Eratosthenis sententias prodit. Cf. Poll. VI 95. Bekk. anecd. p. 225. Suidas v. βαλανειομφάλους.

Nempe putavit Eratosthenes, a Cratino umbilicum phialae comparari cum totius tholi balnearii forma, eiusque auctoritatem Asclepiadem et Didymum secutos esse Athenaeus nos docet: Timarchus vero non tholos in comparationem adhiberi censuit, sed umbilicos aeneos emissariis impositos. Eodem spectare Apionis et Diodori[1]) interpretationem φιάλαι κοιαί ὧν ὁ ὀμφαλὸς παραπλήσιος ἠθμῷ egregie Meinekius demonstravit.

Praeter Timarchum etiam Parmeniscum commentarios in Mercurium composuisse Bergkius arbitratur.[2]) Huius opinionis unum argumentum non multum valere supra demonstravi (p. 20). Alterum Bergkio praebuerunt loci duo Hygini. De astr. II 2 *postea autem de septem stellis, ut Parmeniscus ait, quinque et viginti sunt a quibusdam astrologis constitutae, ut ursae species, non septem stellarum perficeretur.* II 13 *Parmeniscus autem ait, Melissea quendam fuisse Cretae regem: ad eius filias Iovem nutriendum esse delatum: quae quod lac non habuerint, capram ei admisisse, Amaltheam nomine, quae eum dicitur educasse. hanc autem geminos haedos solitam esse procreare, et fere eo tempore peperisse, quo Iupiter nutriendus est adlatus. itaque propter beneficium matris et haedos quoque inter sidera collocasse.* Liceret sane haec ad Mercurii interpretationem referre, si in hoc carmine astrorum figuras accuratius tractatas fuisse sciremus. Id vero cum nulla ratione effici possit, potius de Parmenisci commentariis Homericis cogitandum (quo duos illos locos revocari posse etiam Bergkius concedit). Atque id propterea paene pro certo habendum, quia uterque locus cum commemoratione Homeri arte cohaeret. Priorem enim sequuntur haec: *itaque et ille, qui antea plaustrum sequens Bootes appellabatur, Arctophylax est dictus, et iisdem temporibus quibus Homerus fuit haec Arctos est appellata. de Septemtrionibus ille enim dicit, hanc utroque nomine et Arcton et Plaustrum nominari: Booten autem nusquam meminit Arctophylaca nominari.*

1) Herodori nomen substitutum est in editione Aldina. 2) Comment. crit. II p. 5. Anal. Alex. II p. 19.

Alterum haec praecedunt: *alii autem etiam ab his urbes quasdam appellari diserunt, et Olenon in Aetolia, Helicen autem in Peloponneso et Aegam in Haemonia ab iis nominari: de quibus Homerus in Iliados secundo dicit.* —

Mercurii Eratosthenici argumento simile fuisse institutum Varronis Atacini in Chorographia, sententia est Meinekii (vind. Strab. p. 11). Sed id tantummodo concedi potest, quasdam res utrique poemati fuisse communes: hae vero tales sunt, ut in sexcentis aliis illorum saeculorum carminibus eas occurrere necessarium fuerit, et in his tractandis similitudo inter Eratosthenem et Varronem vix potest deprehendi. Id ut demonstremus, tria Varronis fragmenta quae huc spectant consideremus.

Mar. Vict. p. 60 Keil.

> *vidit et aetheria mundum torquerier axe*
> *et septem aeternis sonitum dare vocibus orbes*
> *nitentes aliis alios, quae maxima divis*
> *laetitia est. at tunc longe gratissima Phoebi*
> *dextera consimiles meditatur reddere voces.*

Si verum est quod coniecit Meyerus (adnot. ad anth. Lat. I p. 33) verbum *vidit* ad Mercurium spectare (id quod certum esse nemo profecto putabit), finxit sane Varro sicut Eratosthenes, Mercurium percepisse sphaerarum motus et consonantias: cetera vero ab Eratosthenis narratione longe diversa sunt. In huius enim carmine primum a Mercurio lyra invenitur: tum miratur Mercurius quod cum lyrae consonantiis caelestes consonantiae congruant[1]); apud Varronem ad sonorum caelestium exemplum conformantur ab Apolline voces lyrae. Praeterea Varronem, cum septem orbibus sonitum effici statuat, stellarum inerrantium sphaerae vocem non tribuisse liquet; longe aliter Eratosthenes qui docet (fr. XVII): ὀκτὼ δὴ τάδε πάντα σὺν ἁρμονίῃσιν ἀρήρει.

---

1) fr. XV, XVII.

Prisc. Inst. III 25

ergo inter solis stationem et sidera septem
exporrecta iacet tellus. huic extima fluctu
Oceani, interior Neptuno cingitur ora.

Quae de Eratosthenis Mercurio explorata habemus, nihil
nobis praebent quod cum hisce Varronis versibus possit
comparari.

Isid. de nat. rerum 10

at quinque aetheriis zonis accingitur orbis,
ac constant imas hiemes mediamque calores:
sic terrae extremas inter mediamque coluntur
quam solis valido nunquam † ut auferat igne.

Habemus etiam Eratosthenis ipsa verba quibus quinque
zonas describit (fr. XIX). Sed quis contendat Varronem imitatum esse hanc descriptionem? Res sane eadem apud
utrumque: sed in his non licuit quidquam mutare. Verba
autem descriptionis Varronianae brevissimae cum Eratosthenis enarratione nullo modo conferri possunt.

Itaque desinamus tandem existimare, Varronem Eratosthenis imitatorem fuisse: quod ideo monendum duxi, quia in
libris satis multis et vetustioribus et recentibus hanc opinionem, quae nulla certa ratione nititur, plus minusve dubitanter
propositam inveni. Meliore iure Roeperus coniecit, Alexandri Ephesii poemate Varronem esse usum (Philol.
XVIII p. 433): nam consilium sane utriusque carminis idem
fuisse videtur. Nolim tamen Atacinum interpretem Ephesii
dicere: quae enim de sphaerarum concentu ab iis prolata
habemus neque quod ad res neque quod ad verba attinet
quidquam commune habent.[1]) —

Denique duo loci mihi memorandi sunt quos sine iusta
causa viri docti ad Eratosthenis Mercurium rettulerunt.

Ach. Tat. p. 158 B *ἐπραγματεύσατο δὲ περὶ ἀνέμων καὶ*
Ἐρατοσθένης.

—

1) V. Theo Sm. p. 186 sq. Martin.

Bernhardyus haec ad Mercurium revocat (p. 165): ubi de ventis disputatum esse non est cur existimemus. Equidem non dubito hoc testimonium primo Geographicorum libro attribuere collatis iis quae Strabo I p. 28 exponit.

Probus ad Verg. p. 42, 19 Keil *quem* (oceanum) *recte dixerunt* ζωστῆρα τοῦ κόσμου, *ut Cyrillus eum ait* Ὠκεανὸς ᾧ πᾶσα περίρρυτος ἐνδέδεται χθών.

Bergkius non Cyrillum sed Eratosthenem poetam Cyrenacum ab eo quem Probus compilavit laudatum fuisse existimat.[1]) Quod si quis approbet, incertissimam coniecturam pro certo testimonio amplectitur. Nam apud Achillem Tatium p. 143 C de horizonte haec proferuntur: περὶ γὰρ τὴν σφαῖραν ἔξωθεν ἂν τάξιν ἔχει τοῦ Ὠκεανοῦ ὃς ἔξωθεν περικλύζει τὴν γῆν· ἀφ' οὗ ἀνατέλλειν καὶ εἰς ὃν δύνειν δοκεῖ τὰ ἄστρα. ὅθεν καὶ Νεοπτόλεμος ὁ Παριανὸς ἐν τῇ τριχθονίᾳ[2]) φησὶ „τῷ πᾶσα περίρρυτος ἐνδέδεται χθών." In brevi commentario Arateo qui Achillem in editis exemplaribus sequitur verba Euphorioni adscribuntur, p. 168: οἱ δὲ ποιηταὶ Ὠκεανὸν αὐτὸν καλοῦσιν· ὁ γοῦν Εὐφορίων φησὶν „Ὠκεανὸς τῷ πᾶσα περίρρυτος ἐνδέδεται χθών." Ego versum a Neoptolemo factum esse arbitror, quia facile intellegitur quo modo ex ὀπαριάν oriri potuerit εὐφοριαν[3]): contra si Euphorio auctor versus fuit, unde Neoptolemi Pariani poetae multo minus clari commemorationem explicabimus? Accedit scholion II. Σ 490: διὰ ποίαν δὲ αἰτίαν μόνος ὁ Ὠκεανὸς ποταμὸς οὐ πάρεστι τῇ ἐκκλησίᾳ τῶν θεῶν; ῥητέον δὲ ὅτι ἐπεὶ συνεκτικὸν ἔχει τοῦ κόσμου τὸ ῥεῦμα· φησὶ γὰρ „Ὠκεανὸς ᾧ πᾶσα περίρρυτος ἐνδέδεται χθών." Nam ante Ὠκεανός, quod sagaciter animadvertit Meinekius, Neoptolemi Pariani potius quam Euphorionis nomen excidere potuit. Sed illud certe audacissimum videtur, mutatione salis

1) Meineke vind. Strab. p. 11. Aliter Schneidewinus cui Choerili nomen restituendum esse visum est, Jen. L.Z. 1848 p. 610. 2) Ἐριχθονίδι cj. Meineklus anal. Alex. p. 156. 3) Alibi quoque et a Strabone et ab Achille Neoptolemus Parianus commemantur, etsi non propter carmen illud. Strabo XIII p. 589. Ach. p. 129 E.

violenta Probo tertiam de versu sententiam tribuere. Itaque
potius crediderim, posterioris saeculi grammaticum vel si
malis librarium, pro exstinctis quae in codice fuerunt litteris Neoptolemi nominis fortasse iam corrupti, temere notum
Cyrilli nomen posuisse.

Ab eodem auctore cuius hic versus est Meinekius satis
probabiliter factos esse coniecit duos versus a Posidonio aut
Strabone allatos[1])

οὐ γάρ μιν δεσμός περιβάλλεται ἠπείροιο,
ἀλλ' ἐς ἀπειρεσίην κέχυται· τό μιν οὔτι μιαίνει.

Verumque est quod addit Meinekius, hos versus illi bellis-
sime ad unum fragmentum connecti posse.

_____

1) Strabo II p. 100.

ANTERINYS

XX

Choerob. in Theod. p. 81, 27 Γάνυξ Γάνυκος ὁ Γανάκτωρ παρὰ τῷ Ἐρατοσθένει.

In tractando hoc loco varios errores commiserunt Bernhardyus, Giesius, Osannus. Giesius γανάκτωρ idem esse
atque Γανάκτωρ censuit (über den Aeol. Dial. p. 190), non
reputans inauditam formam Aeolicam a grammatico ad aliud
vocabulum interpretandum adhiberi non potuisse. Bernhardyus certissima quidem emendatione Γανύκτωρ pro Γανάκτωρ scripsit (p. 154); attamen neglecto suo ipsius invento
totum locum ita constituere ausus est: γάνυξ γάνυκτος ὁ
Διώνυσος· — Διωνύσοιο γάνυκτος παρὰ τῷ Ἐρατοσθένει.
Censuit enim vocabulum γάνυξ (quod Bacchi cognomen esse
persuasum habebat) insolentiore et magis etiam poetico γανύκτωρ non potuisse explicari.[1] Sed ut hic ita etiam in
eo falsus est quod genetivum γάνυκτος fuisse putavit. Herod.
de dichr. p. 285 sq. εἰ μέντοι διὰ τοῦ κ ἡ κλίσις ὑπάρ-
χοι, πῆ μὲν φυλάττει τὸ υ συνεσταλμένον, πῆ δὲ ἐκτείνει.
Ἔρυκος γὰρ συνεσταλμένως καὶ ἄμβυκος, Βέβρυκος, κάλυκος,
Γάνυκος, Ἴβυκος. Osannus recte monuit Ganyctorem Hesiodi interfectorem fuisse aut, ut alii narrabant, patrem

---

[1] Immemor erat Bernhardyus dum haec scribit locorum ubi Hesiodi mors narratur. Sed quid indicandum de C. Müllero? qui, dum
ipsos illos locos tractat, tamen Bernhardyi opinionem de usu vocis
γανύκτωρ adoptavit eaque fretus haec hariolatus est (Ctesiae et chronogr.
fragm. p. 199)! „De nomine γανύκτωρ tanquam Dionysi epitheto v. Bernhardy ad Eratosthen. p. 154. Neque id in fabula nostra significatione
caret, quum Hesiodi cadaver in Dionysiaco Ariadnes festo repertum esse
dicatur." Taedet reliqua exscribere. De vera nominis Γανύκτωρ significatione v. Pott Zeitschr. f. vgl. Sprachf. VI p. 39.

interfectorum (p. 22): sed prorsus ex vano statuit, apud Choeroboscum ex Eratosthene non citari vocem *γάνυξ* sed eam quae inde ducta sit *Γανύκτωρ*. Itaque coniecit pro verbis ὁ *Γανύκτωρ* scribendum esse *ὅθεν Γανύκτωρ* vel *ὅθεν καὶ Γανύκτωρ*. Sed nihil mutandum praeter unam illam litteram. *Γανύκτωρ* usitata nominis forma erat: v. Aristot. apud Tzetz. de vita Iles. 3. Plut. de soll. anim. p. 969. Paus. IX 31, 6. Cert. Hom. et Iles. 13. Tzetz. l. c. 4. Itaque consentaneum est ad interpretandam rariorem formam adhiberi hanc alteram.

Ex eo autem quod Eratosthenes Ganycem maluit quam vulgari nominis forma Ganyctorem dicere, magna cum probabilitate Bergkius collegit, Hesiodi percussores ab Eratosthene in carmine aliquo fuisse commemoratos (anal. Alex. l p. 19). Cf. p. 85.

XXI

Exstat autem de morte Hesiodi haec narratio in libello de Homeri et Hesiodi certamine (p. 17 sqq. Nietzsche):

τοῦ δ' ἀγῶνος διαλυθέντος διέπλευσεν ὁ *Ἡσίοδος* εἰς *Δελφοὺς* χρησόμενος καὶ τῆς νίκης ἀπαρχὰς τῷ θεῷ ἀναθήσων. προσερχομένου δ' αὐτοῦ τῷ ναῷ ἔνθεον γενομένην τὴν προφῆτίν φασιν εἰπεῖν·

ὄλβιος οὗτος ἀνήρ, ὃς ἐμὸν δόμον ἀμφιπολεύει,
Ἡσίοδος Μούσῃσι τετιμένος ἀθανάτῃσι·
τοῦ δ' ἤτοι κλέος ἔσται ὅσον τ' ἐπικίδναται ἠώς.
ἀλλὰ *Διὸς* πεφύλαξο Νεμείου κάλλιμον ἄλσος·
κεῖθι δέ τοι θανάτοιο τέλος πεπρωμένον ἐστίν.

ὁ δ' *Ἡσίοδος* ἀκούσας τοῦ χρησμοῦ τῆς *Πελοποννήσου* μὲν ἀνεχώρει νομίσας τὴν ἐκεῖ Νεμέαν τὸν θεὸν λέγειν, εἰς δ' *Οἰνόην* τῆς *Λοκρίδος* ἐλθὼν καταλύει παρ' *Ἀμφιφάνει* καὶ *Γανύκτορι*, τοῖς Φηγέως παισίν, ἀγνοήσας τὸ μαντεῖον. ὁ γὰρ τόπος οὗτος ἅπας ἐκαλεῖτο *Διὸς* Νεμείου ἱερόν. διατριβῆς δ' αὐτῷ πλείονος γενομένης ἐν τοῖς *Οἰνῶσιν* (*Οἰνεωνεῦσιν* em. Sauppius orat. Att. II p. 155) ὑπονοήσαντες οἱ νεανίσκοι

τὴν ἀδελφὴν αὐτῶν μοιχεύειν τὸν Ἡσίοδον ἀποκτείναντες
εἰς τὸ μεταξὺ τῆς Εὐβοίας καὶ τῆς Λοκρίδος πέλαγος κατ-
εκόντισαν. τοῦ δὲ νεκροῦ τριταίου πρὸς τὴν γῆν ὑπὸ δελ-
φίνων προσενεχθέντος, ἑορτῆς τινος ἐπιχωρίου παρ' αὐτοῖς
οὔσης Ἀριαδνείας, πάντες ἐπὶ τὸν αἰγιαλὸν ἔδραμον, καὶ τὸ
σῶμα γνωρίσαντες ἐκεῖνο μὲν πενθήσαντες ἔθαψαν, τοὺς δὲ
φονεῖς ἀνεζήτουν. οἱ δὲ φοβηθέντες τὴν τῶν πολιτῶν ὀργὴν
κατασπάσαντες ἁλιευτικὸν σκάφος διέπλευσαν εἰς Κρήτην.
οὓς κατὰ μέσον τὸν πλοῦν ὁ Ζεὺς κεραυνώσας κατεπόντω-
σεν, ὥς φησιν Ἀλκιδάμας ἐν Μουσείῳ.[1])

Ἐρατοσθένης δέ φησιν ἐν ἐνηπόδῳ (ἐνηπόδῳ Stephanus) Κτίμενον καὶ Ἄντιφον τοὺς Γανύκτορος ἐπὶ τῇ προ-
ειρημένῃ αἰτίᾳ ἀνελόντας σφαγιασθῆναι θεοῖς ξενίοις[2]) ὑπ'
Εὐρυκλέους τοῦ μάντεως. τὴν μέντοι παρθένον, τὴν ἀδελφὴν τῶν προειρημένων, μετὰ τὴν φθορὰν ἑαυτὴν ἀναρτῆσαι,
φθαρῆναι δ' ὑπό τινος ξένου συνόδου τοῦ Ἡσιόδου, Δημώ-
δους ὄνομα, ὃν καὶ αὐτὸν ἀναιρεθῆναι ὑπὸ τῶν αὐτῶν[3])
φησιν.

Quod auctor Certaminis Eratosthenem testem adhibens
non Γανίκος scribit (id quod propter fr. XX facile aliquis
exspectet), aut cum Bergkio ita explicari potest, ut existimemus grammaticum uti vulgari nomine, quo hominem apud
Alcidamantem vocari supra significaverit, aut ita, ut Eratosthenem metri ratione habita modo unum modo alterum nomen posuisse arbitremur.

Bernhardyus hunc Certaminis locum ad Eratosthenis
chronographum pertinere corruptamque scripturam ἐνηπόδῳ
ex significatione temporis ἐν ἐννάτῃ Ὀλυμπιάδι ortam esse
arbitratur. Sed iam vidimus narrationem de Hesiodi morte
potius ad carmen aliquod Eratosthenicum revocandam esse.
Non minus audacter Carolus Müllerus, de loci commemo-

---

1) Eadem fere narrantur a Tzetze in vita Hes. 4 et in proleg. ad
scholia p. 16 Gaisf. (ed. Ox.). Cf. Nietzsche Rhein. Mus. XXV p. 529.
2) θεσμοῖς ξενίοις Stephani editio. θεσμοῖς τοῖς ξενίοις Bernhardyus
p. 241. θεοῖς τοῖς ξενίοις Nietzschius. 3) Ctimenum et Antiphum
dicit: cf. Plut. Conv. septem sap. p. 162. ὑπὸ τῶν αὐτῶν non recte cj.
Bernhardyus.

ratione cogitans, hasce proponit coniecturas: „*πόδῳ* fuerit *πόλει* vel *πεδίῳ*, in vocibus *ἐν ἔνη* vel Oenoea vel Ncmoao mentio latebit; cogitari possit etiam de Naupacto." Obstat et Bernhardyi et Mülleri sententiae quod post verba ὥς φησιν *Ἀλκιδάμας ἐν Μουσείῳ* Eratosthenici quoque libri apellationem exspectamus. Requirendus igitur est titulus carminis.[1]) Et a Barnesio quidem *ἐν Ἀνδραπόδῳ*, a Goettlingio (Iles. carmina p. XV) *ἐν Ἡσιόδῳ* propositum est: quorum posterius viri docti iure praetulerunt.[2])

In adferendis interfectorum nominibus cum Eratosthene consentiunt Pausanias et Suidas (v. Ἡσίοδος), nisi quod apud hunc patris nomen non traditur: atque ea Pausaniae temporibus magis in memoria hominum fuisse quam nomina ab Alcidamante relata demonstrant Pausaniae verba ὅτι μὲν γὰρ οἱ παῖδες τοῦ Γανύκτορος Κτίμενος καὶ Ἄντιφος ἔφυγον ἐς Μολυκρίαν ἐκ Ναυπάκτου διὰ τοῦ Ἡσιόδου τὸν φόνον καὶ αὐτόθι ἀσεβήσασιν ἐς Ποσειδῶνα ἐγένετο [τῇ Μολυκρίᾳ] σφίσιν ἡ δίκη, τάδε μὲν καὶ οἱ πάντες κατὰ ταὐτὰ εἰρήκασι. Neque .Plutarchus diversam de hac re famam refert, qui Hesiodi percussores Ganyctoris filios fuisse narrat (de soll. anim. p. 969). Contra Alcidamantem secutus est Aristoteles cum fabulam de Hesiodi morte tradidit[3]); ita enim Tzetzes c. 3 (cf. p. 15 Gaisf.): Ἀριστοτέλης γὰρ ὁ φιλόσοφος, μᾶλλον δ' οἶμαι ὁ τοὺς πέπλους συντάξας[4]), ἐν τῇ Ὀρχομενίων πολιτείᾳ Στησίχορον τὸν μελοποιὸν εἶναί φησιν υἱὸν Ἡσιόδου, ἐκ τῆς Κτημένης αὐτῷ γεννηθέντα τῆς Ἀμφιφάνους καὶ Γανύκτορος ἀδελφῆς, θυγατρὸς δὲ Φηγέως. Cf. c. 4 ἀναιρεῖται καὶ ῥίπτεται εἰς τὴν θάλασσαν ὡς φθείρας τὴν ἀδελφὴν ἐκείνων Κτημένην, ἐξ ἧς ἐγεν-

---

1) Holstenii coniecturam, *ἐν Ἡριγόνῃ* quod Osannus p. 25 in *Ἠριγόνῃ* mutavit scribendum esse censuit, post Bergkii disputationem p. 18 refutare non opus est.   2) Euphorionis quoque fuisse poema quod Hesiodus inscriptum erat adnotat Bergkius.   3) Nisi cum Rosio Aristot. pseudepigr. p. 608 statuimus, Aristotelis commemorationem solo Tzetzae errore esse inlatam: id quod haudquaquam improbabile est. Si vero recte philosophus citatur, ipse haec tanquam fabulas protulisse existimandus est: nam ab eo Stesichorum pro Hesiodi filio habitum esse quis est qui credat?   4) Cf. Bergk poetae lyr. Gr. p. 648.

G *

νήθη ὁ *Στησίχορος.* Nomen Ctimenae restitutam a Kuhnio
(ad Pans. l. c.)[1]) convenit nomini Ctimeni fratris quod Eratosthenes profert.[2])

Qua de causa Hesiodus occisus sit, diversis rationibus
narratur. In fabula ab Aristotele relata ita exponebatur res,
quasi revera Hesiodus puellae consuetudine usus esset. Eratosthenes autem putasse quidem hoc puellae fratres tradidit:
ceterum virginem non ab Hesiodo sed a sodali eius Demode
esse stupratam. Cf. Paus. *τὴν δὲ ἀδελφὴν τῶν νεανίσκων
οἱ μὲν ἄλλοι τοῦ φασιν αἰσχύναντος Ἡσίοδον λαβεῖν οὐκ
ἀληθῆ τὴν τοῦ ἀδικήματος δόξαν, οἱ δὲ ἐκείνου γενέσθαι
τὸ ἔργον.* Vtrum Alcidamas narraverit non liquet. Alia
differentia occurrit apud Plut. Conv. septem sap. p. 162 C
*Μιλησίου γάρ, ὡς ἔοικεν, ἀνδρός, ᾧ ξενίας ἐκοινώνει Ἡσίο-
δος καὶ διαίτης ἐν Λοκροῖς, τῇ τοῦ ξένου θυγατρὶ κρύφα
συγγενομένου καὶ φωραθέντος ὑποψίαν ἔσχεν ὡς γνοὺς
ἀπ' ἀρχῆς καὶ συνεπικρύψας τὸ ἀδίκημα, μηδενὸς
ὢν αἴτιος, ὀργῆς δὲ καιρῷ καὶ διαβολῇ περιπεσὼν ἀδίκως.
ἀπέκτειναν γὰρ αὐτὸν οἱ τῆς παιδίσκης ἀδελφοὶ περὶ τὸ
Λοκρικὸν Νέμειον ἐνεδρεύσαντες, καὶ μετ' αὐτοῦ τὸν ἀκόλουθον, ᾧ Τρῶιλος ἦν ὄνομα.* Denique apud Snidam Antiphus et Ctimenus Hesiodum interficere omnino non voluisse
feruntur: *οἳ νύκτωρ δόξαντες ἀναιρεῖν φθορέα ἀδελφῆς
αὑτῶν ἀνεῖλον τὸν Ἡσίοδον ἄκοντες.*[3])

Etiam de genere mortis quam Hesiodi percussores sub-
ierint complures narrandi varietates exstant. Quid Alcidamas,
quid Eratosthenes rettulerit, apparet ex libello de certamine.

---

1) *Καινμένη* legitur apud Trincavellum c. 4. Wyttenbachius (ad
Plut. Mor. p. 162 C) *Κλυμένη* scribendum esse censet propter Procl. ad
Hes. Op. 268 *ίστίον δ' ότι υίός Ἡσιόδου Μνασέας ἐστί.* Φιλόγορος δὲ
Στησίχορόν φησι τὸν ἀπὸ Κλυμένης (Κτιμένης cf. Bergkius I p. 25), *ἄλλοι
δὲ Ἀρχιέπης.* Audacissime Welckerus in Certaminis, Pausaniae, Suidae
locis Clymeni nomen restituendum esse existimavit cum propter hoc
Procli de Mnasichori matre testimonium, tum propter lusum quendam quem
in nominibus *Αντιφος Κλυμένος* et *Ἀμφιφάνης Γανύκτωρ* cognovisse sibi
visus est (kl. Schr. I. p. 157 sq.). Sed cf. G. Hermanni opusc. VI p. 152.
   2) Bergk I p. 25.   3) „Antiquior fama videtur ea fuisse qua poeta
criminis accusabatur, a quo posteriorum temporum studia eum libera-
bant." Marckscheffel Hes. fr. p. 27.

Neque Plutarchus prorsus idem tradit quod Eratosthenes: (Locrenses) *αὐτοὺς τε γὰρ* (interfectores) *κατεπόντισαν ζῶντας καὶ τὴν οἰκίαν κατέσκαψαν.* Nam haec aperte discrepant a verbis Eratosthenis *σφαγιασθῆναι θεοῖς ξενίοις ὑπ' Εὐρυπύλοῳς τοῦ μάντεως.* Neque intellego qua de causa Bergkius has duas narrationes artificiosa interpretatione in consensum redigere tentaverit (p. 24): Plutarchum enim Eratosthenis narrationem expressisse statui nequit, cum etiam in Demodis et Troili nominibus manifesta appareat differentia. In ea fabula, quam Pausanias quasi vulgatam sequitur, non Hesiodi nex sed impietas in Neptunum admissa causa fuisse ferebatur cur Ctimenus et Antiphus occisi sint. Ibi quoque Bergkius discrepantiam delere conatur, verbis illis *εἰς Ποσειδῶνα ἀσεβήσασιν* ipsam Hesiodi interfectionem significari ratus (p. 30).[1]) Pausaniae certe haec non fuit opinio: quae si fuisset, non tam obscure ille esset locutus.

Euryclis nomen unde sumpserit Eratosthenes, Bergkius recte docuisse videtur, hunc vatem non diversum esse iudicans ab eo Euryele quem tangit Aristophanes Vesp. v. 1019.[2]) Atque inde etiam magis veri simile fit haec omnia ex carmine desumpta esse. Neque enim in libro prosa oratione composito Eratosthenes, opinor, talia lusisset.

Denique autem sagacissime et admodum specioso coniecit Bergkius, mortem Hesiodi suppliciumque percussorum ab Eratosthene narratam fuisse eo carmine cui nomen fuit *Ἀντερινύς.* Argumento optime convenit haec inscriptio; nam, ut Bergkii verbis utar, Antiphus et Ctimenus, cum contumeliam sibi inlatam ulcisci vellent, ab Hesiodo, quem clandestina sororis consuetudine uti existimabant, vindictam sumpserunt, interfectique corpus in mare immiserunt: at continuo huius facinoris poenas dederunt, cum Locrenses cane indice deprehensos in mare praecipitarent (p. 27). Praeterea

1) Paulo aliter Welckerus p. 156: „Pausanias IX 31, 5 gibt an, die Mörder seien von Naupaktos nach Molykria geflohen und dort gerichtet worden und verurtheilt als Frevler gegen Poseidon, vermuthlich insofern als die Leiche in das Meer geworfen hatten." 2) Anal. Alex. I p. 23 sq. ubi alia quoque de Euryele testimonia adferuntur.

autem magnopere firmatur Bergkii sententia fragmento XXIV nominatim ad Anterinyn relato. Itaque si vera est cum haec coniectura tum Goettlingii emendatio [1]), carmen Eratosthenis inscriptum fuit *Ἀντερινὸς ἢ Ἡσίοδος*.[2])

XXII

Schol. Nic. Ther. 472 καὶ *Μόσυχλον δὲ τὰ ὄρη τῆς Λήμνου, ὡς Ἀντίμαχος*

Ἡφαίστου πυρὶ[3]) *εἴκελον, ἥν ῥα τιτύσκει
δαίμων ἀκροτάτῃς ὄρεος κορυφῇσι Μοσύχλου·*

καὶ *Ἐρατοσθένης φησί*

          εὖ τοι ὄσσε
κανθῶν παμφαίνεσκε Μοσυχλαίῃ φλογὶ ἴσον.

εὖ τοι ὄσσε κάνθων παμφαίνεσκε κτλ. K (codex optimus) et V. *παμφαίνεσκε* notatur etiam ex G. *εὖ τοι ὄσσε κάνθων φαίνεσκε* κτλ. P. [4])

Correctiones a viris doctis propositae ex parte nituntur prava scriptura editionis Aldinae *εὖ τοι ὄσσοις φαίνεσκε*: *ἐν τ' ὄσσοις φαίνεσκε* Buttmannus, *Εὖιος ὃς φαίνεσκε* Bernhardyus p. 151, *Εὖιος ὃν φαίνεσκε* cj. Schneidewinus del. poesis Gr. p. 166, *εὖτε οἱ ὄσσε ἐκ κανθῶν φαίνεσκε* Dübnerus, *ἐν δέ οἱ ὄσσε ἐκ κανθῶν φαίνεσκε* aut *κανθοῖς παμφαίνεσκε* Bergkius II p. 4. Atque hoc quod postremo loco posui etiam Keilius recepit. Ego autem scribendum esse puto

          ἐκ τέ οἱ ὄσσε
κανθῶν παμφαίνεσκε Μοσυχλαίῃ φλογὶ ἴσον[5])

---

1) V. p. 83.   2) De duplici titulo v. Bergk p. 26 sq.   3) *φλογὶ* Buttmannus Mus. der A W. 1 p. 298.   4) Dübner Asll Pisandri etc. fragm. p. 39.   5) Substantivum eodem modo a praepositione separatum est in Il. Λ 184 sq.

          *ἐν δέ οἱ ἦτορ
στήθεσσιν λασίοισι διάνδιχα μερμήριξεν.*

cf. Apoll. Arg. 1 986 sq. Callim. h. in Ap. 74 sq. In anth. Pal. V 116, 1. apud schol. Apoll. II 857. — Aliud is praecedere aut sequi potuit: cf. verba *ἔν τ' ἄρα οἱ φῦ χειρί* (vel *χειρὶ τί μιν κατέρξεν*) *ἴσος τ' ἔφατ' ἔκ τ' ὀνόμαζεν.* Non ita Il. Π 299 *ἐκ τ' ἔφανεν.* Ζ 671 et Apoll. Arg. III 1187 *ἐκ τ' ἐρέοντο.* ApoD. IV 1746 *ἐκ τ' ὀνόμηναν* cett. Haec adfero, ne quis δὴ necessarium esse conseat.

quod mutationis lenitate (nam una tantum littora mutatur,
una additur) ceteris coniecturis praestat. Significantur oculi
in obliquum conversi, ut pupulae non in mediis oculis sint
sed in angulis, pingiturque hoc modo aliquis qui λοξὸν ὀφθαλ-
μοῖς βλέπει. Neque verum est quod Bergkius dicit, ἐκ κανθῶν idem esse quod in Il. T v. 17

ἐν δέ οἱ ὄσσε
δεινὸν ὑπὸ βλεφάρων ὡσεὶ σίλας ἐξεφάανθεν.

Apparet enim id ad oculos in universum pertinere. κανθοί
autem vox, quae alibi prorsus idem significat quod ὀφθαλμοί,
hoc loco propter praecedens ὄσσε vocabulum proprio sensu
intellegenda est.

Postrema versus Eratosthenici verba spectant, ut Bergkius
adnotat, ad proverbia illa Λήμνιον πῦρ et Λήμνιον βλέπειν.
Manifestum est Eratosthenem eorum originem a Lemni in-
sulae monte ignivomo deduxisse. Explicationes ab hac diversae sed aperte ineptae apud posteriorum temporum gramm-
maticos inveniuntur. Schol. Arist. Lys. 299 Λήμνιον τὸ
πῦρ, ἀντὶ τοῦ πάνυ γενναῖον. ἢ ἀπὸ τῶν Λημνίων γυναικῶν πορνῶν οὐσῶν, ἢ ἀπὸ τῶν καμίνων τοῦ Ἡφαίστου.
Eustath. ad Il. p. 158, 13 ὡς οἱ Λήμνιοι ἄγριοι δηλοῖ
καὶ παροιμία Λημνίαν χεῖρα εἰποῦσα τὴν ἀπαραίτητον καὶ
Λήμνιον βλέπειν ἀντὶ τοῦ δεινὸν καὶ πυρῶδες. Tzetz.
ad Lyc. 227 Λημνίῳ πυρί: ἀπὸ κεραυνοβόλου δένδρου ἐν
Ἑλληνικαῖς χώραις ἐν Λήμνῳ πρώτως εὑρέθη τό τε πῦρ καὶ
αἱ ὁπλουργίαι. Eratosthenis sententiam adoptatam esse videmus apud Photium et Hesychium. Phot.[1]) Λήμνιον πῦρ·
ἐστιν ἀναφορὰ ἐν Λήμνῳ πυρὸς χαλεπή τις. Λήμνιον
[κακὸν] βλέπων· πυρῶδες. Hes. Λήμνιον βλέπει· (πυρῶδες add. Schmidtius ex append. prov. III 66) ἐπειδὴ τὸ πῦρ
Λήμνιον. Id vero in incerto nobis relinquendum, utrum
Eratosthenes docta veterum poetarum imitatione an sui temporis habita ratione Mosychli montis ignivomi mentionem

) Suidas v. Λήμνιον πῦρ.

inicoerit. Etsi enim scimus diu ante Galeni tempora Mo-
sychlum esse abolitum, desunt tamen indicia, unde colligere possimus iam ante poetarum Alexandrinorum aetatem
id factum esse.[1] Quod vero Bernhardyus arbitratur, ex eo
quod Eratosthenes Graeciam viserit et Geographica composuerit aliquid de hac quaestione offici posse, non satis repu-
tare videtur, ad docti poetae carmen neque ad commentarios
geographicos eam pertinere.

Ter in scholiis Nicandreis versus Eratosthenis citantur
atque id unius grammatici studio deberi veri simile est,
quia carmina Eratosthenica posterioribus saeculis non multum legebantur. Quorum fragmentorum unum diserte refertur ad Anterinyn (XXIV): alterum coniectura satis proba-
bili eidem revocasse mihi videor (XXIII); itaque si quis
suspicetur, hoc potissimum poema a grammatico illo adhibitum atque huic cum quoque de quo nunc agimus locum attri-
buendum esse, a veritate fortasse non aberraverit. Neque
obstat verborum sententia: nam cum λοξόν βλέπειν malo-
volorum esse nemo nesciat, dicta esse possunt de Cti-
meno vel Antipho irato Hesiodum quem vitium sorori obtulisse putat intuente. Sed ipse quam anceps haec coniectura
sit intellego.

XXIII

Schol. Nic. Ther. 465 ταχέως δὲ περὶ τὴν σάρκα σηπε-
δόνας ἐποίησε δυσιάτους (conchris). αὗται γάρ εἰσιν αἱ πυ-
θεδόνες· Ὅμηρος (Δ 174)

σέο δ' ὀστία πύσει ἄρουρα,

καὶ Ἐρατοσθένης

αἱ δὲ πελιδναὶ
πυθεδόνες γάστρην ἀν' ὑπέτρεφον οὐλοὸν ἕλκος.

vs. 1. αἱ δὲ πελιδναί G. οὐδὲ πελιδναί αἱ P. οὐδὲ πελιδναί KV. αἱ πελιδναί Bachius Ztschr. f. d. AW. 1837 p.
349. cf. Bergk II p. 6.

_____
[1] Rhode res Lemn. p. 8.

2. γάστρηναν ὑπέτρεφον ΚΡ. γάστρηναν ὑπέτρεφον G.
γάστρην ἀνιπίστρεφον L. γάστρην ἀνυπόστροφον V. γάγ-
γραιναν ὑπέτρεφον apocioue cj. Lobeckius pathol. prol. p. 35.
Neque tamen inusitata vocis γάστρη significatione tantopere
offendendam videtur, ut a scriptura tradita recedamus[1]:
nam pro tradita scriptura γάστρην ἀν' habendum est. Bernhardyus p. 159 audacissimo totum locum ita restituere conatus est:

οὐδὲ δέμας πελιδναὶ
πυθεδάνες παρίφηναν, ἐπεὶ τρίφον οὐλοὸν ἕλκος.

Bergkius, qui siculi Lobeckius γάγγρωιναν scribendum censet, coniectando locum Mercurio poemati adsignat
putatque cum pertinere ad Erigonae et Icarii fabulam ao
dictum esse de morbo, qui Athenienses propter caedem cor-
ripuerit. Verum haec omnia concidunt, quandoquidem de-
monstratum est nullo iure fabulam illam ad Mercurium revocari. Contra mihi a vero proxime abesse videtur Bernhardyus,
quamquam de verborum emendatione nunc ipsum virum
doctissimum longe aliter atque antea iudicare arbitror. Resti-
tuisse sibi visus est finem pentametri et hexametrum: itaque
putavit fragmentum esse petitum ex Erigona dictumque „de
corpore Icarii vix ab Erigone agnito, at quod dudum disso-
lutum atque putridum esset." Do Icario quidem cogitari
nequit: sed verba de interfecti hominis corpore prolata esse
mihi quoquo veri simillimum videtur. Iam cum carminis de
Hesiodi morte notitiam habeamus, quivis sponte de Hesiodi
corpore Eratosthenem illa scripsisse suspicabitur. Plut. l. c.
τοῦ δὲ Ἡσιόδου τὸν νεκρὸν εὐθὺς ἀπὸ γῆς ὑπολαβοῦσα δελ-
φίνων ἀγέλη πρὸς τὸ Ῥίον ἐκόμιζε καὶ τὴν Μολυκρίαν.
ἐτύγχανε δὲ Λοκροῖς ἡ τῶν Ῥίων καθεστῶσα θυσία καὶ
πανήγυρις ἣν ἄγουσιν ἔτι νῦν περὶ τὸν τόπον ἐκεῖνον. ὡς
δὲ ὤφθη προσφερόμενον τὸ σῶμα, θαυμάσαντες ὡς εἰκὸς
ἐπὶ τὴν ἀκτὴν κατέδραμον καὶ γνωρίσαντες ἔτι πρόσφατον
νεκρὸν ἅπαντα δεύτερα τοῦ ζητεῖν τὸν φόνον ἐποιοῦντο διὰ

1) V. p. 43.

τὴν δόξαν τοῦ Ἡσιόδου. de soll. an. p. 984 D περὶ τὸ Νέμειον Θαλάσσῃ διαφερόμενον ἀράμενοι δελφῖνες, ἕτεροι παρ' ἑτέρων ἐκδεχόμενοι, προθύμως εἰς τὸ Ῥίον ἐνθέντες ἔδειξαν ἐσφαγμένον. Cf. praeteroa verba Certaminis p. 82 a me exscripta ot Tzetz. c. 4.

XXIV

Schol. Nic. Ther. 400) ἰυγὴ δὲ φωνή τίς ἐστι, βοὴ ἀδιάρθρωτος ἀπὸ τοῦ συμβαίνοντος πεποιημένη. καὶ Ἐρατοσθένης ἐν Ἀντερινύϊ¹) περὶ κυνὸς λέγων εἶπεν

ἰυγῆς δ' ὡς παῦρον ἐπέκλυον.

δ' ὡς P. δὲ ὡς KG. — ἐπέκλυον GL. ἀπέκλινεν K. ἀπέκλινεν P. (ἐπέκλυεν Bernhardyus p. 157.)

„Plane cadunt haec verba in Canyctoris filios, qui cum primum canis illius qui Hesiodo morienti adfuerat vocem audiunt, subito expaveseunt, conscii facinoris quod commiscrant, itaque ipsi se produnt." Bergk I p. 27. Plut. do soll. an. p. 969 D (de cane qui ululatu Pyrrho regi heri sui interfectorem prodidit) ἐπεὶ δὲ τοὺς φονέας τοῦ δεσπότου παριόντας εἶδεν, ἐξέδραμε μετὰ φωνῆς καὶ θυμοῦ ἐπ' αὐτοὺς καὶ καθυλάκτει πολλάκις μεταστρεφόμενος εἰς τὸν Πύρρον· ὥστε μὴ μόνον ἐκείνῳ δι' ὑποψίας ἀλλὰ καὶ πᾶσι τοῖς παροῦσι τοὺς ἀνθρώπους γενέσθαι. διὸ συλληφθέντες εὐθὺς καὶ ἀνακρινόμενοι μικρῶν τινων τεκμηρίων ἔξωθεν προσγενομένων ὁμολογήσαντες τὸν φόνον ἐκολάσθησαν. ταῦτα δὲ καὶ τὸν Ἡσιόδου κύνα τοῦ σοφοῦ δρᾶσαι λέγουσι, τοὺς Γανύκτορος ἐξελέγξαντα τοῦ Ναυπακτίου παῖδας, ὑφ' ὧν ὁ Ἡσίοδος ἀπέθανεν. p. 984 D ἔδει δὲ τὸν κύνα αἰτησάμενον (ἐπαινέσαντα dubitanter cj. Wyttonbachius) μὴ παραλιπεῖν τοὺς δελφῖνας· τυφλὸν γὰρ ἦν τὸ μήνυμα τοῦ κυνός, ὑλακτοῦντος καὶ μετὰ βοῆς ἐπιφερομένου τοῖς φονεῦσι κτλ. Pollux V 42 οἱ δὲ Ἡσιόδου (κύνες) παραμείναντες αὐτῷ ἀναιρεθέντι κατήλεγξαν ὑλακῇ τοὺς φονεύσαντας. ὁ δὲ Ἰκαρίου

---

1) ἐν ἀντερινᾷ G. ἐν ἀντερινόϊ P. τὸν ἀντερινόϊ K. ἐν Ἡσιγόνῃ cj. I. G. Schneider. Cf. Bergk I p. 10.

κύων καὶ ἔδειξε τῇ θυγατρὶ τὸν Ἰκαρίου νεκρόν· καὶ εἰ χρή
τι πιστεύειν τοῖς ποιηταῖς, οὗτός ἐστιν ὁ Σείριος. Quod
hoc loco Hesiodi et Icarii coniunctim fit mentio, fortasse
duorum Eratosthenis carminum memoriae tribuendum.

XXV

Ath. IX p. 376 B[1]) πεταλίδων συῶν μνημονεύει Ἀχαιὸς
ὁ Ἐρετριεὺς ἐν Αἴθωνι σατυρικῷ λέγων οὕτως ,,πεταλίδων
δέ τοι συῶν μορφαῖς ταῖσδε πόλλ᾽ ἐπάιον.'' πεταλίδας δ᾽
αὐτὰς εἴρηκε μεταφέρων ἀπὸ τῶν μόσχων. οὗτοι γὰρ πέ-
τηλοι λέγονται ἀπὸ τῶν κεράτων, ὅταν αὐτὰ ἐκπέταλα ἔχωσι.
παραπλησίως δὲ τῷ Ἀχαιῷ καὶ Ἐρατοσθένης ἐν Ἀντερινύϊ[2]) τοὺς σύας λαρινοὺς προσηγόρευσε, μεταγαγὼν
καὶ αὐτὸς ἀπὸ τῶν λαρινῶν βοῶν· οἳ οὕτως ἐκλήθησαν ἤτοι
ἀπὸ τοῦ λαρινεύεσθαι ὅπερ ἐστὶ σιτίζεσθαι, Σώφρων ,,βόες
δὲ λαρινεύονται,'' ἢ ἀπό τινος κώμης Ἠπειρωτικῆς Λαρίνης,
ἢ ἀπὸ τοῦ βουκολοῦντος αὐτάς, Λάρινος δ᾽ οὗτος ἐκαλεῖτο.

Trium explicationum quas Athenaeus profert postremus
Lyei Rhegini est. Accuratiorem de hac re expositionem
praebent bi loci. Schol. Pind. Nem. IV 82 λέγονται γὰρ
ἐκ τοῦ γένους τῶν τοῦ Γηρυονέως βοῶν αὐτόθι (in Epiro)
μεμενηκέναι, κλέψαντος παρ᾽ Ἡρακλέους Λαρίνου τινός, ἀφ᾽
οὗ καὶ λαρινοὶ καλοῦνται οἱ ἐκεῖ βόες μνήμην τοῦ τὸ γένος
καταστήσαντος τῇ προσηγορίᾳ φυλάττοντες. Phot. λαρινοὶ
βόες· οἱ ἐν Ἠπείρῳ ἀπὸ Λαρίνου βουκόλου κλέψαντος τὰς
Ἡρακλέους βοῦς, ὡς Λύκος[3]), ὅτε τὰς Γηρυόνου βοῦς ἤλαυνε·
Πρόξενος δὲ αὐτὸν τὸν Ἡρακλέα ἀνεῖναί τινας τῷ Δωδω-
ναίῳ Διΐ· Ἀπολλόδωρος δὲ τοὺς εὐτραφεῖς λαρινούς· λαρινεύειν γὰρ τὸ σιτεύειν. Schol. Arist. Pac. 925 περὶ δὲ τῶν
λαρινῶν βοῶν Λύκος μὲν ὁ Ῥηγῖνος ἐπὶ ταῖς πρὸς Ἀλέξαν-
δρόν (ἐν ταῖς περὶ Ἀλέξανδρον cj. C. Müllerus fr. hist. Gr. II
p. 370) φησιν ἀπὸ Λαρίνου τινὸς βουκόλου ταύτην αὐτοὺς
τὴν προσηγορίαν ἐσχηκέναι. εἰσὶ δέ τινες οἳ παρὰ τὸ λαρὸν

1) Eust. ad Od. p. 1383, l.   2) Fla B. ἀντερινύϊ P. Vtrum in
A scriptum sit nescimus.   3) ὁ Ῥηγῖνος add. Naberus e Suida v. λαρινοὶ
βόες qni Photii verba transscripsit. (Apost. X 45.)

ἀξιοῦσιν αὐτοὺς οὕτω καλεῖσθαι. οἱ δὲ τὴν ἐν συλλαβὴν
δασύνουσιν, ἵν᾿ ᾖ λαρινοὺς τοὺς μεγαλορίνους· ἐν δὲ τῇ
Χρονίᾳ φασὶ τοιούτους εἶναι βοῦς, οὓς καὶ Κεστρίνους καλοῦσιν. Ἄλλως. (λαρινῷ βοΐ) ἀντὶ τοῦ μεγάλῳ καὶ εὐτρα-
φεῖ. τοὺς δὲ Ἠπειρωτικοὺς βοῦς οὕτω λέγουσιν ἀπό τινος
Λαρίνου βουκόλου, παραλαβόντος παρὰ Ἡρακλέους τὰς Γηρυόνου βοῦς καὶ θρέψαντος εἰς εὐεξίαν. Videntur igitur
etiam ii, qui boves larinos non ad Larinam vicum sed ad
Larinum armentarium referebant, de Epiroticis tantum bubus epitheton illud intellexisse. Eratosthenes autem qui sues
λαρινοὺς appellavit generalem significationem voci tribuisse
putandus est idemque de ea iudicavisse quod postea Apollodorus, qui λαρινοὺς βοῦς τοὺς εὐτραφεῖς interpretatus
est.[1] Praeterea elucet, argumentum ab Apollodoro allatum,
quo sensus adiectivi ex usu verbi λαρινεύειν comprobatur,
ab Athenaeo ita perversum esse, ut verbum adiectivo originem dedisse dicatur. Apollodori et Lyci explicationes inepte
confunduntur in schol. Arist. Av. 465 λαρινὸν ἀντὶ τοῦ
λιπαρόν, ἐκ μεταφορᾶς τῶν βοῶν. λέγονται γάρ τινες λαρινοὶ βόες, οἱ λιπαροὶ ἢ μεγάλοι, ἀπὸ Λαρινοῦ τινος
βοσκοῦ εὐμεγέθους. νέμονται δὲ τὴν Ἤπειρον, οὖσαι
τῶν Γηρυόνος βοῶν ἀπόγονοι.[2] Quartam denique derivationem in alio scholio ad eundem locum traditam invenimus:
ὡς ἐπὶ βοὸς δὲ τοῦτό φησιν, ὡς ἐν Λαρίσσῃ μεγάλων βοῶν
γενομένων. ἔστι δὲ πόλις Θεσπρωτίας. Sed cum de La-
rissa Thesprotiae oppido nihil memoriae proditum sit, veren-
dum est ne haec sententia orta sit mera librarii neglegentia
(Larissae nomine pro Larina posito) aut vano invento nitatur.

---

1) Hes. λαρινοὶ βόες· εὐτραφεῖς. λαρινεύεσθαι· σιτεῖσθαι.
Phot, λαρινοί· οἱ εὔονες, σιτιστοί, λιπαροί. Suidas λαρινεύειν· τὸ
σιτεύειν. Et. m. 557, 10 ἐκ τούτου (vocabulo λαρός) τὸ λαρινός· ἢ παρὰ
τὸ La ἐπιτατικὸν καὶ τοῦ ῥινός. Eust. ad Il. p. 1243, 11 καὶ ὅτι ἀπὸ
τοῦ ῥινὸς καὶ βόες λαρινοὶ καὶ ταῦροι οἱ μέγα καὶ παρὰ δίομα ἔχον-
τες. 2) Ineptior etiam Tzetzes blaterat in Cram. an. Ox. III p. 862
λαρινὸν τὸ μέγα ἀπὸ Λαρίνου τινός εὐμεγέθους· εἰσὶ δὲ καὶ Λαρινοὶ
βόες μεγάλοι ἀπὸ τόπου τινός· et Chil. VIII 270 sqq. Ex anecd. Ox.
loco cognoscitur, in Chil. non recte a Kiesslingio va. 4 (καὶ βόες μέ-
γιστοί τινες οἱ λαρινοὶ ἐκ τόπου) pro codicis scriptura quae est τόπου
receptum esse τούτου quod margo codicis praebet.

Vocem *Λαρινός* a certo quodam loco derivari non posse apparet. Verum igitur Eratosthenes statuisse censendus est, cum vocabulo generalem sensum tribueret. Sed ab usu linguae discessit: nam *Λαρινός* fere solum de bubus usurpatum fuisse ex ipsis illis diversis explicationibus perspicuum est.[1]) Cogitabant autem, cum de origine vocabuli subobscuri posita esset quaestio, de Epiroticis bubus coniectura satis facili, quia nota erat eorum praestantia et magnitudo. Cum vero inter eos eminerent Cestrini[2]), non mirandum est quod hos potissimum nomine illo significatos esse censebant. Neque diversi ab his Chaonii boves sunt: nam regionem Cestrinam a nonnullis · pro Chaoniae parte habitam esse, cognoscitur cum ex scholio a nobis exscripto tum e Steph. v. *Τροία: ἔστι καὶ πόλις ἐν Κεστρίᾳ τῆς Χαονίας*.[3]) Itaque nonnulli a loco quodam earum regionum boves nomen accepisse arbitrabantur: narrationem de Larino armentario poetae alicuius vel mythographi invento deberi elucet.[4]) Satis autem credibile est quod tradit Aelianus (de nat. an. XII 11), ipsos Epirotas significationem illam boum suorum usurpasse fabulamque de eorum origine a Geryonis bubus ducta narravisse.

---

1) Cf. Xenoph. apud Ath. IX p. 368 F. Ar. Pac. vs. 925. Metaphorice Aristophanes hac voce utitur Av. 465. 2) Schol. Arist. Pac. 925. Hes. v. *Κεστρινοί βόες*. 3) Futili ut videtur invento apud Hesychium Chaonia antiquis temporibus Cestrina appellata fuisse perhibetur. 4) Cf. Ant. Lib. p. 205, 13 West. Oppianus Cyn. II 109 sqq. boves Byriacos qui circa Pollam pascebantur a bubus Geryonis ortos esse narrat.

ERIGONA

De sublimitate 33 τί δέ; Ἐρατοσθένης ἐν τῇ Ἠριγόνῃ — διὰ πάντων γὰρ ἀμώμητον τὸ ποιημάτιον
— Ἀρχιλόχου[1]) πολλὰ καὶ ἀνοικονόμητα παρασύροντος κά-
κείνης τῆς ἐκβολῆς[2]) τοῦ δαιμονίου πνεύματος, ἣν ὑπὸ νό-
μον τάξαι δύσκολον, ἆρα δὴ μείζων ποιητής;

De hoc loco Heckerus ita disputat: „Cum omnes veteres
critici summis laudibus extollant Archilochi ingenium, ut
quibusdam visum sit materiae vitium quod quoquam minor
sit, dubito an Longinus tale quid de poeta, in quo nil nisi
facundissima oris et sermonis licentia ut in Cratino notatur,
dicere in animum inducturus fuisset. Praeterea argumentum
quod Archilochus exornavit diversissimum a fabula mytho-
logica de Erigone. Pro Ἀρχιλόχου scribendum est Ἀντιμάχου, in quo epico robustae gravisque materiae poeta
artis defectum notavit non unus Longinus. Similiter in supe-
rioribus Homero opponit Apollonium ἄπτωτον.“

Refellendi negotium non necessarium arbitrarer, nisi
Heckeri argumentationem (quod vix credideris) aliis appro-
batam esse viderem. Itaque quod Heckerus miratur, Archi-
lochum a Longino quem vocant vituperari, ratione omnino
caret cum alias ob causas (de quibus si fuse hoc loco age-
rem, molestior essem quam utilior) tum quia paulo post de
Pindaro et Sophocle, quorum laudes certe non inferiores sunt
Archilochi gloria, haec legimus: ὅτι μὲν οἷον πάντα ἐπιφλέ-

---

1) Ἀρχίλοχον et mox παρασύροντας codex: em. Paulus Manutius.
2) κάκείνα τῇ ἐκβολῇ Heckerus Philol. V p. 426. Ceteras coniecturas ad
locum emendandum propositas Iahnius enumerat. De sensu dubitatio
oriri nequit.

γουσι τῇ φορᾷ, σβέννυνται δ' ἀλόγως πολλάκις καὶ πίπτου-
σιν ἀτυχέστατα. Contenditur autem a Longino ut ante cum
Homero Apollonius in epico genere, mox cum Bacchylide
Pindarus in melico, cum Sophocle Ion Chius in tragico, ita
cum Archilocho Eratosthenes in elegiaco.[1] Quae de argumentorum diversitate Heckerus tanta fiducia profert, absurda
sunt, cum ex Archilochi elegiis exiguus versuum numerus,
ex Eratosthenis Erigona fere nihil supersit. Potuerunt autem
in hoc poemate nonnulla incsse, veluti vini laus aut de-
scriptio lamentationis post Icarii mortem exortae, quae quamvis diversa ob elegiis Archilochi comparari tamen quodam
modo cum uno alterove Archilochi loco liceret. Denique vero
Ἀντιμάχου illud ab Heckero propositum si traditum exstaret,
ferri vix posset. Necessaria enim est inter Homeros, Pin-
daros, Sophocles, Demosthenes divini alicuius ingenii commemoratio: ita autem de Antimacho iudicasso scriptorem
libelli de sublimitate, scitum harum rerum existimatorem,
quis est qui sibi persuadeat? Accedit quod Thebais ab Erigona non modo argumento sed etiam poesis genere fuit diversa; neque praetermittendum, de poetis epicis Longinum
iam dixisse, ad novum genus ei transeundum esse. —
    De Icario et Erigona haec exstat narratio in scholiis ad
Il. X 29:

Ἰκάριος γένος μὲν ἦν Ἀθηναῖος, ἔσχε δὲ θυγατέρα μο-
νογενῆ Ἠριγόνην, ἥτις κύνα νήπιον ἔτρεφε. ξενίσας δέ ποτε
ὁ Ἰκάριος τὸν Διόνυσον ἔλαβεν ἀπ' αὐτοῦ οἶνόν τε καὶ ἀμ-
πέλου κλῆμα. κατὰ δὲ τὰς τοῦ θεοῦ ὑποθήκας περιῄει τὴν
γῆν, προφαίνων τὴν τοῦ Διονύσου χάριν, ἔχων σὺν ἑαυτῷ
τὸν κύνα. γενόμενος δὲ ἐκτὸς τῆς πόλεως βουκόλοις οἶνον
παρέσχεν· οἱ δὲ ἀθρόως ἐμφορησάμενοι οἱ μὲν εἰς βαθὺν
ὕπνον ἐτράπησαν, οἱ δὲ περιλειπόμενοι, νομίσαντες θανάσι-
μον εἶναι φάρμακον τὸ πόμα, πλήσσοντες ἐφόνευσαν τὸν
Ἰκάριον. μεθ' ἡμέραν δὲ νηψάντων πιόντων καταγνόντες
ἑαυτῶν εἰς φυγὴν ἐτράπησαν. ὁ δὲ κύων ὑποστρέψας πρὸς

_____

[1] Verba sunt Osanni p. 4.

τὴν Ἠριγόνην δι᾽ ἀριγμοῦ ἐμήνυσεν αὐτῇ τὰ γεγονότα·
ἡ δὲ μαθοῦσα τἀληθὲς ἑαυτὴν ἀνήρτησε. νόσου δὲ ἐν Ἀθή-
ναις γενομένης κατὰ χρησμὸν Ἀθηναῖοι τόν τε Ἰκάριον καὶ
τὴν Ἠριγόνην ἐνιαυσίαις ἐγέραιρον τιμαῖς· οἳ καὶ καταστε-
ρισθέντες Ἰκάριος μὲν Βοώτης ἐκλήθη, Ἠριγόνη δὲ παρθέ-
νος, ὁ δὲ κύων τὴν αὐτὴν¹) ὀνομασίαν ἔσχεν. ἱστορεῖ Ἐρατοσθένης ἐν τοῖς ἑαυτοῦ καταλόγοις.²)

Ita igitur haec tradita erant in Catalogis sive Catasterismis Eratosthenis³); ex eodem fonte aperte fluxerunt quae
Hyginus p. 427 sqq. Stav. praebet⁴), eodemque quam maxime
probabile est referendum esse quod Hyginus de Crateris
signo tradit: *nonnulli cum Eratosthene dicunt eum cratera
esse quo Icarius sit usus cum hominibus ostenderet vinum*
(II 40): cf. Pseudorat. 41 τούτου δὲ ἱκανὸν ἀπέχων ἀπὸ
τῆς καμπῆς ὁ Κρατὴρ κεῖται ἐγκεκλιμένος πρὸς τὰ γόνατα
τῆς Παρθένου. Utrum vero in poemate Eratosthenes rem
eodem modo narraverit an hic illic variaverit, prorsus nescimus, cum ad carminis imaginem adumbrandam desideremus
ducem talem, qualem de Callimachi Cydippa inquirentibus
Aristaenetus sese praestat, neque omnino exceptis vestigiis
quibusdam satis incertis de ratione quam poeta in exponenda
fabula instituerit quidquam constet. Quae cum ita sint, elucet
inanem esse quaestionem, quinam inter eos, qui post Eratosthenem idem tradiderunt, eum secuti sint. Sed illud quoque incertum, quos fontes ipse Eratosthenes adierit. Mythum de quo
agimus pervetustum esse constat⁵); neque tamen multi diserte
nominantur qui eum ante Eratosthenem tractaverint. Tra-
goedias Erigonae nomine insignitas scripserunt Phrynichus⁶),
Sophocles⁷), Philocles⁸), Cleopho.⁹) Phrynichi fabula, ut

1) αὐτοῦ B. ἑαυτοῦ Leid. 2) Sic. B Leid. ἱστορεῖ Ἐρατοσθένης D. ἡ ἱστορία παρὰ Ἐρατοσθένει A. 3) v. p. 68. 4) Cf.
p. 478. 488. 5) De eius significatione in diversissimas partes viri docti
abierunt. Cf. Welcker Nachtrag zu der Schrift über die Aeschylische
Trilogie p. 222 sqq. Most de Hippolyto p. 15. Ozann Verhandl. des
Vereins Deutscher Philologen u. Schulmänner VI. Cass. 1844 p. 15 sqq.
Hildeck Anfänge u. Entwickelung des Dionysoscultus in Attika p. 1 sqq.
etc. 6) Suidas v. Φρύνιχος Μελανθᾶ. 7) Nauck trag. Gr. fr. p. 143.
8) Suidas s. v. 9) Suidas s. v.

iure viri docti statuerunt, ad Icarii, Sophoclis fabula ad
Aegisthi et Clytaemnestrae filiam pertinuit: de reliquis duabus ne conici quidem quidquam potest.[1]) Praeterea suspicari licet, Eratostheni notum fuisse Theodori Coluphonii carmen in Erigonam, quod a mulieribus cantabatur: cf. Ath.
XIV p. 618 E ἦν δὲ καὶ ἐπὶ ταῖς ἐώραις τις ἐπ' Ἠριγόνῃ,
ἣν καὶ ἀλῆτιν λέγουσιν ᾠδήν. Ἀριστοτέλης γοῦν ἐν τῇ Κο-
λοφωνίων πολιτείᾳ φησίν· „ἀπέθανε δὲ καὶ αὐτὸς ὁ Θεόδω-
ρος ὕστερον βιαίῳ θανάτῳ. λέγεται δὲ γενέσθαι τρυφῶν τις,
ὡς ἐκ τῆς ποιήσεως δῆλόν ἐστιν. ἔτι γὰρ καὶ νῦν αἱ γυ-
ναῖκες ᾄδουσιν αὐτοῦ μέλη περὶ τὰς ἑώρας." Pollux IV 55
ἦν δέ τι καὶ ἀλῆτις ᾆσμα ταῖς αἰώραις προσᾳδόμενον, Θεο-
δώρου ποίημα τοῦ Κολοφωνίου. Sed utut haec fuerunt,
nemo, opinor, exspectabit, cum de Eratosthenici carminis
reliquiis agere mihi propositum sit, veterum scriptorum de
Icarii fabula locos iam dudum ab aliis collectos rursus me
compositurum quaestionemque de narrationum discrepantiis
tractaturum esse consilio meo prorsus inutilem.

XXVI

Steph. v. ἄστυ: λέγεται ἄστυ καὶ ὁ δῆμος, ὡς Ἐρατοσθένης ἐν Ἠριγόνῃ

εἶ ὅτε δὴ Θορικοῦ καλὸν ἵκανεν ἔδος.

ὅτι δὲ δῆμος Θορικός, δῆλον.

εἶ᾿ ὅτε δὴ codex R. εἶ ὅτε δὴ ceteri. εἰς τε δὴ editio
Aldina. εἰσόκε δὴ vel ἐς τόδε τοῦ Salmasius. ἄστυ δὲ δὴ
Friedemannus de media syll. pent. p. 340 quod si recipimus
verborum structura molesta fit. ἄστυ τε δὴ O. Müllerus die
Dorier I p. 232. ἥ δ᾿ ὅτε δὴ Meinekius. εἰσότε δὴ editores
Thesauri Steph. Paris. III p. 293 D quae mutatio omnium
lenissima est. V. Apoll. Rh. II 857. IV 800. 1212. Unctul.

---

1) Welcker die griech. Trag. p. 21, 216 sqq. 967. Osann p. 12 sq.
Jahn arch. Beitr. p. 206. Erigona ab Attio in scaenam producta Aegisthi
filia fuit: v. Ribbeck trag. Lat. rel. p. 142.

in anthol. Pal. XI 409, 6.[1]) εἰσότε ἀφίκανεν ita dictum est
ut ἵστ' ἀφίκανεν Apoll. Arg. IV 849. — καλὸν ἵκανεν ἄστυ
Salmasius. καλὸν ἵκεν ἐς ἄστυ Ruhnkenius ad Hom. h. in Cer.
126. Sed poeticum illud Θορικοῦ ἴδος falso inlatum esse
minime est veri simile.[2]) „In fine fragmenti lacunam indi-
cavi; excidit ἄστυ περικλειτὸν vel simile quid: certe ἄστυ
necessarium est. Θορικοῦ ἴδος autem comparandum cum Il.
Δ 406. Od. ν 344. Aesch. Pers. 876. Prom. ·412.“ Meinekius. Cf. Schneider ad Callim. h. 4, 311. Simplicior haec
explicatio verborum Θορικοῦ ἴδος[3]) quam Bergkii interpretatio qui Θορικοῦ do conditore vel rege intellegit (II
p. 12).

Quod ex loco Eratosthenis Stephanus de vocis ἄστυ
significatione colligere conatur, nihil valet. Nam, ut mea
faciam Bergkii verba (p. 11), iure suo Eratosthenes vocavit
Thoricum ἄστυ, cum ante Thesei saeculum Thoricus fuerit
inter duodecim Atticas civitates. Cf. Hecat. apud. Steph. v.
Θορικός.[4]) Strabo IX. p. 397.[5])

Subiectum verbi ἵκανεν fuisse videtur Διόνυσος, ut
magna cum probabilitate statuit Ruhnkenius. Cf. Bergk. p.
12 sq. Nisi ita statuas, ἵκανεν de navigio quo Bacchus vehe-
retur dictum fuisse, ut praecesserit versus similis Homerici
παννυχίη μέν ῥ' ἦγε καὶ ἠῶ πεῖρα κέλευθον. Multo minus
veri similis Weberi opinio est qui de Icario versum intellexit.[6])

XXVII

Schol. Dion. Thr. p. 654 ἐκ τούτου (verbo αὔνω)
αὐνός καὶ βαυνός, ὅπερ κοινῶς μὲν ὀξύνεται, Ἀττικῶς δὲ

---

1) In Hom. h. XXVIII vs. 14 codices ABCL εἰσότε praebent, editio
Florentina εἰσότε. Cf. Schneider ad Call h. in Delum 150.   2) δῶμα-
δον Θορίκοιο Nonnus Dion. XIII 187.   3) Cf. Meineke vindic. Strabon.
p. 199.   4) Similiter comparata sunt quae Steph. s. v. Ἁλιμοῦς profert.
5) De aedificiorum reliquiis etiam nunc exstantibus v. Leake the
Demi of Attica p. 68 sqq. Ross die Demen von Attika p. 72.   6) Die
eleg. Dichter der Hell. p. 751. Bach Ztschr. f. d. AW. 1837 p. 848.
Bernhardyus p. 167 non patere arbitratur, de Icario an Erigona versus
dictus fuerit: sed ad Erigonam vix potuit spectare.

βαρύνεται. σημαίνει δὲ τὴν κάμινον, ὡς παρὰ τῷ Ἐρατοσθένει

μέσον δ' ἐξαύσατο βαυνόν,

ἤγουν ὑφῆινε.

βαύνου codex Vaticanus. βαυνόν exstare videtur in
Hamburgensi quem Lucas Holstenius ex Vaticano ut putat
Bekkerus (anecd. Gr. p. 1137) transscripsit.

De significatione et usu vocis βαυνός, quam postea ad-
bibuerunt Heracl. All. Hom. 69[1]) et Max. Tyr. XXII 3, cf.
Poll. X 100 βαῦνον ἂν εἴποις τὸν χυτρόποδα. Orio Et.
p. 38 βαῦνοι οἱ κάμινοι, παρὰ τὸ αὔω αὖος καὶ πλεο-
νασμῷ τοῦ β βαῦνοι. Bekk. an. p. 222 βάναυσοι κυρίως
οἱ διὰ πυρὸς ἐργαζόμενοι, χρυσοχόοι, χαλκεῖς καὶ οἱ τοι-
οῦτοι, ἀπὸ τοῦ τοὺς βαύνους ἐναύειν. βαῦνοι δὲ λέγονται
αἱ κάμινοι. ἔνθεν καὶ κρίβανοι οἱ τῶν κριθῶν βαῦνοι.
Hes. κρίβανος· ὁ βαῦνος τῶν κριθῶν. κριθαῖς γὰρ τὸ
πρότερον ἐχρῶντο, καὶ βαύνους τὰς καμίνους ἔλεγον.
βαῦνοι· χυτρόποδες καὶ κάμινοι· ἔνιοι δὲ καὶ ἐφ' ὧν
ἐπικαθίζουσι. βαῦνος· χυτρόπους.[2]) Et. Gud. 104, 10 et
Et. m. 192, 14 (cod. Paris. 2630) βαῦνος τὸ πῦρ[3]) ἢ ὁ
χυτρόπους ἢ ἡ κάμινος. Schol. Arist. Ach. 86 βαύνους δὲ
ἔλεγον τὰς καμίνους.[4]) Eust. ad Il. 132, 33 καλοῦσι δὲ
βαῦνον μέχρι καὶ εἰσάρτι οἱ Πελοποννήσιοι τὸν τοῦ πυρὸς
τόπον, ὃν καὶ χαριστίαν λέγομεν ἰδιωτικῶς. ad Od. p. 1511,
13 καὶ τὸν κρίβανον ὅς ἐστι κριθῶν βαῦνος τουτέστι κάμι
νος κατὰ Αἴλιον Διονύσιον κτλ. ὡς δὲ βαῦνος καὶ ἡ ἑστία
λέγεται ὅ ἐστι κάμινος, ἀφ' ἧς ὡς ἀλλαχοῦ ἐφάνη καὶ ὁ
βάναυσος, ἡ Δωρικὴ ἐν Πελοποννήσῳ γλῶσσα μέχρι καὶ
νῦν δηλοῖ. Cf. p. 1547, 57. 1564, 35. Lobeck Rhem. p. 11.
De accentu Arc. p. 73 Schm. βαυνός ὅπερ οἱ Ἀττικοὶ βαρύ-
νουσι. Patet apud Eratosthenem vocem idem significare
quod κάμινος: unde explicationes πῦρ et χυτρόπους haustae
sint nescimus.

---

1) Valckenaer ad Ammon. p. 215.   2) Praeterea idem tradit βαύνη·
κάμινος ἢ χωνευτήριον.   3) Thomas Mag. p. 202 Ritschl βαῦνος τὸ πῦρ.
4) Cf. schol. Plut. 765.

Corruptam scripturam ὑφηῦνε Bernhardyus (p. 142) in
ὑφῆχτε, Ludovicus Dindorfius in ὑφηῦε mutandam esse censet[1]), et hoc quidem litteris, illud usu magis commendatur.
Orta est corruptela ex verbis quae praecedunt γίνεται δὲ ἡ
λέξις παρὰ τὸ φῶ τὸ φαίνω, ἐξ οὗ φαύνω καὶ ἀποβολῇ τοῦ
φ αύνω.

Locum Eratosthenicum „conicias de Icario dictum esse,
qui eum hiberno tempore Bacchus ad se venisset, ut hospi-
taliter illum acciperet, ignem accendit.“ Bergkius II p. 17.
Cf. Ruhnken ad Callim. fr. 459.

XXVIII

Plin. nat. hist. XXII § 86 *scolymum quoque in cibos re-*
cepit oriens et alio nomine limoniam appellavit. frutex est
numquam cubitali altior cristis foliorum ac radice nigra, sed
dulci, Eratostheni quoque laudata in pauperi cena.

Bernhardyus haec ad libros de antiqua comoedia refert
(p. 234), citatque locum Epicharmi apud Athen. II p. 71 A
ubi σκόλιον ex σκόλυμον corruptum esse coniecit Dalecam-
pius et verba Hesychii v. κομψεία) sed ea aperte depravata
sunt foedissime.[2]) Bergkius autem in sermone mihi iniecit, videri sibi Plinii locum potius ad epulas spectare quas Icarius
Baccho apposuerit. Atque est anne Eratosthenis commemoratio talis, ut multo aptius quam ad scriptum grammaticum
referatur aut ad librum περὶ πλούτου καὶ πενίας[3])
aut ad poemata. Si ad Erigonae locum illum pertinet[4]),
apposite comparari possunt quae Naekius de mensa Hecalae
Callimacheae partim ex certis testimoniis sumpta attulit partim coniectavit (opusc. II p. 133 sqq.).

XXIX

Plut. conv. disp. p. 699 A ἐπεὶ μάρτυρές γε τῷ Πλάτωνι (putanti potum per pulmonem transire) πολλοί τε

---

1) Steph. thes. Gr. l. ed. Paris. III p. 1289 C.   2) Cf. Schmidtii adn.
3) Laert. Diog. IX 66.   4) Nonnus Dion. XLVII 89 καλλιφύτων δὲ
κοίρανον ἠερίδων ὀλίγῃ ξείνισσε τραπέζῃ (Icarius). Cf. Tib. IV 1, 7 sqq.

κἀγαθοὶ πάρεισιν. Εὔπολιν μὲν γάρ, εἰ βούλει, χάρις ἐν
Κόλαξιν εἰπόντα

πίνειν γὰρ αὐτὸν Πρωταγόρας ἐκέλευ' ἵνα
πρὸ τοῦ κυνὸς τὸν πνεύμον' ἔκλυτον φορῇ·

χάρις δὲ καὶ τὸν κωμφὸν Ἐρατοσθένην λέγοντα

καὶ βαθὺν ἀκρήτῳ πνεύμονα τεγγόμενος.

Εὐριπίδης δὲ σαφῶς δήπου λέγων

οἶνος περάσας πνευμόνων διαρροάς

δῆλός ἐστιν Ἐρασιστράτου βλέπων τι ὀξύτερον.

His usus est Macrobius Sat. VII 15, 22 et Eratosthenes testatur idem (in pulmonem defluero potum)

καὶ βαθὺν ἀκρήτῳ πλεύμονα τεγγόμενος.

(In codice scriptum est ΒΑΘΤΥΝ et ΙΕΓΓΟΜΕΝΟϹ.)

Eodem respicit Plut. de repug. Stoic. p. 1047 D καίτοι
Πλάτων μὲν ἔχει τῶν ἰατρῶν τοὺς ἐνδοξοτάτους μαρτυροῦν-
τας Ἱπποκράτην, Φιλιστίωνα, Διώξιππον τὸν Ἱπποκράτειον,
καὶ τῶν ποιητῶν Εὐριπίδην, Ἀλκαῖον¹), Εὔπολιν, Ἐρατοσθένην, λέγοντας ὅτι τὸ ποτὸν διὰ τοῦ πνεύμονος
διέξεισι.²)

Ad Erigonam rettulit pentametrum Brunckius lect. ad
anal. p. 111. De argumento eius Bergkius ita disputat (II
p. 13): „haud dubie (?) dicta haec sunt de Icario, cam ei
Bacchus primum vinum praeberet, quemadmodum est apud
Nonnum XLVII 58

καὶ πίεν ἄλλο μετ' ἄλλο γέρων φυτοεργὸς ἀλωεύς,
οἴστρον ἔχων ἀκόρητον εὐρραθάμιγγος ἐέρσης.“

Quaestio cuius Plutarchus eumque secuti Gellius (XVII
11) et Macrobius mentionem faciunt diversis rationibus diiudi-
cabatur. Cf. [Hippocr.] de morbis IV 25 λέγουσι δέ τινες
ὅτι τὸ πινόμενον ἐς τὸν πνεύμονα ἔρχεται, ἐκ δὲ τούτου ἐς

---

1) fr. 39 Bergk εἴγγει πνεύμονας οἴνῳ κτλ. Cf. Bücheler ad Petr.
p. 38. 2) Philodemus in Anth. Pal. XI 34, 7 καὶ Μιτυληναίῳ τὸν
πνεύμονα τέγξατε Βάκχῳ. Suidas τέγγει· βρέχει· „οἴνῳ πνεύμονα τέγγε,
φίλης δ' ἀπίχου Κυθερείης.“

τὸ ἄλλο σῶμα· οὗτοι δὲ οἱ ταύτῃ λέγοντες διαβάλλονται
τούτῳ ᾧ μέλλω ἐρεῖν κτλ.

XXX

Et. m. 170, 47 αὐροσχάς· [1]) ἡ ἄμπελος. μέμνηται Παρθένιος ἐν Ἡρακλεῖ αὐροσχάδα βότρυν Ἰκαριωνίης.
Ἐρατοσθένης δὲ ἐν ἐπιθαλαμίῳ τὸ κατὰ βότρυν κλῆμα. εἴρηται δὲ ἐπαιωρημένη (ἐπαιωρουμένη om. Meinekius anal. Alex.
p. 273) οὖσα ὄσχη. ὄσχη γὰρ τὸ κλῆμα καὶ ὄσχος εἴρηται.[2])

Rectissime Bergkius adnotat, verbis αὐροσχάδα βότρυν
Ἰκαριωνίης non probari id quod grammaticus velit αὐροσχάδα
vitem dici.[3]) Quam offendendi causam duobus modis tolli
posse censet: aut corruptam esse αὐροσχάδα vocem et fortasse scribendum

$$αὐροσχάδος \ αἴνυτο \ βότρυν$$
Ἰκαριωνείης,

aut poetarum locos confusos esse, ita ut transpositione sit
utendum in hunc modum: αὐροσχάς· ἡ ἄμπελος. μέμνηται
Παρθένιος ἐν Ἡρακλεῖ. Ἐρατοσθένης δὲ ἐν ἐπιθαλαμίῳ τὸ
κατὰ βότρυν κλῆμα·

$$αὐροσχάδα \ βότρυν$$
Ἰκαριώνης.

At hoc certe omni probabilitate caret. Nam si poeta αὐροσχάδα vocem opithoton vocabuli βότρυν casu voluisset,
grammaticus vix interpretatus esset τὸ κατὰ βότρυν κλῆμα.
Neque omnino intellegitur qua ratione αὐροσχάς, si idem sit
quod κλῆμα, ita cum βότρυν vocula potuerit coniungi.
Dicit quidem Bergkius „Eratosthenes cum pampinum uva
gravem significare vellet, potuit sane coniunctim αὐροσχάδα
βότρυν dicere, quod profecto non audacius est novatum quam
quod Aristophanes dixit in Ranis v. 207 βατράχων κύκνων
et in Avibus v. 1558 κάμηλον ἀμνόν τινα." Neque tamen

<hr/>

1) αὐρόσχη codex V. αὐρόσχη ἡ ἄμπελος Zonaras lex. p. 344.
2) Müller Mélanges de Litt. Gr. p. 53.   3) Comment. crit. II p. 5.
Anal. Alex. 1 p. 16.

haec ratiocinatio apte adhiberi potest: nam duobus illis locis
Aristophanis aliisque similibus duo substantiva ad unam
eandemque rem vel personam significandam ponuntur: id
vero non valet de pampino et uva.

Ante omnia circumspiciendum, num locus haud dubie
depravatus indicium contineat quod firmum nobis praestet
disputandi fundamentum. Iam vero cum statim post verba
aliquo modo ad Icarium aut filiam eius spectantia et aperte
e poemate sumpta Eratosthenes commemoretur, a quo
fabulam illam carmine narratam esse scimus, antea autem
Parthenii Hercules citetur, ubi Icarius et Erigona quid sibi
voluerint non perspicitur[1]): quid quaeso veri similius est,
ne dicam certius, quam verba a grammatico citata ad Eratosthenis Erigonam pertinere? Id autem statuere licet,
si nulla littera mutata locum ita scribimus:

αὐροσχάς ἡ ἄμπελος· μέμνηται Παρθένιος ἐν Ἡρακλεῖ.
αὐροσχάδα βότρυν Ἰχαριωνίης Ἐρατοσθένης .... δὲ
ἐν ἐπιθαλαμίῳ τὸ κατὰ βότρυν κλῆμα.

Excidit (fortasse simul cum verbis ἐν Ἡριγόνῃ) post
Ἐρατοσθένης alius poetae nomen, fortasse Sapphus. Con-
feras quorum Bergkius haud immemor fuit versus Catulli
62, 49 sqq.

> ut vidua in nudo vitis quae nascitur arvo
> nunquam se extollit, nunquam mitem educat uvam,
> sed tenerum prono deflectens pondere corpus
> iam iam contingit summum radice flagellum cet.

Simulque hac ratione Bergkii offensio tollitur. αὐροσχάς
enim apud Parthenium vitem significavit, apud epithalamii
poetam pampinum, apud Eratosthenem autem uvae epitheton fuit a pampino pendentis: cf. Hes. ἀρίσχαι[2])· κλήματα, βότρυες. Grammaticus autem hanc explicationem
subicere supersedit, quoniam ipsa verba Eratosthenica cum

---

1) Meinekius verba ἐρισχήλοις κερτνήσεις ex eodem carmine prolata ad Icarii caedem rettulit (anal. Alex. p. 275): sed hanc coniecturam
ut faceret nulla alia re nisi ipso nostro loco permotus est.   2) αὐρόσχαι
cj. Bernhardyus p. 155.

praebent. Ceterum vocabuli obscuri formae in grammaticorum libris miro variantur. Cf. praeter testimonia iam allata Hes. ἀρασχάδες¹)· τὰ περυσινὰ κλήματα. ὀρεσχάς· τὸ σὺν τοῖς βότρυσιν ἀφαιρεθὲν κλῆμα. Harpocr. v. ὀσχοφόροι: ἡ δὲ ὄσχη κλῆμά ἐστι βότρυς ἐξηρτημένους ἔχον· ταύτην δὲ ὀρεσχάδα ἔνιοι καλοῦσιν.

Sed de ipsis tribus verbis quae Eratostheni vindicavimus quid statuendum sit, satis difficile est exploratu. Si recte Bergkius Ἰκαριωνείης²) pro Ἰκαριωνίης scripsit (comment. crit. II p. 5), Meinekio adsentiendum videtur, qui Ἰκαρωνείης ad κούρης³) vocem pertinuisse coniecit: v. Meinekii anal. Alex. p. 273. Quod vero scrupulos Meinekio movit, vitem a poeta Erigonae vitem appellari, id facillime expediro possumus, si statuimus, verborum constructionem librariorum socordia obscuratam esse. Possunt enim verba illa tali conexu prolata fuisse:

κούρης δ' ἐν χείρεσσιν ἔθηκ' αὐροσχάδα βότρυν
Ἰκαριωνείης καὶ τόδ' ἔλεξεν ἔπος.

Sed possunt etiam graviore corruptela laborare. Veluti Bergkius, ut iam dixi, haec proposuit:

αὐροσχάδος αἴνυτο βότρυν
Ἰκαριωνείης.

Meinekius autem versum in hunc modum redintegrari posse putavit:

ἡ δ' αὐροσχάδα βότρυν ἀπέστυγεν Ἰκαριώνη
vel ita:

ἔνθ' αὐροσχάδα βότρυν ἐπεὶ πόρεν Ἰκαριῶνι.

XXXI

Schol. Dioscoridis apud Matth. Med. vet. p. 360 μόσχον ἀντὶ τοῦ κλάδον ἢ βλαστόν· μοσχεύματα γὰρ τὰ νέα τῶν

---

1) αὐροσχάδες cj. Bernhardyus. 2) Ἰκαριώνης (Bergk anal. Alex. I p. 16) in versus initio positum fuisse vix potest, si recte locum ad Erigonam rettuli. 3) Cf. etiam ἁ Βαρυνμσία θυγάτηρ Theocr. 15, 110.

φυτῶν ἔλεγον· ὡς καὶ ὁ ἐξ Ἠριγόνης (ὡς καὶ ἐν Ἠριγόνῃ
em. Meinckius p. 274) Ἐρατοσθένης

μόσχους καὶ χλωρὰς κλήματος ἐκφυάδας.

„Refert Osannus (p. 26) ad ipsum Bacchum, qui Icarium vitis curam docuerit, vel ad Icarium, qui post aliis
eandem disciplinam tradiderit, ut est apud Nonnum v. 67

ἀγρονόμῳ δὲ γέροντι φυτήκομος ὤπασε δαίμων
κλήματα βοτρυόεντα, φιλεύϊα δῶρα τραπέζης·
καί μιν ἄναξ ἐδίδαξεν ἀεξιφύτῳ τινὶ τέχνῃ
κλάσσαι βοθρῶσαί τε βαλεῖν τ' ἐνὶ κλήματα γύροις.

Sed malim interpretari do hirco, qui ut sit Hyginus de astr.
II 4 in Icarii vineam se coniecerat et quae ibi tenerrima
folia videbat decerpsit." Borgkius II p. 13.

XXXII

Hyg. de astr. II 4 (de Arctophylace) *nonnulli hunc Icarium Erigones patrem dixerunt, cui propter iustitiam et pieta-
tem existimatur Liber pater vinum et vitem et uvam tradidisse,
ut ostenderet hominibus quomodo sereretur et quid ex eo nasce-
retur et, cum esset natum, quomodo eo uti oporteret. qui cum
sevisset vitem et diligentissime administrando floridam facile
(falce edd.)*[1] fecisset, dicitur hircus in vineam se coniecisse et
quae ibi tenerrima folia videret decerpsisse; quo facto Icarium
irato animo tulisse eumque interfecisse et ex pelle eius utrem
fecisse ac vento plenam praeligasse et in medium proiecisse
suosque sodales circa eum saltare coegisse. itaque Eratosthenes ait*

εἰκαριοι τόθι πρῶτα περιστράγον ὀρχήσαντο.

Grato animo profiteor, Bursiani liberalitate factum esse,
ut versus Eratosthenicus antehac miserrime corruptus iam ad
genuinum nitorem restitui possit. Bursianus enim hasce codicum lectiones humanissime mecum communicavit:

---

1) *facile* optimorum librorum lectionem esse Bursianus me docuit.

CIKΔPIOITOΘIΠPⲰTAΠEPICTPΛΓONOPXHCΛNTO codex Montepe***ulanus.

EIKΛPIOITOΘIΠPⲰΓAΠCPICTPATONOPXHCΛNTO codex Vat. Regin. 1260.

CIKΔPIOITOCIΠPⲰT△TIPATONOPXHCΔNTO cod. Bruxell.

KΛPIOΠⲰEIΠPⲰΘAΠECTPATONOPXHCΛNTO Par. 8663.

In editionibus versus foedissime ita exhibebatur: *Ἰκα-ρίου κοσὶ πρῶτα περὶ τράγον ὠρχήσαντο*, in qua scriptura explicanda viri docti frustra desudabant. Nunc apparet, secundum versus vocabulum *τόϑι* esse. Primum in codicibus ita comparatum est, ut aliquid admittere dubitationis videatur. Icariae quidem pagi mentionem fieri neminem fugit; sed quaerendum, utrum Eratosthenes forma *Ἰκάριοι* (quam Bursianus se pro genuina habere ad me scribit) ad pagi incolas designandos usus sit an *Ἰκάριοι* posuerit: cf. Steph. v. *Ἰκαρία: τὰ τοπικὰ Ἰκαριόθεν Ἰκαρίαξε Ἰκάριοι.* Mihi hoc alterum veri similius videtur: nam forma *Ἰκάριοι* usurpata de Icariae pagi incolis insolita est[1]), et haberet aliquid miri, si poeta in una eademque narratione pagi incolas Icarios unumque ex iis Icarium vocaret. Tertium sententiae meae argumentum mox commemorabo. Est autem haec differentia haud parvi momenti: nam *τόϑι* adverbium si *Ἰκάριοι* legatur de aliquo loco antea designato, si *Ἰκάριοι*, relative de ipsa Icaria dictum esse apparet. — In sequentibus σ littera haud dubie causa fuit, ut γ littera, quae est in voce *τράγον*, in τ mutaretur. Possumus illa deleta *περὶ τράγον ὠρχήσαντο* scribere (ita iam Soter verba correxit): cf. Callim. h. in Dianam 240

$$\text{αὐταὶ δ', Οὖπι ἄνασσα, περὶ πρύλιν ὠρχήσαντο}$$
$$\text{πρῶτα μὲν κτλ.}$$

h. in Iovem 52

$$\text{οὖλα δὲ Κούρητές σε πέρι πρύλιν ὠρχήσαιν το.}$$

---

1) Quamquam Lentschius Phrynichi fabulam ita inscriptam fuisse coniecit Philol. XIV p. 188.

Sed cogitari etiam potest, σ litteram non prorsus temere casu inlatam: haec Bursiani sententia est qui περὶξ τράγον scribendum esse censet.

Ad Erigonam rettulit versum Valckenarius (opusc. II p. 69), ibique ipsa verba suam sibi sedem flagitant. Bergkius fragmentum Mercurio adsignavit[1]), carmen illud omnia astronomica mythologumena complexum esse mea quidem sententia falso arbitratus. V. p. 65 sqq.

Si Hyginus versum recte interpretatus est, necessario statuendum, narrationem ab Eratosthene ita institutam fuisse, ut paganos primum (id quod hexameter perhibet) circa utrem, tum autem supra utrem saltasse referret: nam id ipsum quod altero loco posui efficiebat ludum illum Ascoliorum[2]), atque id solum commemoratur ab omnibus qui mentionem eius faciunt.[3]) Et sic tantum intellegimus, qua de causa utrem vento plenum praeligaverint.[4])

Verumtamen sunt quaedam quae mihi scrupulos iniciant. Primum enim ista saltatio circa utrem non bacchantium esse hominum mihi videtur sed insanientium. Deinde summam mirationem movet, quod apud Hyginum id tantummodo commemoratur quod apud Eratosthenem, si re vera apud eum occurrebat, nullius certe fuit momenti, tacetur illud alterum, in quo omnis Ascoliorum iocus versabatur. Denique vero singulare est, quod Eratosthenes utrem ex hirci pelle factum simplici voce τράγος significat. Itaque suspicor Hygini narrationem ex gravi errore esse ortam. Nisi fallor, Hyginus vel potius commentator Arateus quem exscripsit Eratosthenis versiculum non recte intellexit. Nota ei erant

---

1) Ztschr. f. d. AW. 1841 p. 87, anal. Alex. II p. 9.   2) De Ascoliis v. Fritzsche commet. de Leo. Att. mant. p. 8 sqq. labn arch. Ztg. 1847 p. 129 sqq.   3) Haud aliud Vergilii animo obversatur cum dicit (Georg. II 384)

atque inter pocula laeti
mollibus in pratis unctos saluere per utres.

Nam ex eo, quod utres unctos fuisse prodit, apparet eum cum ceteris congruere.   4) Idem refertur in schol. Ar. Ach. 1002, schol. Plut. 1129. Poll. IX 121. Eust. ad Od. p. 1646, 24.

quae de Ascoliis vulgo narrabantur. Eo igitur versum falso
revocavit, atque ita miram illam fabulam de paganis circa
utrem saltantibus effinxit. Hoc si statuimus, in prompto
est simplicissima versus interpretatio. In Attica diebus quibusdam sollemnibus hircum Baccho olim immolatum esse
multorum testimonia produnt. [1]) Commemoratur etiam Grac-
corum mos saltandi circum aram, dum hostiae partes quae
dis consecratae erant in ara comburuntur. Apoll. Arg. II 701

>   τοῖσι δὲ Λητοΐδης ἄγρην πόρεν· ἐκ δέ νυ πάντων
>   εὐαγέως ἱερῷ ἀνὰ διπλόα μηρία βωμῷ
>   καῖον, ἐπικλείοντες Ἑώιον Ἀπόλλωνα.
>   ἀμφὶ δὲ δαιομένοις εὐρὺν χορὸν ἐστήσαντο.

Et. m. 690, 47 ὑπορχήματα δὲ ἅτινα πάλιν ἔλεγον ὀρχούμενοι
καὶ τρέχοντες κύκλῳ βωμοῦ καιομένων τῶν ἱερείων. Itaque
Eratosthenes nihil aliud dicit nisi chorum agricolarum dum
ab aliis hirci sacrificium fit circa saltasse. [2]) Si Ἰκάριοι scribimus, sententia versus haec est, Icarienses loco antea de-
scripto (τόθι), eum Icarius hircum quia vineas depa-
stus esset immolaret, primum saltasse circa hircum (posterioribus temporibus Icarienses idem saepissimo faciebant). Si vero
Ἰκαριοῖ vera lectio est, poeta refert primum in Icariae
pago choream illam datam esse (postea etiam in aliis regio-
nibus). Atque inde paene certum mihi fit Ἰκαριοῖ scribendum esse. Si Ἰκάριοι genuina est scriptura, verba (ex narrationis docursu petita) ex iis quae praecesserint et ex iis quae
sint secuta lucem accepisse necessarium erat: Arati autem
commentator socordia ac neglegentia vix credibili omnia illa
reliqua non curavit, ex uno hoc hexametro ea quae dixi
collegit! At culpa eius valde minuitur, errorem ei multo
facillius condonare possumus, omnia multo magis ad veri similitudinem accedunt, si statuimus, verborum τόθι πρῶτα
περὶ τράγον ὠρχήσαντο explicationem ex argumenti conexu
asciaci non potuisse, sed in sola interpretis sagacitate aut

---

1) Schneider das Attische Theaterwesen p. 83 sq.   2) Cf. O. Müller
Gesch. der griech. Lit. II p. 82.

perversitate fuisse positam. Vt dicam quod censeo: versus
ex prooemio sumptus est. Suspicor Eratosthenem ibi cum
de argumento suo in universum loqueretur commemorasse,
res a se narratas factas esse illo loco, ubi ex parvis simpli-
cibusque initiis poesis genus postea splendidissimum exortum
sit: nempe factas eas esse

Ἰκαριοῖ, τόθι πρῶτα περὶ τράγον ὠρχήσαντο.

XXXIII

Hes. ἀγρηνόν· δικτυοειδές, ὃ περιτίθενται οἱ βαχχεύ-
οντες Διονύσῳ. Ἐρατοσθένης δὲ αὐτὸ καλεῖ γρῆνυν ἢ
γρῆνον.

Et. m. 14, 2 ἀγρηνόν· ποικίλον ἐρεοῦν δικτυοειδές. καὶ
ἔνδυμα δὲ ποιόν.

Ex Etymologici loco Schmidtius recte collegit, verba
ποικίλον ἐρεοῦν addenda esse Hesychianis. Praeterea, id
quod idem vidit, excidit apud Hesychium καὶ ἔνδυμα,
quod falso legitur in iis quae praecedunt ἀγρηνά· δίκτυα·
καὶ ἔνδυμα. Itaque initium loci sic scribendum videtur:
ἀγρηνόν· (ποικίλον ἐρεοῦν) δικτυοειδές· (καὶ ἔνδυμα) ὃ περιτίθενται κτλ. Ad postrema denique Hesychii verba sagaciter Schmidtius haec adnotavit: „ἢ γρῆνον lexicographi est
qui archetypi lectionem accurate dignoscere nesciret."

Didymus, ut verba Hesychii docent[1]), voculam γρῆνυς vel γρῆνον ab Eratosthene usurpatam pro variata forma
nominis ἀγρηνόν habuit. Valde tamen dubito utrum verum
perspexerit necne. ἀγρηνόν vocabulum quo rete significatur[2]) cognatum esse cum ἄγρα et ἀγρεῖν vocibus quis est
qui non probabile existimet[3])? Atqui si hoc statuimus, nonne
quod a littera omittitur permirum est ac paene incredibile[4])? Lobeckium ea res permovit ut ἀγρηνόν ad ἄγρα et

---

1) Ad Didymum enim probabiliter ea refert Rohdius de Pollucis in
app. scaen. enarr. fontibus p. 64.   2) Hes. ἀγρηνά· δίκτυα.
3) V. Benfey griech. Wurzellexikon II p. 141.   4) V. Lobeck pathol.
Gr. serm. cl. p. 22 sqq. Demonstravit mihi Büchelerus, pagum quendam
Syriacum in inscriptionibus ter Ἀγραίναν, semel Γραῖναν nominari (Wad-
dington Inscriptions Grecques et Latines de la Syrie p. 561). Magnam

ἀγρεῖν pertinere negaret (pathol. serm. Gr. proleg. p. 200).
Sed licet cum errasse non pro certo affirmaverim, tamen in
eam quoque sententiam, ut iam significavi, aegre nos adduci
patiemur.

Propterea conieci, Eratosthenicum illud γρῆνυς aut γρῆνον omnino non referendum esse ad ἀγρηνόν. In eandem
opinionem iam alii inciderunt. Bernhardyo enim (p. 155)
et Schoenio (de personarum in Eur. Bacch. habitu scenico
p. 64) γρῖνος in mentem venit, qua forma dialectus quaedam pro voce ῥινός utebatur.[1] Sed dum accuratius haec
persequuntur, diversas vias inierunt; Bernhardyus pro Hesychianis γρῆνυν ἢ γρῆνον scribendum esse coniecit γρῖνυν
ἢ γρῖνον: Schoenius autem statuit, primum ex voce γρῖνος
vitiosa pronuntiandi consuetudine depravatum esse γρῆνος
vel γρῆνον, tum propter sonorum similitudinem ad eandem
significationem male traductum esse vocabulum ἀγρηνόν. In
re incertissima sicut haec, ita etiam alia possunt excogitari.
Ex Hesychii verbis colligendum, voce illa de qua egimus
vestem ab Eratostheno significatam esse in Bacchi cultu adhibitam. Idem vero Hesychius quocum congruit Et. m. 241,
14 vocabulum γρήνη interpretatur verbis ἄνθη σύμμικτα.
Licetne γρῆνυν huc referre? Diod. IV 4 κατὰ δὲ τὰς ἐν
εἰρήνῃ πανηγύρεις καὶ ἑορτὰς ἐσθῆσιν ἀνθιναῖς καὶ κατὰ
τὴν μαλακότητα τρυφεραῖς χρῆσθαι (Bacchum). Pollux IV
118 ἡ δὲ σατυρικὴ ἐσθὴς νεβρίς, αἰγῆ κτλ. καὶ χλανὶς
ἀνθινή.[2] 117 ὁ δὲ κροκωτὸς ἱμάτιον· Διόνυσος δὲ αὐτῷ
ἐχρῆτο καὶ μασχαλιστῆρι ἀνθινῷ καὶ θύρσῳ.

Id vero apparet, si γρῆνυς vel γρῆνον non idem est quod
ἀγρηνόν, causam omnino non esse, cur usum amiculi illius
quod speciem retis habebat non solum vatibus tragicis
verum etiam hominibus bacchantibus attribuamus. Ita enim

similitudinem inter hanc varietatem et eam de qua Hesychius loquitur
agnosco eo miror: nolim vero ex barbaro ut videtur nomine quidquam
concludere.   1) V. Ahrens de Gr. linguae dial. II p. 66, qui formam
illam ad Lesbiacam dialectum iure refert. Hartel Homer. Studien I p. 15.
    2) Cf. Dion. Hal. Antiq. Rom. VII 72 p. 1491 περιβόλαια ἐκ παν-
τὸς ἄνθους.

Pollux IV 116 καὶ *ἐσθῆτες μὲν τραγικαὶ ποικίλον, οὕτω γὰρ ἐκαλεῖτο ὁ χιτών, τὰ δ' ἐπιβλήματα ξυστίς κτλ. ἀγρηνόν· τὸ δ' ἦν πλέγμα ἐξ ἐρίων δικτυῶδες περὶ πᾶν τὸ σῶμα, ὃ Τειρεσίας ἐπεβάλλετο ἤ τις ἄλλος μάντις.*[1]) Quam ob rem musei Vaticani statua ex parte mutila quae reticulo illo insignis est[2]), vatem repraesentari arbitror, non Bacchi sacerdotem et ministrum quae Wieseleri sententia est[3]), neque ullo modo idem verum proposuisse mihi videtur, cum locum qui est in Eur. Bacch. v. 451 *ἐν ἄρκυσιν γὰρ ὧν οὐκ ἔστιν οὕτως ὠκὺς ὥστε μ' ἐκφυγεῖν* ad ἀγρηνὸν rettulerit.[4])

Dubitant Bernhardyus (p. 155) et Bergkius (anal. Alex. II p. 5), utrum commemoratio Eratosthenis ad eius carmina an ad libros de antiqua comoedia spectet: neque ego hanc quaestionem diiudicaverim. Si vero de carminibus cogitamus, facile sese offert coniectura, Eratosthenem in Erigona ubi Icarium eiusque socios Bacchum celebrantes describeret illius vestimenti fecisse mentionem. Didymum etiam carmina Eratosthenis respexisse demonstrat fr. XII.

XXXIV

Οἶνός τοι πυρὶ ἴσον ἔχει μένος, εὖτ' ἂν ἐς ἄνδρας
ἔλθῃ· κυμαίνει δ' οἷα Λίβυσσαν ἅλα
βορέης ἠὲ νότος· τὰ δὲ καὶ κεκρυμμένα φαίνει
βυσσόθεν· ἐκ δ' ἀνδρῶν πάντ' ἐτίναξε νόον.

Ath. II p. 36 E *κατὰ δὲ τὸν Κυρηναῖον ποιητὴν οἶνός τοι — νόον.*

Clem. Paedag. II 2, 28 *ἐντεῦθεν καὶ ἡ ποιητικὴ ὠφελημένη λέγει· οἶνός θ' ὃς πυρὶ κτλ.* (v. infra.)

Stob. Flor. XVIII 3 *Ἐρατοσθένους. οἶνός τοι — νόον.*

Hes. v. *ναρθηκοπλήρωτον· διότι θερμός ἐστι φύσει ὁ*

---

1) ἀργηνὸν vitiose scribitur in Cram. anecd. Paris. I p. 19, ubi res scaenicae enumerantur (locus ex Polluce excerptus est). 2) Gerhard antike Bildwerke tab. 84, 3. 3) Bulletino dell' instituto di corrispondenza archeologica 1847 p. 20. 4) Ztschr. f. d. AW. 1846 p. 107.

οἶνος ἦ κυρώδης· οἶνος τῷ πυρὶ ἴσον ἔχει μένος· Ἐρατοσθένης.

Vs. 1. οἶνός τοι πυρὶ Stobaei codd. Schowiani A B E F G.
οἶνος τῷ πυρὶ Hesychius et Athenaci codd. DC. οἶνος πυρὶ
Athenaei codd. B E. οἶνός τε πυρὶ Stobaei codex S. οἶνός
ὅ' ὅς πυρὶ Clemens. — ἄνδρας Ath. Cl. ἄνδρα St. — Bernhardyus confert fragmenta carm. Cypr. et Panyasidis apud
Ath. II p. 35 C. 37 A. Ilis adiungi potest epigr. ib. p. 39 C
οἶνός τοι χαρίεντι πέλει μέγας ἵππος ἀοιδῷ κτλ. Ceterum
memorabile est ab Eratosthene poni τοι particulam, qua
Callimachus in carminibus dactylico metro compositis non
utitur. [1]

3. βορέης Cl. βορῆς Ath. cod. B et Stob. cod. S. βορρῆς
Ath. editio Aldina. βορρᾶς Grotius. Cf. Il. Ι 5. Ψ 195. —
τὰ δὲ καὶ Cl. Trincavellus. τὰ δὲ Athenaci codd. B C E. τὰ
δέ τοι Athenaei ed. Aldina. τὰ δὲ τιθὴ Stobaei codex S
                              δή
quod Meinckius ex τοὶ ortum esse putat. — φαίνει Ath. St.
πάντα φαίνει Cl. — De sententia cf. Jacobs anth. Gr. t. VI
p. 314.

4. om. Cl. apud quem locus ita continuatur:

                    τὰ δὲ καὶ κεκρυμμένα πάντα
φαίνει ἁμαρτοεπὴς οἶνος μεθύουσιν ὄλισθος
οἶνος ψυχαπάτης

καὶ τὰ ἑξῆς. Sylburgius, duorum poetarum locos errore con-
iunctos esse arbitratus, quamvis dubitanter scribendum esse
coniecit

                    τὰ δὲ καὶ κεκρυμμένα φαίνει
καὶ πάλιν
    οἶνος ἁμαρτοεπής, κτλ.

Ac sane veri simillimum est, ante ἁμαρτοεπὴς excidisse οἶνος
vocem. Idem etiam Bergkius arbitratur; sed in eo a Sylburgio dissentit, quod omnia Eratostheni tribuit atque ita
locum constituit (II p. 10):

1) Meineke ad Callim. p. 143.

ἐκ δ' ἀνδρῶν πάντ' ἐτίναξε νόον
οἶνος ἁμαρτοεπής, οἶνος μεθύουσιν ὄλισθος,
οἶνος ψυχαπάτης.

At minime placet haec scriptura: verbis enim ἐκ δ' ἀν-δρῶν πάντ' ἐτίναξε νόον, quae magna cum gravitate perniciosam meri vim quasi comprehendunt propterque id ipsum totam sententiam apte absolvunt, molestissime ter additur οἶνος, subiectum omnium quae praecedunt verborum (ἔχει, ἔλθῃ, κυμαίνει, φαίνει). Itaque ego cum Sylburgio duorum poetarum sententias falso coniunctas esse statuo, culpa librarii sive eius qui Clementis librum, sive eius qui sententiarum collectionem ab illo adhibitam descripsit. Ex pentametro Eratosthenis altero πάντα vocula servata est. Cum complura vocabula excidisse etiam Bergkius censeat, licet profecto statuere, praeter ea verba quibus versus constarent simul καὶ πάλιν vel similia esse omissa. Osannus quidem (p. 17) postrema eiusdem auctoris esse cuius verba ante Clemens recitet inde manifesto probari putat, quod Clemens addat καὶ τὰ ἑξῆς. Num vero haec addi non potuerunt, si Clemens post Eratosthenica initium loci ab alio poeta scripti citavit? Addidit autem illa καὶ τὰ ἑξῆς propterea quia hexametrum non continuavit.

Versus Erigonae adsignavit post Brunckium (anal. vet. poet. Gr. I p. 477) Bernhardyus, vel initio vel fine eos collocatos fuisse iudicans (p. 114). Osannus coniecit haec in convivio illo dicta esse ubi Bacchum Icarius exceperit: quippe quibus Bacchus ipso naturam et indolem muneris sui praedicaret (p. 16). Denique Bergkius censuit, ipsum poetam vim vini describere, postquam narraverit quantum facinus pastores Bacchi munere saucii commiserint.[1]

Ne quid praetermittam quod aliquo modo ad Eratosthenis Erigonam spectare videatur, commemoro, in epitoma

---

[1] Cf. Apoll. Arg. IV 445 sqq.

futilissimi libelli Plutarchei περὶ παραλλήλων Ἑλληνικῶν καὶ
Ῥωμαϊκῶν p. 307 E haec exstare verba: ὁ περὶ τοῦ Ἰκαρίου
μῦθος ᾧ Διόνυσος ἐπεξενώθη. Ἐρατοσθένης ἐν τῇ Ἠριγόνῃ. „Titulum fabulae habes,‟ ut iure monet Hercherus
(Plut. de fluviis p. 10), „non ipsam fabulam.‟ Tota enim
reliqua huius capitis pars in enarranda Romana fabula de
Saturno et Entoria eorumque filiis versatur. Itaque in his
(quod nondum intellectum est) Icarii nomen (ita enim agri-
cola appellatur cuius hospitio Saturnus utitur), non scriptori,
quippe qui Romanam fabulam ementiatur, sed epitomatoris libidini est tribuendum.[1]) Ob eandem causam minime audiendus Wyttenbachius, qui Entoriae nomen ex
Ἠριγόνη natum esse contendit. Ceterum quod Hercherus
arbitratur (p. 18 sq.) Eratosthenis commemorationem non a
scriptore sed a breviatore esse profectam, paeno pro certo
habeo. Sed iam satis de istis nugis. —

Erotiani locum qui est p. 394, 4 Fr. 136, 13 Kl. γλαι
γάρ εἰσιν ὑποδήματος γυναικείου εἶδος, καθά φησιν Ἐρατοσθένης καὶ Καλλίστρατος ἐν ς΄ συμμίκτων Bergkius ad Erigonam pertinere putavit (comment. crit. II p. 5), quia in
addendis ed. Franz. p. 622 haec leguntur: „p. 394 l. 4 pro
Σμηριγόνῃ l. Ἠριγόνῃ.‟ Sed ibi numerus 394, id quod
Kleinius perspexit, ioculari errato typographi ortus est:
spectat adnotamentum ad p. 374, 4 ubi ὁ Σοφοκλῆς ἐν
Σμηριγόνῃ legitur. Itaque non dubitandum, quin recte
Bernhardyus Erotiani locum ad Eratosthenis libros de antiqua comoedia rettulerit (p. 206).[2]) —

De pentametro qui profertur in Et. m. 135, 31 dictum
est p. 30.

1) Cf. de huius epitomatoris opera Hercher p. 10 sqq.   2) Cf. Hes.
v. βασιλίδις. Quae cum ita sint, concidunt etiam quae Schmidtius de
eodem loco coniectavit, Did. fragm. p. 66.

INCERTAE SEDIS FRAGMENTA

XXXV

Ath. I p. 24 A (postquam exposuit πάσασθαι verbum ab
Homero ἐπὶ τοῦ ἀπογεύσασθαι tantummodo, nunquam ἐπὶ τοῦ
πληρωθῆναι usurpari) οἱ δὲ νεώτεροι καὶ ἐπὶ τοῦ πληρωθῆναι τιθέασι τὸ πάσασθαι. Καλλίμαχος [1])

μύθου δὲ κασαίμην

ἥδιον. [2])

Ἐρατοσθένης

ὀπταλέα κρέα
ἐκ τέφρης [3]) ἐπάσαντο τά τ' ἀγρώσσοντες ἕλοντο.

Observationem illam de verbi πάσασθαι usu Homerico
non prorsus veram esse demonstrant imprimis Vlixis verba
quae sunt in Il. T 160

ἀλλὰ πάσασθαι ἄνωχθι θοῆς ἐπὶ νηυσὶν Ἀχαιοὺς
σίτου καὶ οἴνοιο κτλ.

ubi ridiculum caset non de explenda fame sed de gustando
cogitare.[4]) Idem valet de locis Odysseae α 124. δ 61. π 58.
— De voce ἀγρώσσειν v. Schneider exc. ad Callim. h. 2, 60.

De Eratosthenis loco Meinekius ita disputat: „Eratosthenis fragmentum, si sanum est, novum documentum praebet,
quanta vel meliorum Alexandrinorum licentia fuerit. Quis

1) Cf. h. in Cer. 69.   2) Haec explicavit Naekius opusc. II p.
164 sq.   3) Bernhardyus p. 142 conferri iubet Eur. Cycl. 244. Nicostr.
(aut Philet.) apud Ath. III p. 108 C. Diph. ib. IV p. 182 D et VI p. 231 A.
Pherecr. ib. VI p. 228 F.   4) Cf. v. 167 sqq. ὅς δέ κ' ἀνὴρ οἴνοιο
κορεσσάμενος καὶ ἐδωδῆς ἀνδράσι δυσμενέεσσι πανημέριος πολε-
μίζῃ κτλ.

enim ferat *ἰλίσθαι κρέα* eo quo ab Eratosthene sensu est
positum? Loquitur de assatis carnibus tanquam de feris.
Sed vereor ne post *κρέα* exciderit *θηρῶν*, ad quod recte referri potest neutrum *τά*. Cf. Homerus Il. *E* 140 *ἐπ' εἰρο-
πόκοις ὄἰεσσι — τὰ δ' ἐρῆμα φοβεῖται*." Sed quamvis sagaciter haec excogitata sint, nescio tamen an non recte sint
disputata. Apud Homerum inter *ὄἰεσσιν* et *τά* vocabula duo
versus et dimidius sunt intericeti: contra audacissime dictum
esset post *θηρῶν* in eo qui statim sequitur versu *τὰ Ῥλοντο*[1]),
atque id meo saltem iudicio multo minus ferendum quam
neglegentia illa, de qua fortasse nimis severe Meinekius
iudicavit.

XXXVI

Schol. (BV) Il. *T* 233 *ἔστι δὲ ἡ λέξις (ὀτρυντύς) Ἀντι-
μάχειος*.[2]) *χαίρει δὲ καὶ Ἐρατοσθένης ταῖς τοιαύ-
ταις ἐκφοραῖς, ὡς τὸ πολλῇ ἀντιμαχητύς.*

Apud Villoisonum vitiose scriptum fuit *ἀντιμαχιστύς.* —
πόλις ἀντ. temere cj. Blomfieldus ad Callim. h. in Ap. 94.
πολλῇ δ' ἀντιμαχητύς Bernhardyus p. 167. Sed ex hac coniectura, cum minime sit credibile Eratostheni *ἀντιμαχητύς*
ultima correpta placuisse[3]), versus insuavis exsistit. Itaque
suspicor, plura inter duo vocabula omissa esse et *πολλῇ* in
initio, *ἀντιμαχητύς* in fine hexametri positum fuisse.

Memorabile est istas formas etiam apud praeceptorem
Eratosthenis haud infrequentes fuisse: cf. Ruhnken ad Call.
h. in Ap. 94. Naeke II p. 82 sq. — De *στ* litteris in voce
ἀντιμαχητύς v. Blomfield gloss. Aesch. Sept. 641. Curtius
Grundz. der griech. Etym. p. 575.

XXXVII

Ath. I p. 2 A *TIM.* αὐτός, ὦ Ἀθήναιε, μετειληφὼς τῆς
καλῆς ἐκείνης συνουσίας τῶν νῦν ἐπικληθέντων δειπνοσο-

---

[1] Diversi sunt etiam tales loci qualis est Il. *A* v. 246.   [2] *ἀντωπῇ* B,
unde falsus est Meinekius anal. Alex. p. 263.   [3] Naeke oposc. II p. 181 sq.

φιστῶν, ἥτις ἀνὰ τὴν πόλιν πολυθρύλητος ἐγένετο, ἢ παρ'
ἄλλου μαθὼν τοῖς ἑταίροις διεξί|εις; ΑΘ. αὐτός, ὦ Τιμόκρα
τες, μετασχών. ΤΙΜ. ἆρ' οὖν ἐθελήσεις καὶ ἡμῖν τῶν κα-
λῶν ἐπιπυλικείων λόγων μεταδοῦναι —

  τρὶς δ' ἀπομαξαμένοισι θεοὶ διδόασιν ἄμεινον,
ὥς πού φησιν ὁ Κυρηναῖος ποιητής — ἢ παρ' ἄλλου τινὸς
ἀναπυνθάνεσθαι δεῖ;

Veri similius est ad Eratosthenem quam ad Callimachum[1]) haec spectare; neque enim, ut Schweighaeuserus adnotat, unquam alias illa appellatione utitur Athenaeus ubi
de Callimacho loquitur: contra l. II p. 36 F ubi rursus τὸν
Κυρηναῖον ποιητὴν laudat Eratosthenem dicit (fr. XXXIV).

Veram ac simplicem huius versus significationem iam
Erasmus perspexit, explicavit enim: „indicat Athenaeus
priscos ad depellenda mala solitos ter abstergeri“ (adag. v.
Modestia p. 507 ed. Wechel. 1643). Verg. Aen. VI 229 sqq.

  idem ter socios pura circumtulit unda
  spargens rore levi et ramo felicis olivae
  lustravitque viros dixitque novissima verba.

Antiph. apud Ath. X p. 441 C μέχρι γὰρ τριῶν (δεῖν add.
Dindorfius) φασι τιμᾶν τοὺς θεούς. Geop. XI 18 Ζωροάστρης
δὲ λέγει, ἐπὶ ἐνιαυτὸν ἕνα μὴ ἀλγεῖν τοὺς ὀφθαλμοὺς τὸν
ἐν πρώτοις ἰδόντα ἐπὶ τοῦ φυτοῦ μεμυκυίας κάλυκας καὶ
τρισὶν ἐξ αὐτῶν ἀπομαξάμενον τὰ ῥόδα καταλιπόντα.[2])
In solvenda autem ea quaestione, quo modo Timocrates hac
sententia ita uti possit ut Athenaeum ad narrandos erudito-
rum sermones permoveat, diversas vias inierunt Iunius (adag.
v. Industriae p. 869 ed. Wech.) et Casaubonus. Iunius ab-
surde opinatus est Timocratem verba de se ipso usurpare:
„non patiebatur se excludi ab ea auditione tanquam pro-
fanum et mysteriorum cognitione indignum.“ Quam interpretationem refellere vix opus est: ne unum quidem verbum
hoc loco de mysteriis. Itaque recte Casaubonus censuit
versum ad Athenaeum referendum esse et a Timocrate ita

---

1) Huic Bentleius versum tribuit, fr. 189.   2) Cf. Dioscor. I 152.

proferri, ut illum ad exhaustum iam laborem iterum subcundum hortetur. Vituperandum quidem est quam maxime,
quod Athenaeus sententiam de purgando agentem vana
lectionis ostentatione ad narrandi laborem transtulit, atque
haec Schweighaeusero causa fuit, cur Casauboni interpretationem reiceret: verum talia in opere Athenaei (cuius socordia tanta erat ut v. gr. Diodori Siculi Bibliothecam historicam verbis Διόδωρος ἐν τοῖς περὶ βιβλιοθήκης citaret XII
p. 541 E) offendere non debent. Schweighaeusertus verbum
ἀχομάττεσθαι hoc loco non lustrandi ritum significare, sed
idem esse quod imitari iterare repetere arbitratur atque
hanc proponit explicationem: „ubi tertia vice effingitur exemplum de prototypo exemplari ductum, meliori ac feliciori
successu id fiet." Cogitari quidem possit eam fuisse poetae
Cyrenaei sententiam: sed cuilibet argumento poetico multo
magis consentanea est Casauboni interpretatio neque satis
apta videtur deorum commemoratio, ubi de imitandis
nescio quibus exemplaribus agitur. Aliter Bernhardyus
(p. 134), qui putat veram interpretationem asciscendam esse
a fragmento illo Callimacheo quod adfertur a schol. Pind.
Nem. IV 10

ἵλλατε νῦν, ἐλέγοισι δ' ἐνιψήσασθε λιπώσας
χεῖρας ἐμοῖς, ἵνα μοι πουλὺ μένωσιν ἔτος.

Sicut enim hoc disticho Callimachus Gratias invocet, ut
elegis manus fragrantes abstergant, ita etiam Eratosthenem petere a deabus, ut eundem sibi usum praestent;
sententiam autem versus hanc esse: „qui ter poetarum monumentis manus admoverint, iis potiore cum iure et copia
gloriam vates conciliabunt." Addit Bernhardyus θεοῖς rescribi posse. At si vera esset eius opinio, necessario θεοὶ
pro falsa scriptura esset habendum: neque enim deos, sed
ut ipse Bernhardyus explicat vates beneficia dare Eratosthenes diceret. Atque id solum, quod pro scriptura integra
cui nihil obstat nancisceremur mendosam, sufficit ad Bernhardyi disputationem refellendam. Itaque cetera quamvis

gravia, quae ex rationibus cum ad versus significationem
tum ad rem grammaticam spectantibus contra Bernhardyum
proferri possunt, exponi non necessarium est. — Bergkius
denique (II p. 18) in universum quidem Casaubono adsen-
titur: cetera vero quae profert haud satis probabiliter exposita esse mihi videntur. Primum enim contendit, Eratosthenem (qui non composuerit tralaticia praecepta ad vitam bene
beateque agendam) versu illo non ita usum esse ut nihil nisi
ipsam quae in verbis inesset sententiam exprimeret, sed ita
ut aliud quid subtiliter notaret. At potest versus ex oratione
petitus esse, qua quis admoneretur ut se purgaret: talia
autem sive in Anterinyo sive in Erigona sive in quavis alia
narratione facile locum habere poterant. Sed Bergkius de
sensu quem Eratosthenes in versu inesse voluerit ita disputat:
„Athenaeus eo consilii versum adhibuit, ut diceret: noli nobis
petentibus deesse, sed quod aliis iam exposuisti, id nobis quoque iteres; itaque consentaneum est, Eratosthenem quoque hoc
versu usum esse, cum excusaret, quod bis terve aliquid re-
poteret." Id quoque concedi nequit, primum quia poetarum
versus in conexu sententiarum a genuina eorum sede longe
diverso citari possunt, dein quia Athenaeo quidem, ut iam
dixi, facile condonamus, quod sententiam de purgatione agentem in aliam mentem violenter contorsit, non item Eratostheni, docto et arguto poetae. Bergkius ut hoc excuset
addit, versum de poesi propterea apte ab Eratosthene adhiberi potuisse, quia ἀπομάσσεσθαι sit etiam „imitando aliquid fingere." Ad comprobandam hanc significationem adfert
Callimachi epigr. 20

  Ἡσιόδου τόδ' ἄεισμα καὶ ὁ τρόπος· οὐ τὸν ἀοιδῶν
    ἔσχατον, ἀλλ' ὀκνέω μὴ τὸ μελιχρότατον
  τῶν ἐπέων ὁ Σολεὺς ἀπεμάξατο.

Verum hic ut alibi ἀπομάσσεσθαι nihil est nisi imitari[1]),
non imitando fingere: nam verba τὸ μελιχρ. τῶν ἐπέων
significant Hesiodi Opera et Dies.[2]) Neque ullo modo mihi

1) Iacobs anth. Gr. t. VII p. 101. 2) Dilthey de Callim. Cyd. p. 12.

credibile est, ἀπομάσσεσθαι de rei alicuius tractatione poe̅-
tica sine imitandi notione usurpari potuisse. Nemo vero,
opinor, diserte profitetur se unum idemque poema ter
imitatum esse. Quae cum ita sint, concidit etiam postrema
Bergkii coniectura ¹): materiam ab Eratosthene ter tractatam fuisse fabulam de Icario et Erigona, quam narraverit
in Catasterismis, in Mercurio, in Erigona. Cui opinioni
etiam id obstat de quo antea fusius egi: quod nullo modo
evinci potest, Icarii et Erigonae fata in Mercurio fuisse
exposita.

XXXVIII

Hes. ἡδυντῆρες· οἱ ἅλες. Ἐρατοσθένης.

Phot. Lex. ἡδυντῆρες· ἅλες. τινὲς δὲ λέγουσιν ἡδυν-
τῆτες. ²) Pollux VI 71 ἐκαλοῦντο δὲ καὶ οἱ ἅλες ἡδυντῆρες
διὰ τὸ ἡδύνειν. Recte idem haec addit: καὶ τὸ ἀρτύειν δὲ
ἡδύνειν ἔλεγον³), quae vocis ἡδυντῆρες explicationem praebent. Nam minime audiendus Trypho qui dicitur, ἡδυντῆρας
ἅλες κατ᾽ ἀντίφρασιν appellatos esse contendens: διὰ δὲ
τοῦ παρακειμένου τὰ κατ᾽ εὐφημισμὸν λεγόμενα καὶ τὴν
κακίαν περιστέλλοντα· ὡς ὅταν τὴν χολὴν ἡδεῖαν λέγωμεν,
καὶ τὰς Ἐρινύας Εὐμενίδας, καὶ Χάροντα τὸν λύπης ποιητι-
κόν, καὶ τὸν δυσειδῆ πίθηκον κάλλιστον, καὶ τὴν σκαιὰν
εὐώνυμον, καὶ τοὺς ἅλας ἡδυντῆρας. ⁴) Cf. Arist. Me-
teor. II 3, 42 ἅλες οὐ χονδροί, ἀλλὰ χαῦνοι καὶ λεπτοὶ ὥσπερ
χιών· εἰσὶ δὲ τὴν τε δύναμιν ἀσθενέστεροι καὶ πλείους
ἡδύνουσιν ἐμβληθέντες κτλ.

Non decernam, utrum rectius cum Bernhardyo (p. 142)
statuamus, Eratosthenem in carmine aliquo usum esse hoc
salis epitheto (antiquiores fortasse secutum), an cum Schmidtio
(Did. fragm. p. 55) locum Hesychii ad libros de antiqua
comoedia referamus. Cf. p. 111.

1) Anal. Alex. II p. 18. Ztschr. f. d. AW. 1850 p. 178 sq.
2) ἡδυντῆρες c). Naberus.   3) Phot. ἡδύνθαι· ἀρτύσθαι.   4) Rhe-
tores Gr. ed. Walz vol. VIII p. 758.

Sed locum graviter corruptum qui est in Et. m. 286, 33
(δράξων: ἡ λέξις Σικελική. σημαίνει δὲ τοὺς κατ' ἀγορὰν
τῶν ἀλφίτων ἢ τῶν ἄλλων τινῶν δραττομένους καὶ ἀρπά-
ζοντας. οὕτως Ἐρατοσθένης καπηθάλους καλεῖ. παρὰ οὖν
τὸ δράττεσθαι. εἰς τὸ Διωγενιανοῦ εὗρον ἐγὼ δράξων ση-
μαίνειν πορνοβοσκόν), quem Bernhardyus inter carminum
reliquias receperat (p. 165), propter argumentum recte sine
dubio libris de comoedia Schmidtius attribuit. Itaque non
meum est enarrare quibus rationibus viri docti eum restituere
et explicare conati sint.

ERATOSTHENIS

QVAE FERTVR

EPISTVLA AD PTOLEMAEVM REGEM
CVM EPIGRAMMATE

Epistulam et epigramma, quae de cubi duplicatione agunt,
Eutocius servavit, ad Arch. de sphaera et cyl. II p. 144 sqq.
Tor. Epigramma, quod ex hoc libello excludere propter
originem vulgo ei adscriptam non licuit, ab arte et elegantia
genuinorum versuum Cyrenaei poetae, cui κομψότητος laus
tribuitur a Plutarcho[1]) et carmen διὰ πάντων ἀμώμητον adscribitur in libello περὶ ὕψους[2]), tantum distare mihi videtur, ut credere non possim Eratosthenis hoc esse carmen.
Auctor eius, quippe qui res quas tractat dilucide exprimere
nequeat, misere balbutit, abundat verbis prorsus otiosis, verborum constructione utitur molestissima. Fontes, e quibus
Eutocius in pertractando problemate illo hausit, quamvis ex
parte egregios tamen non ubique puros fuisse colligendum videtur imprimis ex verbis quae sunt p. 135 πολλῶν δὲ κλεινῶν
ἀνδρῶν γραφαῖς ἐντετυχήκαμεν τὸ πρόβλημα τοῦτο ἐπαγγελ-
λομέναις, ὧν τὴν Εὐδόξου τοῦ Κνιδίου παρῃτησάμεθα γρα-
φήν, ἐπειδή φησι μὲν ἐν προοιμίοις διὰ καμπύλων γραμμῶν αὐτὴν ηὑρηκέναι, ἐν δὲ τῇ ἀποδείξει πρὸς τὸ μὴ πε-
χρῆσθαι καμπύλαις γραμμαῖς ἀλλὰ καὶ διῃρημένην ἀναλο-
γίαν εὑρὼν ὡς συνεχεῖ χρῆται· ὅπερ ἦν ἄτοπον ὑπονοῆσαι
τί λέγω περὶ Εὐδόξου; ἀλλὰ περὶ τῶν καὶ μετρίως περὶ
γεωμετρίαν ἀνεστραμμένων. Dubitari nequit quin rectissime
Eutocius contenderit, tam turpes errores Eudoxo attribui

---

1) v. p. 101.   2) v. p. 94.

non posse: pervenerat in manus cius tractatus futilissimus
ac vitiosissimus, cuius menda sive neglegentia orta erant sive
fraude. Variis rationibus de hac re disputaverunt Reimerus
(hist. probl. de cubi dupl. p. 54), Idelerus (comment. acad.
Berol. 1828 p. 210), Bretschneiderus (die Geometrie u. die
Geometer vor Eukl. p. 166 sq.): quas perpendere non est
huius loci; ideo tantum haec obiter commemoravi ut nullo
modo mirandum esse demonstrem, si in Eutocii commentario
vile falsarii opusculum Eratostheni adscriptum esse videmus.

De origine epistulae, cui doctrinae laudem Reimerus
(p. 133), venustatis Bernhardyus tribuit[1]), dubito: possit
enim aliquis suspicari (etsi haud magna cum specie probabilitatis) genuinum epigramma[2]) interiisse et in eius locum
suppositum esse id quod nunc habemus. Videant peritiores.
Apparet inter quosdam epistulae et epigrammatis locos similitudo ita comparata, ut inde colligendum sit epistulam prius
quam epigramma compositam esse. Cum hanc ob causam,
tum quia quasi interpretationem poematis continet, etiam
epistolam hoc loco typis exscribendam esse censui. Sed
antea reliqua testimonia dabo quae ad Eratosthenis inventum spectant[3])

Vitr. IX 3, 13 sq. *transferatur mens ad Archytae Toren-
tini et Eratosthenis Cyrenaci cogitata. hi enim multa et grata
a mathematicis rebus hominibus invenerunt, itaque cum in ceteris inventionibus fuerint grati, in eius rei cogitationibus
maxime sunt suspecti. alius enim alia ratione explicaverunt
quod Delo imperaverat responsis Apollo, ut arae eius quantum
haberent pedum quadratorum id duplicaretur et ita fore uti
qui essent in ea insula tunc religione liberarentur. itaque Ar-
chytas hemicylindrorum descriptionibus, Eratosthenes organica
mesolabii ratione idem explicaverunt.*

Eutocius p. 146 γράφει δὲ καὶ Νικομήδης ἐν τῷ ἐπι-
γεγραμμένῳ πρὸς αὐτοῦ περὶ κογχοειδῶν συγγράμματι ὀργά-

1) Ersch u. Gruber allg. Encykl. der Wiss. u. Künste I 36 p. 232.
2) v. p. 128. 3) exceptis iis quibus in adnotationibus locus erit ad-
signandus.

νου κατασκευὴν τὴν αὐτὴν ἀποπληροῦντος χρείαν. ἐφ᾽ ᾧ
καὶ μεγάλα μὲν σεμνυνόμενος φαίνεται ὁ ἀνήρ, πολλὰ δὲ
τοῖς Ἐρατοσθένους ἐπεγγελῶν εὑρήμασιν ὡς ἀμηχάνοις τε
ἅμα καὶ γεωμετρικῆς ἕξεως ἐστερημένοις τοῦ τε ἀνελλειποῦς.
τῶν τοίνυν περὶ τὸ πρόβλημα πεπονηκότων τῆς τε πρὸς
Ἐρατοσθένη συγκρίσεως ἕνεκα καὶ αὐτὸν τοῖς ἤδη γεγραμ-
μένοις συνάπτομεν δυνάμει γράφοντα οὕτως.

    Proclus in Tim. p. 149 D πῶς μὲν οὖν δύο δοθεισῶν
εὐθειῶν δυνατὸν δύο μέσας ἀνάλογον λαβεῖν, ἡμεῖς ἐπὶ
τέλει τῆς πραγματείας εὑρόντες τὴν Ἀρχύτειον δεῖξιν ἀνα-
γράψομεν, ταύτην ἐκλεξάμενοι μᾶλλον ἢ τὴν Μεναίχμου,
διότι ταῖς κωνικαῖς ἐκεῖνος χρῆται γραμμαῖς, καὶ τὴν Ἐρατοσθένους ὡσαύτως, διότι κανόνος χρῆται παραθέσει.

    Pappus a Commandino conversus III prop. 4 *cum igitur
tales sint problematum differentiae, antiqui geometrae problema
ante dictum in duabus rectis lineis, quod natura solidum est, geo-
metrica ratione innixi construere non potuerunt, quoniam neque
coni sectiones facile est in plano designare. instrumentis autem
ipsum in operationem manualem et commodam aptamque constructionem mirabiliter traduxerunt, quod videre licet in eorum
voluminibus, quae circumferuntur, ut in Eratosthenis mesolabo,
in Philonis et Heronis mechanicis et catapulticis. hi enim as-
serentes problema solidum esse, ipsius constructionem instrumentis tantum perfecerunt, congruenter Apollonio Pergaeo, qui
et resolutionem eius fecit per coni sectiones: alii per locos soli-
dos Aristaei: nullus autem per ea, quae proprie plana appellantur. at Nicomedes et ratione illud fecit per lineam con-
choidem, per quam et angulum tripartito divisit. exponemus
igitur quattuor eius constructiones una cum quadam nostra
tractatione. quarum prima quidem est Eratosthenis, secunda
Nicomedis, tertia Heronis, maxime ad manuum operationem
accommodata iis qui architecti esse volunt, ultima autem est
a nobis inventa.*

Βασιλεῖ Πτολεμαίῳ Ἐρατοσθένης χαίρειν.

Τῶν ἀρχαίων τινὰ τραγῳδοποιῶν φασιν εἰσαγαγεῖν τὸν Μίνω τῷ Γλαύκῳ κατασκευάζοντα τάφον· πυθόμενον δὲ ὅτι πανταχοῦ ἑκατόμπεδος εἴη εἰπεῖν

μικρόν γ' ἔλεξας βασιλικοῦ σηκὸν τάφου·
διπλάσιος ἔστω· τοῦ καλοῦ δὲ μὴ σφαλεὶς
δίπλαζ' ἕκαστον κῶλον ἐν τάχει τάφου. [1])

ἐδόκει διημαρτηκέναι· τῶν γὰρ πλευρῶν διπλασιασθεισῶν τὸ μὲν ἐπίπεδον γίνεται τετραπλάσιον, τὸ δὲ στερεὸν ὀκταπλάσιον. ἐζητεῖτο δὲ καὶ παρὰ τοῖς γεωμέτραις, τίνα ἂν τις [10] τρόπον τὸ δοθὲν στερεὸν διαμένον ἐν τῷ αὐτῷ σχήματι διπλασιάσειεν καὶ ἐκαλεῖτο τὸ τοιοῦτον πρόβλημα κύβου διπλασιασμός· ὑποθέμενοι γὰρ κύβον ἐζήτουν τοῦτον διπλασιάσαι. πάντων δὲ διαπορούντων ἐπὶ πολὺν χρόνον πρῶτος Ἱπποκράτης ὁ Χῖος [2]) ἐπενόησεν ὅτι, ἐὰν εὑρεθῇ δύο εὐθειῶν [15] γραμμῶν ὧν ἡ μείζων τῆς ἐλάσσονός ἐστι διπλασία δύο μέσας ἀνάλογον λαβεῖν ἐν συνεχεῖ ἀναλογίᾳ, διπλασιασθήσεται ὁ κύβος, ὥστε τὸ ἀπόρημα αὐτὸ εἰς ἕτερον οὐκ ἔλασσον ἀπόρημα κατέστρεψε. μετὰ χρόνον δέ τινάς φασι Δηλίους ἐπιβαλλομένους κατὰ χρησμὸν διπλασιάσαι τινὰ τῶν [20]

βωμῶν ἐμπεσεῖν εἰς τὸ αὐτὸ ἀπόρημα.[3]) διαπεμψαμένους[4])
δὲ τοὺς παρὰ τῷ Πλάτωνι ἐν Ἀκαδημίᾳ γεωμέτρας ἀξιοῦν
αὐτοῖς εὑρεῖν τὸ ζητούμενον. τῶν δὲ φιλοπόνως ἐπιδιδόν-
των ἑαυτοὺς καὶ ζητούντων δύο τῶν δοθεισῶν δύο μέσας
5 λαβεῖν, Ἀρχύτας μὲν ὁ Ταραντῖνος λέγεται διὰ τῶν ἡμικυ-
λίνδρων εὑρηκέναι, Εὔδοξος δὲ διὰ τῶν καλουμένων παμ-
πύλων γραμμῶν.[5]) συμβέβηκε δὲ πᾶσιν αὐτοῖς ἀποδεικτικῶς
γεγραφέναι, χειρουργῆσαι δὲ καὶ εἰς χρείαν πεσεῖν μὴ δύνασθαι[6]) πλὴν ἐπὶ βραχύ τι τοῦ Μεναίχμου, καὶ ταῦτα
10 δυσχερῶς.[7])

Ἐπινενόηται δέ τις ὑφ' ἡμῶν ὀργανικὴ λῆψις ῥᾳδία, δι'
ἧς εὑρήσομεν δύο τῶν δοθεισῶν οὐ μόνον δύο μέσας, ἀλλ'
ὅσας ἄν τις ἐπιτάξῃ. τούτου δὲ εὑρισκομένου δυνησόμεθα
καθόλου τὸ δοθὲν στερεὸν παραλληλογράμμοις περιεχόμενον
15 εἰς κύβον καθιστάναι ἢ ἐξ ἑτέρου εἰς ἕτερον μετασχηματίζειν καὶ ὅμοιον ποιεῖν καὶ ἐπαύξειν διατηροῦντες τὴν ὁμοιό-
τητα, ὥστε καὶ βωμοὺς καὶ ναούς, δυνησόμεθα δὲ καὶ τὰ
τῶν ὑγρῶν μέτρα καὶ ξηρῶν, λέγω δὲ οἷον μετρητὴν ἢ μέδιμνον, εἰς κύβον καθίστασθαι καὶ διὰ τῆς τούτου πλευρᾶς
20 ἀναμετρεῖν τὰ τούτων δεκτικὰ ἀγγεῖα πόσον χωρεῖ. χρήσι-
μον δὲ ἔσται τὸ ἐπινόημα καὶ τοῖς βουλομένοις ἐπαύξειν καταπαλτικὰ καὶ λιθοβόλα ὄργανα. δεῖ γὰρ ἀνάλογον ἅπαντα
αὐξηθῆναι, καὶ τὰ πάχη καὶ τὰ μεγέθη καὶ τὰς κατατρήσεις
καὶ τὰς χοινικίδας καὶ τὰ ἐμβαλλόμενα νεῦρα, εἰ μέλλει καὶ

---

1 ἐπιταχθέντας (quod deest in ABCDLY) post βωμῶν add. b
διαπεμψαμένους corr. διακεμψαμένους L. διαπεμψαμένους BCDV.
διαμεμψαμένους h. διαπεμψομένους Torellius. διοπομψησαμένους vel
ἀποδισπεμψησαμένους Bernhardus. 3 πρός post δὲ add. Fullus ad
Ar. p. 33 3 ἐπιδεδόντων h. ἐπιπεδόντων A 4 ἑαυτοὺς Dreslerus
p. 9. ἑαυτοῖς h. αὑτοῖς Bernhardus δύο τῶν δοθεισῶν BCDLY.
τῶν om. b 8 γεγραφέναι b. ἀπογεγράφθαι V 9 ἐπὶ βραχύ τι b.
ἐπὶ βραχυτητι BCD. βραχυτητι L. Μεναίχμου Barnh. μεναίχμου b
11 λῆψις BCDV. (λῆψη L.) om. b 12 ἐπιτάξωμεν C 15 ἢ ἐξ
ἑτέρου b. καὶ ἐξ ἑτέρου Bernh. p. 161 μετασχηματίζετο ABCLV.
μετασχηματίζειν D. σχηματίζετε b 16 διατηροῦντες b 17 καὶ ναοὺς b.
om. D 18 μετρητὴν ἢ μέδιμνον Wurmius p. 190. μετρητὴν μεδίμνων b.
μετρητὴν μεδίμνων Loenrus. μετρητὴν μέδιμνον Torellius 18 καθ'
ἵστασθαι BCDL. καθίστασθαι V, καθιστάναι b 21 καταπαλτικὰ b.
καταπαλτικὰ Fullus 23 κατατρήσεις b. καταμετρήσεις DV. κατα-
μαρτήσεις A 24 χοινικίδας L. σχοινικίδας b μέλλει D. μέλει
BCL. μένει b

ἡ βολὴ ἀνάλογον ἐπαυξηθῆναι. ταῦτα δὲ οὐ δυνατὰ γενέσθαι ἄνευ τῆς τῶν μέσων εὑρέσεως. τὴν δὲ ἀπόδειξιν καὶ
τὴν κατασκευὴν τοῦ λεχθέντος ὀργάνου ὑπογέγραφά σοι.

δεδόσθωσαν δύο
ἄνισοι εὐθεῖαι ὧν δεῖ
δύο μέσας ἀνάλογον
εὑρεῖν ἐν συνεχεῖ
ἀναλογίᾳ αἱ αε δθ.
καὶ κείσθω ἐπί τινος
εὐθείας τῆς εθ πρὸς
ὀρθὰς ἡ αε. καὶ ἐπὶ

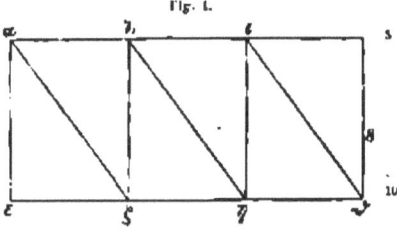

Fig. 1.

τῆς εθ τρία συνεστάτω παραλληλόγραμμα ἐφεξῆς τὰ αζ ζι
ιθ. καὶ ἠχθωσαν διάμετροι ἐν αὐτοῖς αἱ αζ λη ιθ. ἔσονται
δὴ αὗται παράλληλοι. μένοντος δὴ τοῦ μέσου παραλληλο-
γράμμου τοῦ ζι συνωσθήτω τὸ μὲν αζ ἐπάνω τοῦ μέσου, τὸ
δὲ ιθ ὑποκάτω, καθάπερ ἐπὶ τοῦ δευτέρου σχήματος, ἕως οὗ

Fig. 2.

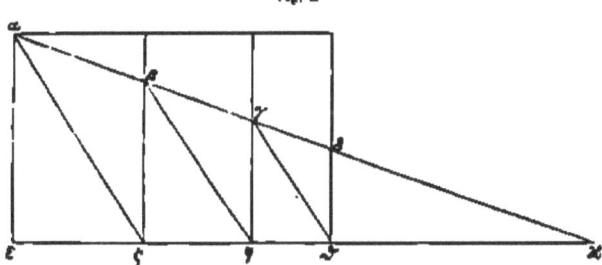

γένηται τὰ α β γ δ κατ' εὐθεῖαν. καὶ διήχθω διὰ τῶν
α β γ δ σημείων εὐθεῖα. καὶ συμπιπτέτω τῇ εθ ἐκβλη-
θείσῃ κατὰ τὸ κ. ἔσται δὴ ὡς ἡ αε πρὸς κβ ἐν μὲν ταῖς
αε ζβ παραλλήλοις ἡ εκ πρὸς κζ, ἐν δὲ ταῖς αζ βη παραλ-

1 βολή Torellius. βουλή h   δυνατὰ b.   δύναται B   7 συνεχεῖ b.
συνεχεία B ut semper   11 καὶ ἡ δθ post ἡ αε add. Dreslerus p. 20
18 σημείων b. deest in V   19 ἔσται b.   ἔστω V

λήλοις· ἡ ζκ πρὸς κη. ὡς ἄρα ἡ ακ πρὸς κβ, ἡ εκ πρὸς κζ
καὶ ἡ κζ πρὸς κη. πάλιν ἐπεί ἐστιν ὡς ἡ βκ πρὸς κγ ἐν
μὲν ταῖς βζ γη παραλλήλοις ἡ ζκ πρὸς κη, ἐν δὲ ταῖς βη γθ
παραλλήλοις ἡ ηκ πρὸς κθ, ὡς ἄρα ἡ βκ πρὸς κγ ἢ ζκ πρὸς
₅ κη καὶ ἡ ηκ πρὸς κθ. ἀλλ' ὡς ἡ ζκ πρὸς κη ἡ εκ πρὸς
κζ. καὶ ὡς ἄρα ἡ εκ πρὸς κζ ἡ ζκ πρὸς κη καὶ ἡ ηκ πρὸς
κθ. ἀλλ' ὡς ἡ εκ πρὸς κζ ἡ κε πρὸς βζ. ὡς δὲ ἡ ζκ πρὸς
κη ἡ βζ πρὸς γη. ὡς δὲ ἡ ηκ πρὸς κθ ἡ γη πρὸς δθ. καὶ
ὡς ἄρα ἡ κε πρὸς βζ ἡ βζ πρὸς γη καὶ ἡ γη πρὸς δθ. ηὕρην-
₁₀ ται ἄρα τῶν αε δθ δύο μέσαι ἥ τε βζ καὶ ἡ γη. [b])

    ταῦτα οὖν ἐπὶ τῶν γεωμετρουμένων ἐπιφανειῶν ἀποδέ-
δεικται. [b]) ἵνα δὲ καὶ ὀργανικῶς δυνώμεθα τὰς δύο μέσας
λαμβάνειν, διαπήγνυται πλινθίον ξύλινον ἢ ἐλεφάντινον ἢ
χαλκοῦν, ἔχον τρεῖς πινακίσκους ἴσους ὡς λεπτοτάτους. ὧν
₁₅ ὁ μὲν μέσος ἐνήρμοσται, οἱ δὲ δύο ἑκαστοὶ εἰσιν ἐν χολέ-
δραις, τοῖς δὲ μεγέθεσι καὶ ταῖς συμμετρίαις ὡς ἕκαστοι
ἑαυτοὺς πείθουσι· τὰ μὲν γὰρ τῆς ἀποδείξεως ὡσαύτως συν-
τελεῖται. πρὸς δὲ τὸ ἀκριβέστερον λαμβάνεσθαι τὰς γραμμὰς φιλοτεχνητέον ἵνα ἐν τῷ συνάγεσθαι τοὺς πινακίσκους
₂₀ παράλληλα διαμένῃ πάντα καὶ ἄσχαστα καὶ ὁμαλῶς συν-
απτόμενα ἀλλήλοις. ἐν δὲ τῷ ἀναθήματι [10]) τὸ μὲν ὀργανι-
κὸν χαλκοῦν ἐστι καὶ καθήρμοσται ὑπ' αὐτὴν τὴν στεφάνην
τῆς στήλης προσμεμολυβδοχοημένον, ὑπ' αὐτοῦ δὲ ἡ ἀπόδειξις συντομώτερον φραζομένη καὶ τὸ σχῆμα, μετ' αὐτὸ δὲ
₂₅ ἐπίγραμμα. ὑπογεγράφθω οὖν σοι καὶ ταῦτα, ἵνα ἔχῃς καὶ

    1 πρὸς κη b. πρὸς κν V   3 κη b. ζη L   4 ηκ b. ζκ L
6 καὶ ἡ ηκ πι sqq. usque ad κη l. 9 reprimuntur in AD   8 ἡ βζ πρὸς
etc. b. V haec habet: καὶ ἡ ηκ πρὸς κθ ἀλλ' ὡς ἡ εκ πρὸς κζ ἡ κε
πρὸς βζ. ὡς δὲ ἡ ζκ πρὸς κη ἡ βζ πρὸς γη. ὡς δὲ ἡ κη πρὸς κθ ἡ
ηγ πρὸς θ. καὶ   ὡς δὲ ἡ ηκ εἰ sqq. usque ad πρὸς γη l. 9 repetuntur
in AD   9 ηὕρηνται b. εὔρηται V   11 ἀποδέδεικται ACDLV.
ἀποδέκται b   14 πινακίσκους b. πινακιστους L. πυναλέστες V.
πυνακιστάς A   17 ὡσαύτως b. ὡς αὐτάς A   19 πινακίσκους Pollus.
πινταλέσκους b   20 ὁμαλῶς b. ὁμαλοὺς V   23 προσμεμολυβδοχοημένον Drexlerus p. 32. πρὸς μεμολυβδοχημένων b. μεμολυβδοχη-
μένον notatur ex ACD, μεμολυβδοχιμένον ex V   24 μετ' αὐτὸ b.
μετὰ τοῦτο Berah.   25 ἔχῃς Cl.. ἔχεις b. ἔχοις Pollus.

ὡς ἐν τῷ ἀναθήματι. τῶν δὲ δύο σχημάτων τὸ δεύτερον γέγρακται ἐν τῇ στήλῃ.

δύο τῶν δοθεισῶν εὐθειῶν δύο μέσας ἀνάλογον εὑρεῖν ἐν συνεχεῖ ἀναλογίᾳ. δεδόσθωσαν αἱ $\overline{αε}$ $\overline{δθ}$. συνάγω δὴ τοὺς ἐν τῷ ὀργάνῳ πίνακας, ἕως ἂν κατ' εὐθεῖαν γένηται 5 τὰ α β γ δ σημεῖα. νοείσθω δὴ ὡς ἔχει ἐπὶ τοῦ δευτέρου σχήματος. ἔστιν ἄρα ὡς ἡ $\overline{αχ}$ πρὸς $\overline{χβ}$ ἐν μὲν ταῖς $\overline{αε}$ $\overline{βζ}$ παραλλήλοις ἡ ἐχ πρὸς $\overline{χζ}$, ἐν δὲ ταῖς $\overline{αζ}$ $\overline{βη}$ ἡ ζχ πρὸς $\overline{χη}$. ὡς ἄρα ἡ $\overline{εχ}$ πρὸς $\overline{χζ}$ ἡ $\overline{χζ}$ πρὸς $\overline{χη}$. ὡς δὲ αὗται πρὸς ἀλλήλας εἰσίν, ᾗ τε $\overline{αε}$ πρὸς $\overline{βζ}$ καὶ ἡ $\overline{βζ}$ πρὸς γη. ὡσαύτως 10 δὲ δείξομεν ὅτι καὶ ὡς ἡ $\overline{ζβ}$ πρὸς $\overline{γη}$ ἡ γη πρὸς δθ. ἀνάλογον ἄρα αἱ αε $\overline{βζ}$ $\overline{γη}$ δθ. ηὕρηνται ἄρα δύο τῶν δοθεισῶν δύο μέσαι. ἐὰν δὲ αἱ δοθεῖσαι μὴ ἴσαι ὦσι ταῖς $\overline{αε}$ δθ, ποιήσαντες αὐταῖς ἀνάλογον τὰς $\overline{αε}$ $\overline{δθ}$ τούτων ληψόμεθα τὰς μέσας καὶ ἐπανοίσομεν ἐπ' ἐκείνας καὶ ἐσόμεθα 15 πεποιηκότες τὸ ἐπιταχθέν. ἐὰν δὲ πλείους μέσας ἐπιταχθῇ εὑρεῖν, εἰ ἑνὶ πλείους πινακίσκους καταστησόμεθα ἐν τῷ ὀργανίῳ τῶν ληφθησομένων μέσων, ταυτὸν γενήσεται. ἡ δὲ ἀπόδειξις ἡ αὐτή.

6 ἔχει Π. ἔχη b   9 ἀλλήλας εἰσὶν AD. ἀλλήλαι εἰσὶν V. ἀλλήλας b   10 βζ πρὸς γη b. χζ πρὸς χη D). πρὸς χη notatur etiam ex V   18 ταυτὸν γενήσεται ora. h (Fellus cum ea addenda esse nesciret, εἰ ἑνὶ πλείους in ἔτι πλείους mutavit)

Εἰ κύβον ἐξ ὀλίγου διπλήσιον, ὠγαθέ, τεύχειν
   φράζεαι, τὴν στερεὴν πᾶσαν ἐς ἄλλο φύσιν
εὖ μεταμορφῶσαι, τόδε τοι πάρα, κἂν σύ γε μάνδρην
   ἢ σιρὸν ἢ κοίλου φρείατος εὐρὺ κύτος
τῇδ' ἀναμετρήσαιο, μέσας ὅτε τέρμασιν ἄκροις
   συνδρομάδας δισσῶν ἐντὸς ἕλῃς κανόνων.
μηδὲ σύ γ' Ἀρχύτεω δυσμήχανα ἔργα κυλίνδρων
   μηδὲ Μεναιχμείους κωνοτομεῖν τριάδας
δίζηαι, μηδ' εἴ τι θεουδέος Εὐδόξοιο
   καμπύλον ἐν γραμμαῖς εἶδος ἀναγράφεται.
τοῖσδε δὲ ἐν πινάκεσσι μεσόγραφα μυρία τεύχοις
   ῥεῖά κεν ἐκ παύρου πυθμένος ἀρχόμενος.
εὐαίων Πτολεμαῖε πατὴρ ὅτι παιδὶ συνηβῶν
   πάνθ' ὅσα καὶ Μούσαις καὶ βασιλεῦσι φίλα
αὐτὸς ἐδωρήσω· τὸ δ' ἐς ὕστερον, οὐράνιε Ζεῦ,
   καὶ σκήπτρων ἐκ σῆς ἀντιάσειε χερός.
καὶ τὰ μὲν ὣς τελέοιτο· λέγοι δέ τις ἄνθεμα λεύσσων
   τοῦ Κυρηναίου τοῦτ' Ἐρατοσθένεος.

Epigr. vs. 1 διπλησιον L. διπλάσιον h   2 φράξεαι h. φράζεται
AI. τὴν b, ἢ Iacobs anth. Gr. t. VII p. 316   3 τόδε Reimer p. 146.
τό δέ b. τότε Worm p. 189   4 σίρον Vieta. σείρον b, in marg. σω-
ρόν   7 δυσμήχανα CD. διεμήχνανα b   8 Μεναιχμείους Proclus in
Eucl. El. p. 31. μεναιχμείους β   κωνοτομεῖν h. κωνοτομῶν cj. Bernh.
11 τοῖσδε δὲ ἐν b. τοῖς δὲ τε ἐν Vieta. τοῖσδε σύ ἐν Fell. τοῖσδε
δέ τ' ἐν Reimer. τοῖσδε σύ γ' ἐν Hermann Orph. p. 789. τοῖσδε
δέ γ' ἐν Bernharly. τοῖσδε δέ κ' ἐν (et in vs. 12 cum B μιν) cj. Worm
p. 192   12 κεν h. μὲν h   13 πτολεμαῖ ABCDL. πτολεμαῖς h
συνηβῶν ACHLV. συνήμαν B. συνη μαν b   16 χερός b. χειρός V
17 ἀνθ' ἐμαλεύσσων V. ανθ' εμα notatur ex L. ἄνθεμα λεύσσων b.

Adnotationes

1. Recepi Nauckii emendationem: nam poetae verba
etiam haec esse luculenter demonstrat eorum collocatio et
vocula κῶλον. Id certe gravius est quam quod Bernhardyus
et Dreslerus in contrariam partem protulerunt: possimum
scilicet atque absurdum esse in tragoedia (quam Euripidis
Polyidum esse arbitratus est Valckenarius) tale inventum;
quamquam iudicium eorum verum esse libentissime con-
cedo. Illud quoque haud iniuria Dreslerus adnotavit mi-
nimo esse conveniens, „wenn Eratosthenes seinen König,
dem er schwereres begriffen zu haben zumuthet, noch beson-
ders darüber belehrt, dass die doppelte Seite das Vierfache
im Quadrat und das Achtfache im Würfel gebe." Denique
autem fateor me semper miratum esse, quod Eratosthenes
(si epistulam genuinam esse censemus) vocem ἀρχαῖος de
Euripide aut poeta certe non antiquiore [1]) usurpavit. Ceterum in vs. altero nescio an iuro in codice B κύβου sit correctum.

2. cf. Bretschneider p. 98 sq.

3. Theo Smyrn. p. 2 Bull. Ἐρατοσθένης μὲν γὰρ ἐν
τῷ ἐπιγραφομένῳ Πλατωνικῷ φησιν, ὅτι Δηλίοις τοῦ θεοῦ
χρήσαντος ἐπὶ ἀπαλλαγῇ λοιμοῦ βωμὸν τοῦ ὄντος διπλασίονα
κατασκευάσαι, πολλὴν ἀρχιτέκτοσιν ἐμπεσεῖν ἀπορίαν, ζη-
τοῦσιν ὅπως χρὴ στερεὸν στερεοῦ γενέσθαι διπλάσιον, ἀφικέσθαι τε πευσομένους περὶ τούτου Πλάτωνος. τὸν δὲ φάναι

---

1) Neque enim verum esse puto quod Nauckius scribit: „rerum mathematicarum ignorantia, quam Eutocio teste Eratosthenes in illatis versibus suo iure reprehendit, antiquiorem potius tragicum poetam quam Euri-
pidem sapit" (Eurip. trag. III p. VI). Ignorantia tam ridicula ne antiquiori
quidem poetae tribui potest. In ipsa tragoedia, opinor, error regis postea
est correctus (ἔδοξε δ᾽ ἡμαρτηκέναι): talia autem Aeschyli temporibus
in tragoediis ficta esse nunquam mihi persuadebo.

9*

αὐτοῖς, ὡς ἄρα οὐ διπλασίου βωμοῦ ὁ θεός δεόμενος τοῦτο *Δηλίοις* ἐμαντεύσατο, προφέρων δὲ καὶ ὀνειδίζων τοῖς Ἕλλησιν ἀμελοῦσι μαθημάτων καὶ γεωμετρίας ὀλιγωρηκόσιν. Sensus huius narratiunculae in aperto est: continet enim nihil aliud nisi ignorantiae rerum mathematicarum quae erat illo saeculo cavillationem simplicissimam. Hac significatione in Eratosthenis Platonico fabulam relatam neque ullum momentum ad ipsum problema solvendum ei tributum fuisse clare ostendunt verba ὡς ἄρα οὐ διπλασίου βωμοῦ ὁ θεός δεόμενος κτλ. Neque aliter Plutarchus rem narrat (de EI apud Delphos p. 386): ἔτι δ᾽ ὥσπερ Πλάτων ἔλεγε, χρησμοῦ δοθέντος ὅπως τὸν ἐν Δήλῳ βωμὸν διπλασιάσωσιν, ὃ τῆς ἄκρας ἕξεως περὶ γεωμετρίαν ἐστίν, οὐ τοῦτο προστάττειν τὸν θεόν, ἀλλὰ καὶ γεωμετρεῖν διακελεύεσθαι τοῖς Ἕλλησιν. Perspicue Plutarchus hoc ipsum commemorat, deum aliud voluisse, aliud verbis expressisse. In alio quoque libro eandem narrationem Plutarchus profert (de genio Socr. p. 579), exornatam sane neque ita ut in singulis veritatis speciem adfectet (tribuit eam Simmiae cum Platone ex Aegypto revertenti), sed eadem significatione: κομιζομένοις ἡμῖν ἀπ᾽ Αἰγύπτου περὶ Καρίαν Δηλίων τινὲς ἀπήντησαν, δεόμενοι Πλάτωνος ὡς γεωμετρικοῦ λῦσαι χρησμὸν αὐτοῖς ἄτοπον ὑπὸ τοῦ θεοῦ προβεβλημένον. ἦν δὲ χρησμὸς Δηλίοις καὶ τοῖς ἄλλοις Ἕλλησι παῦλαν τῶν παρόντων κακῶν ἔσεσθαι διπλασιάσασι τὸν ἐν Δήλῳ βωμόν. οὔτε δὲ τὴν διάνοιαν ἐκεῖνοι συμβάλλειν δυνάμενοι καὶ περὶ τὴν τοῦ βωμοῦ κατασκευὴν γελοῖα πάσχοντες (ἑκάστης γὰρ τῶν τεσσάρων πλευρῶν διπλασιαζομένης ἔλαθον τῇ αὐξήσει τόπον στερεὸν ὀκταπλάσιον ἀπεργασάμενοι δι᾽ ἀπειρίαν ἀναλογίας ἣ τῷ μήκει διπλασίων παρέχεται) Πλάτωνα τῆς ἀπορίας ἐπεκαλοῦντο βοηθόν· ὁ δὲ τοῦ Αἰγυπτίου μνησθεὶς προσπαίζειν ἔφη τὸν θεὸν Ἕλλησιν, ὀλιγωροῦσι παιδείας, οἷον ἐφυβρίζοντα τὴν ἀμαθίαν ἡμῶν καὶ κελεύοντα γεωμετρίας ἅπτεσθαι μὴ παρέργως· οὐ γάρ τοι φαῦλον οὐδ᾽ ἀμβλὺ διανοίας ὁρώσης, ἄκρως δὲ τὰς γραμμὰς ἠσκημένης ἔργον εἶναι καὶ δυοῖν μέσων ἀνάλογον λῆψιν· ᾗ μόνῃ διπλασιάζεται

σχῆμα κυβικοῦ σώματος ἐκ πάσης ὁμοίως αὐξανόμενον δια-
στάσεως· τοῦτο μὲν οὖν Εὔδοξον αὐτοῖς τὸν Κνίδιον ἢ τὸν
Κυζικηνὸν Ἑλικῶνα συντελέσειν. μὴ τοῦτο δ᾽ οἴεσθαι
χρῆναι ποθεῖν τὸν θεόν, ἀλλὰ προστάσσειν Ἕλλησι πᾶσι,
πολέμου καὶ κακῶν μεθεμένους Μούσαις ὁμιλεῖν κτλ. Videmus Platonem hoc loco idem respondentem — atque in eo
summa rei vertitur — quod in duobus aliis quae citavi
scriptis: non aram duplicis magnitudinis a deo posci sed
meliorem rerum mathematicarum scientiam. — At longe diversam narrationem, id quod etiam Bernhardyus cognovit
(p. 168), epistula nostra praebet. Delii non Platonem adeunt
sed mathematicos qui in Academia versari dicuntur, omnes-
que nihil aliud cogitant aut sentiunt, nisi re vera de ara
duplicanda agi; mathematici igitur opus aggrediuntur, atque
ita oraculo sane efficitur, ut problematis solutiones docto
studio inveniantur. Vides, omne acumen ex fabula hoc modo
sublatum esse. Neque ullo alio loco ita eam relatam invenimus.[1]) Apud Ioannem Philoponum (ad Arist. Anal. post.
I 7) Plato proponit quidem discipulis illam quaestionem:
sed Deliis ibi quoque respondet: ἔοικεν ὑμῖν ὀνειδίζειν ὁ
θεὸς ὡς ἀμελοῦσι γεωμετρίας. Eademque legimus in iis
quae traduntur in prolegomenis philosophiae Platonis (c. 5),
quamquam ibi finis pestilentiae solutione problematis adductus esse perhibetur. — Quae cum ita sint, statuendum
nobis est (si epistulam genuinam existimamus) Eratosthenem,
cum eandem fabellam bis narraret, non solum singulas res diversis modis protulisse, verum etiam significatum narrationis
prorsus mutasse: illic oraculum reprehensionem ignorantiae
et incitationem ad scientiam colendam continet, hic ad ipsam
quam verba eius indicant quaestionem spectat magnumque
momentum habet ad eam solvendam.

4. Cf. Wurm p. 187 sq.

5. Laert. Diog. VIII 90 ὁ δ᾽ αὐτός (Apollodorus) φησι
τὸν Κνίδιον Εὔδοξον ἀκμάσαι κατὰ τὴν τρίτην καὶ ἑκατο-

---

[1]) Valerius Maximus VIII 12 ext. 1 tam inepta tradit, ut eius ratio
non habenda sit.

σεὴν Ὀλυμπιάδα εὑρεῖν τε τὰ περὶ τὰς καμπύλας γραμ-
μάς. Eutoc. p. 135 (supra p. 122).

6. Pappus VIII p. 338 Gerh. αὐτίκα γοῦν τὸ καλούμενον Δηλιακὸν πρόβλημα τῇ φύσει στερεὸν ὑπάρχον οὐχ
οἷόν τε ἦν κατασκευάσαι τῷ γεωμετρικῷ λόγῳ κατακολου-
θοῦντας, ἐπεὶ μηδὲ τὰς τοῦ κώνου τομὰς ῥᾴδιόν ἐν ἐπιπέδῳ
γράφειν ἦν, τοῖς δ' ὀργάνοις μεταληφθὲν εἰς χειρουργίαν
καὶ κατασκευὴν ἐπιτήδειον μᾶλλον τῆς ὑπὸ τῶν ἄλλων ἐπι-
τεθειμένης οὕτως ἀναχθείη τὸ προκείμενον. λέγω δὲ τὸ κύβον διπλάσιον εὑρεῖν.

7. Plut. conv. disput. p. 718 F διὸ καὶ Πλάτων αὐτὸς
ἐμέμψατο τοὺς περὶ Εὔδοξον καὶ Ἀρχύταν καὶ Μέναιχμον
εἰς ὀργανικὰς καὶ μηχανικὰς κατασκευὰς τὸν τοῦ στερεοῦ
διπλασιασμὸν ἀπάγειν ἐπιχειροῦντας, ὥσπερ πειρωμένους διὰ
λόγου δύο μέσας ἀνάλογον μὴ παρείκοι (?) λαβεῖν, ἀπόλλυσθαι
γὰρ οὕτω καὶ διαφθείρεσθαι τὸ γεωμετρίας ἀγαθὸν αὖθις ἐπὶ
τὰ αἰσθητὰ παλινδρομούσης καὶ μὴ φερομένης ἄνω μηδὲ ἀντι-
λαμβανομένης τῶν ἀιδίων καὶ ἀσωμάτων εἰκόνων, πρὸς οἷσπερ
ὢν ὁ Θεὸς ἀεὶ Θεός ἐστι. Cf. Plut. Marc. 14. Bretschneider
p. 162. Iis quae de Archytae solutione Eutocius praebet loci
Plutarchei repugnant. Cf. Blass de Plat. math. p. 26.

8. Paulo aliter Pappus (a Commandino conv.) III
probl. 1 prop. 5. *Duabus datis rectis lineis duas medias proportionales in continua analogia invenire. Vt Eratosthenes.*

*Sit plinthium compactum ABCD, et in ipso triangula
orthogonia aequalia AEH, MFK, NGL, quae rectos angu-
los habeant ad puncta EFG: et triangulum quidem AEH*

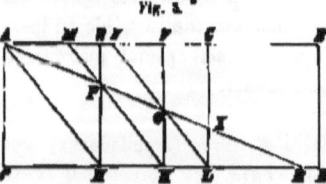

Fig. 3.

*affixum maneat, triangu-
lum vero MFK moveatur
in regulis AB, CD, ita
ut MF in regula AB
feratur, canalem per to-
tum habente, et vertex K
in CD, nempe canali per
totam longitudinem incavato. similiter et triangulum NGL
in regulis AB, CD, per dictos canales moveatur. his igitur*

*hoc modo praeparatis, si quis velit cubum cubi duplum facere,
assumens AC ipsius LX duplam, distrahensque triangula
MFK, NGL, quoad puncta AX in eadem recta linea con-
stituantur, in qua triangulorum sectiones PO, contingat rectam
lineam APOX occurrentem ipsi CD in R; hoc enim necessario fieri oportet. et ita quod propositum est assequetur.
nam cum sit ut AC ad PH, ita AR ad RP et AH ad
PK et HR ad RK et PH ad OK et PR ad RO et PK
ad OL et KR ad RL et OK ad LX: erunt linearum
AC LX duae mediae PH OK in continua analogia; atque est
AC dupla LX. cubus igitur qui sit ex AC duplus erit eius
qui ex PH cubi. quod si cubus ad cubum alium quendam
proportionem habeat, eandem habere oportet AC ad LX, et
reliqua simili ratione construentur. ex quo perspicue constat
fieri non posse ut propositum per plana solvatur.*

Vides in hac demonstratione Eratostheni attributa non
parallelogramma adhiberi sed triangula orthogonia, neque
medium sed primum triangulum affixum esse immotumque
manere. Res est eadem.

9. Perperam Reimerus p. 136 „librum de geometricis
superficiebus" hic significatum esse putavit.

10. Permirum quod Eratosthenes ne uno quidem verbo
lectores certiores facit, ubinam ἀνάθημα a se positum sit.
Nam soli Ptolemaeo hanc epistulam fuisse destinatam nemo
opinabitur.

Epigr. vs. 1. Cur tandem parvum cubum dicit? Nonne
solutio de omnibus cubis duplicandis valet? Bernhardyus
defendit illud ὀλίγου versu 12. Sed ibi auctor carminis non
ad magnitudinem cubi, sed ad duas medias proportionales
spectat quae opponuntur μεσογράφοις μυρίοις.

2. Verba τὴν στερεὴν πᾶσαν ἐς ἄλλο φύσιν εὖ μεταμορφῶσαι Bernhardyus ad solam cubi multiplicationem refert
dicitque: „adiecto πᾶσαν conditionem superioris quaestionis
perspicue liquet indicari, ne quis ridiculam Deliorum viam
ineat cubum cubo imponentium." Sed neglexit nos docere,

ubi poeta indicaverit cubum in cubum mutari. Nam certo
non idem est mutare in aliud (ἐς ἄλλο μεταμορφῶσαι)
ac mutare in aliud quod eandem habeat formam.
Immo verba illa ἐς ἄλλο μεταμορφῶσαι nihil aliud significare possunt nisi mutare in aliam formam (μορφήν),
servata nimirum magnitudine, vel ut Wurmii verbis utar
(p. 190) „ein Parallelepipedon zu finden, das einem gegebenen gleich und einem andern gegebenen ähnlich sei."
Atque ita etiam Iacobsius locum interpretatus est (anth. Gr.
l. VII p. 316). Epist. p. 126 τούτου δὲ εὑρισκομένον δυνησόμεθα καθόλου τὸ δοθὲν στερεὸν παραλληλογράμμοις περιεχόμενον εἰς κύβον καθιστάναι ἢ ἐξ ἑτέρου εἰς ἕτερον
μετασχηματίζειν. Quivis autem intelleget a poeta metri
necessitate coacto sententiam mutilatam eoque corruptam esse
omissis illis παραλληλογράμμοις περιεχόμενον: neque enim
repertis duabus mediis proportionalibus statim v. gr. cubum in sphaeram vel conum in parallelepipedon mutare possumus. .

5. Ad τῇδ' Wurmius p. 190 subaudiendum esse existimat τῇ εὐθείᾳ: „du könntest auch mit dieser garaden Linie,
nämlich mit der durch das Aufsuchen zweier mittl.
Prop.-Linien zu findenden Seite des Würfels, der
z. B. einem Medimnus gleich ist, ein Getraidebehältniss aus-
messen." Sed in iis quae praecedunt cum recta illa linea
non commemoretur, non licet vocem τῇδε ita interpretari.
Inter complures explicationes a Reimero propositas et simplicissima et unice vera est ea qua τῇδε vertatur „hac ratione" (μέσας ὅτι τέρμασιν κτλ.).

ἀναμετρῆσαι: epist. p. 126 διὰ τῆς τούτου πλευρᾶς
ἀναμετρεῖν τὰ τούτων δεκτικὰ ἀγγεῖα.

6. Verbis μέσας ὅτι τέρμασιν κτλ. poeta rationem geo-
metricam in epistula descriptam infelici successu versibus
aptare conatus est, neque mirandum quod viri docti de explicatione obscuri loci diversas protulerunt sententias. Ab-
solvit rem docta Wurmii disputatio (p. 190 sqq.), qua prio-
rum opiniones refutantur.

8. Proclus in Eucl. El. p. 31 ἐπινοεῖσθαι δὲ ταύτας τὰς τομὰς τὰς μὲν ὑπὸ Μεναίχμου, τὰς κωνικάς, ὃ ἐπὶ Ἐρατοσθένης ἱστορῶν λέγει· μηδὲ Μεναιχμείους κωνοτομεῖν τριάδας. Ceterum solutionem hoc versu significatam a Menaechmo, qui primus sectiones conicas contemplatus est, non profectam esse Blassius haud contemnendis argumentis evincere studet (p. 28).

9. Animadvertas quaeso turpissimum solocci-mum qui verbis μηδὲ δίζηαι continetur: sive δίζηαι coniunctivum sive cum Bernhardyo indicativum esse putamus.

10. Epist. p. 126 Εὔδοξος δὲ διὰ τῶν καλουμένων καμπύλων γραμμῶν.

11. μεσόγραφα μυρία: opist. p. 126 ἐπινενόηται δέ τις ὑφ' ἡμῶν ὀργανικὴ λῆψις ῥᾳδία, δι' ἧς εὑρήσομεν δύο τῶν δοθεισῶν οὐ μόνον δύο μέσας, ἀλλ' ὅσας ἄν τις ἐπιτάξῃ.

13. καιδὶ σὺν ἠβῶν Bernhardus, hac addita interpretatione: „felix tibi, Ptolomaee, contigit aevum, ut qui valetudine adhuc integra, quaecunque et Musis et regibus exoptata sint, una cum filio praestes." At verba πάντα κτλ. ἐδωρήσω tum nihil haberent quo apte possent referri. Eo quod pater cum filio συνηβᾶν dicitur, apud hunc poetam non offendendum censeo, et συνηβῶν utique praeferendum scripturae συνήμων quae maxime languet. Quod vero Bernhardus praeterea ad impugnandam vulgatam scripturam profert „multo minus conversio ad Iovem filio regis nobilitando, de quo levis esset mentio iniecta, statui posset", non verum est. Quoniam enim ad πάντα ἐδωρήσω ex praecedentibus supplendum est τῷ παιδί, minime levis mentio de filio iniecta est, sed summa totius sententiae ad eum pertinet.

INDICES

Tabula qua series fragmentis a Bernhardyo data cum nostra
dispositione comparatur

Index verborum

Henkel, Dr. Hermann, Studien zur Geschichte der grie-
chischen Lehre vom Staat. gr. 8. geb. n. 1 Thlr. 6 Ngr.

Huschke, Ph. Ed., zu den altitalischen Dialekten. gr. 8.
geb. n. 24 Ngr.

Jahrbücher für classische Philologie. Herausgegeben von
Alfr. Fleckeisen. V. Supplementband. 3. Heft. n. 29 Ngr.
– – – – VI. Supplementband. 1. Heft. n. 1 Thlr. 26 Ngr.

Kook, Theodorus, Veri similia. gr. 8. geh. n. 24 Ngr.

Lucbeck, Aemilius, Hieronymus quos noverit scriptores et ex
quibus hauserit. gr. 8. geh. n. 1 Thlr. 10 Ngr.

Rühl, Franz, die Textesquellen des Justinus. gr. 8. geb.
n. 1 Thlr.

Sommerbrodt, Julius, Lucianea. I. Handschriftliches. II. Bei-
träge zur Kritik. gr. 8. geh. n. 1 Thlr. 6 Ngr.

Stoll, H. W., Die Götter und Heroen des classischen
Alterthums. Populäre Mythologie der Griechen und Römer.
Mit 42 Abbildungen. 4. Auflage. 8. geb. 1 Thlr. 15 Ngr., eleg.
geb. 2 Thlr.

Symmachi, Q. Aurelii, relationes. Recensuit Guilelmus
Meyer. gr. 8 geh. n. 16 Ngr.

Teuffel, W. S., Geschichte der Römischen Literatur.
Zweite Auflage. gr. 8. geh. n. 4 Thlr. 10 Ngr.

Vollbrecht, F., Wörterbuch zu Xenophon's Anabasis.
Mit 70 Holzschnitten und 4 lithogr. Tafeln. Zweite Auflage.
gr. 8. geb. 18 Ngr.

Wiggert, Friedrich, Vocabula latinae linguae primitiva.
Handbüchlein der lateinischen Stammwörter. Sechszehnte
Auflage. 8. geh. 7½ Ngr.

Wölfflin, Eduard, Antiochos von Syrakus und Coelius
Antipater. gr. 8. geb. n. 16 Ngr.

Bibliotheca Scriptorum Graecorum et Romanorum Teubneriana.

Ciceronis, M. Tullii, epistolae. Recognovit Dr. A. S. Wesen-
berg. Vol. I. gr. 8. geh. 1 Thlr.

Dictys Cretensis ephemeridos belli Troiani libri sex. Recognovit
Ferdinandus Meister. 8. geh. 15 Ngr.

Fabulae Romanenses graece conscriptae ex recensione et
cum adnotationibus Alfredi Eberhard. Vol. I. continetur de syntipa et de Aesopo narrationes fabulosae partim
ineditae. 8. geh. 1 Thlr. 7½ Ngr.

Plutarchi Chaeronensis moralia ex recensione Rudolphi
Herchert. Vol. I. 8. geb. 16 Ngr.

Schulausgaben griechischer und lateinischer Classiker mit deutschen Anmerkungen.

Aeschylus Prometheus nebst den Bruchstücken des Προμηθεύς λυόμενος. Von N. Wecklein. gr. 8. geh. 18 Ngr.

Ciceronis, M. Tullii, Cato maior de senectute. Von Gustav Lahmeyer. Dritte Auflage. gr. 8. geh. 8 Ngr.

Cicero's Rede für den Dichter Archias. Für den Schulgebrauch herausgegeben von Fr. Richter. gr. 8. geh. 4½ Ngr.

Homer's Ilias. Von Karl Friedrich Ameis. Erster Band. Erstes Heft. Gesang I—III. Zweite vielfach berichtigte Auflage, besorgt von Dr. C. Hentze. gr. 8. geh. 9 Ngr.

  Zusätze und Berichtigungen zum Anhang gratis.

Homer's Odyssee. Von K. F. Ameis. Erster Band. Erstes Heft. Gesang I—IV. Fünfte vielfach berichtigte Auflage, besorgt von Dr. C. Hentze. gr. 8. geh. 12 Ngr.

Ovidii Nasonis, P., metamorphoses. Auswahl für Schulen. Mit erläuternden Anmerkungen und einem mythologisch-geographischen Register versehen von Dr. Johannes Siebelis. I. Heft. Buch I—IX und die Einleitung enthaltend. Siebente Auflage. Des von Dr. Friedrich Polle. gr. 8. geh. 15 Ngr.

Platon's ausgewählte Schriften. Für den Schulgebrauch erklärt von Dr. Christian Cron und Julius Deuschle. Erster Teil. Vertheidigungsrede des Sokrates und Kriton. Erklärt von Dr. Christian Cron. Fünfte Auflage. gr. 8. geh. 9 Ngr.

Plutarch's ausgewählte Biographien. Von Otto Siefert und Friedrich Blass. III. Bändchen. Themistokles und Perikles. gr. 8. geh. 12 Ngr.

Sophokles. Von Gustav Wolff. II. Theil. **Electra.** Zweite Auflage. **gr. 8.** geh. 10 Ngr.

Taciti, Cornelii, historiarum libri qui supersunt. Schulausgabe von Dr. Carl Heraeus. Erster Band. Buch I. u. II. Zweite vielfach verbesserte **Auflage.** gr. 8. geh. 15 Ngr.

Tacitus, Cornelius, dialogus de oratoribus. Von Georg Andresen. **gr. 8.** geh. 7½ Ngr.

Ueber nationale Erziehung. Von Verfasser der „Briefe über Berliner Erziehung" [VII u. 231 S. mit 2 Tabellen]. „Entwurf eines Lectionsplans für Gymnasien und für Mittelschulen".] gr. 8. geh. n. 1 Thlr.

Die vorliegende Schrift ist nicht bloss für Pädagogen von Fach bestimmt, sondern wendet sich an die gesammten gebildeten Kreise der deutschen Nation. Sie begründet die Nothwendigkeit auf dem Unterrichtswesen, den Gymnasien und Mittelschulen......